酷威文化
图书 影视

冰映儿 著
Bing Kaur

理我一下

（下）

长江出版社

XICHENG FIRST HIGH SCH

学校 西城一中　　班级 高二（1）班

尹澈　　顶着"酷哥"的标签，
　　　　内心善良的"小兔子"

目录

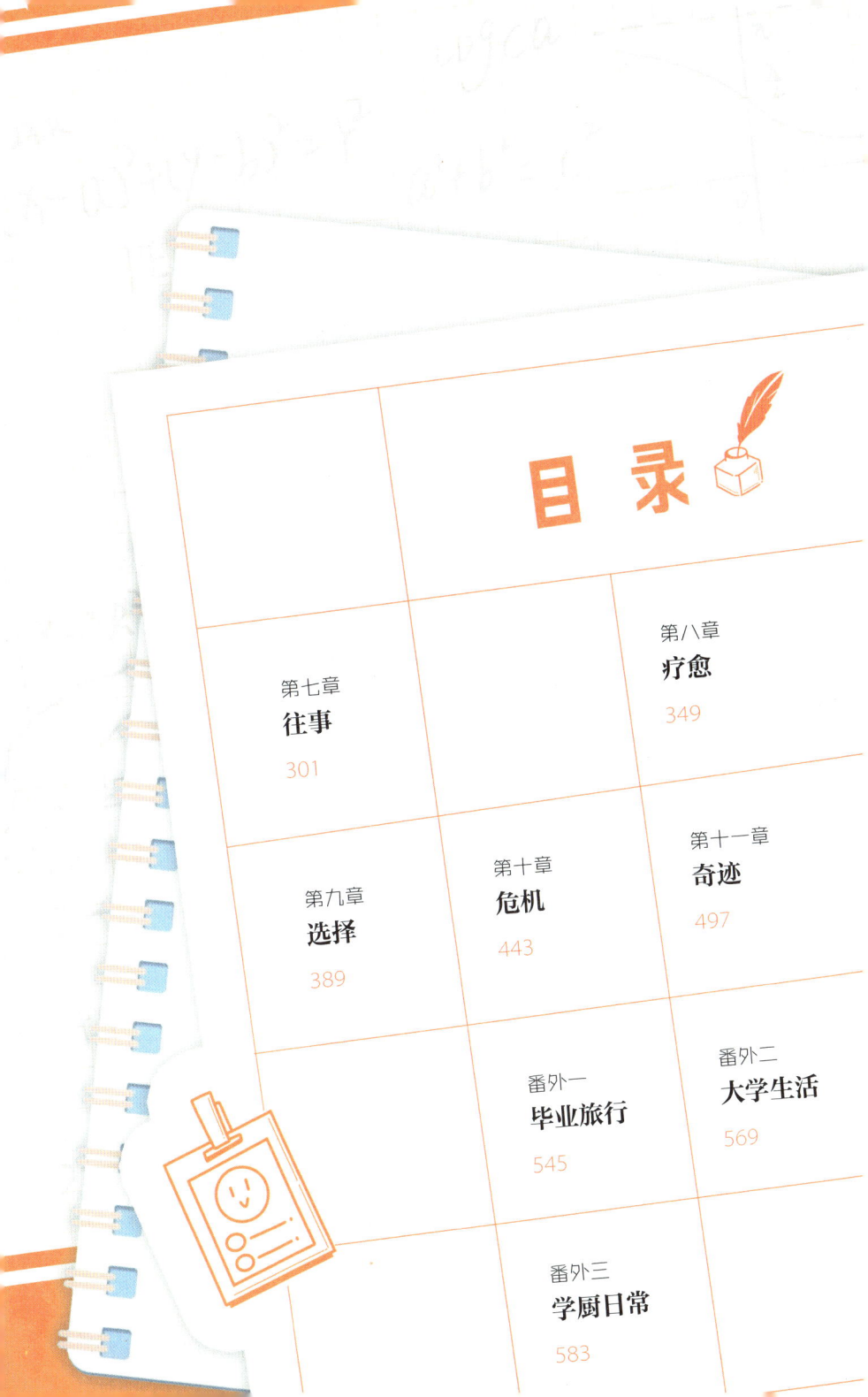

第七章 往事 301

第八章 疗愈 349

第九章 选择 389

第十章 危机 443

第十一章 奇迹 497

番外一 毕业旅行 545

番外二 大学生活 569

番外三 学厨日常 583

99%

蒋尧每一步都跨得很大，
衣摆猎猎作响，
像在飞一样。
少年如同台风过境，
身影掠过时带起的气流，
将尹澈的视线卷入风中，
随之远去。

第七章
往事

晚自习下课。

学生们陆陆续续离开教学楼,蒋尧和尹澈多逗留了一会儿,在黑灯瞎火的教学楼周围逛了几圈,等校园里几乎没学生了,慢慢往小树林走。

晚风微凉,吹拂在脸上,两个人各怀心思,肩并肩走到了小树林入口。

尹泽沉默地站在小树林入口看着他们。

尹澈看到他刚要说话,尹泽冷笑:"你俩现在的关系真是越来越好了。"

尹澈还没开口,蒋尧先问:"你早就看出来了?那你为什么不告诉我?害我有好长一段时间认为你哥觉得我不配当他朋友。"

尹泽:"我凭什么告诉你?你谁啊?"

蒋尧:"你是我同桌的弟弟,那你当然也是我的弟弟了,你说是吧?弟弟。"

尹泽眼里都快喷出火了:"你俩真是够了,一个虚伪,一个自恋。"

蒋尧脸色一沉,捋起袖子:"你骂谁虚伪?"

尹澈拉住他:"你干什么?"

"你这个臭弟弟不教训下真是不行了,连自己哥哥都骂。放心,不伤筋动骨,顶多鼻青脸肿。"

"你敢动他一下试试?"

第七章　往事

蒋尧的气势弱了下去，很委屈："我懂了，我和你弟掉河里，你一定先救你弟。"

"……你不是会游泳吗？"

蒋尧瞪大眼，震惊地往后倒退两步："你连救都不想救我？"

尹澈无语，想说你戏别这么多，现在不是开玩笑的时候。

突然，他对面的两个人脸色骤变。

"怎么——"

他发现自己说不出话了。

他的脖子被勒住了。

"原来这是你同桌啊，蒋尧。"

小树林里走出来四五道人影。刚才他们光顾着吵架，树林里又没灯，乌漆墨黑的，居然一直没发现里边有人。

这几人走到路灯下，容貌显露，一人赫然是之前来找过碴儿的潘辉，刚才说话的也是他。

"真是巧了，本来想先去你教室，结果你自己送上门来了，缘分天注定啊。"

蒋尧没看他，目光盯着尹澈身后："又是你。"

尹澈看不见身后人的模样，但能感觉到对方比自己高，力气很大，出手很快，应该是个练家子。

"好久不见。"那人冷恻恻地笑，"你藏得够好的，大半年过去我才打听到你的消息。"

"我都转学了，你还找我干什么？"

"你是转学了，但有你在一天，我们就没法回到以前自由潇洒的日子。"

"你想让我别回东城？"

"对，永远别回来。"

尹泽也盯着那人："你们谁啊？有事找蒋尧，抓我哥干什么？"

"不好意思,这位弟弟,借用你哥一会儿。我刚听见你好像也看蒋尧不顺眼,不如先帮我们对付他?"

蒋尧:"你别听他的,这人叫赵争胜,以前骚扰女生被我教训过,前脚答应我不再犯了,后脚就差点绑了我妹。这人就是个流氓,他的话你一个字都别信。"

尹泽:"废话,你当我傻吗?"

蒋尧:"确实。"

尹泽:"你?"

尹澈被勒得呼吸不畅,脑壳疼:"你们别吵了。"

"还有力气说话?"赵争胜又勒紧几分,骂了一句脏话。

尹泽直接炸了,怒气瞬间爆发:"嘴巴给我放干净点!"

"你不上我上了。"尹泽看向蒋尧,鄙夷道,"我哥怎么会结交你这种废物?一点用都没有。"

蒋尧挑眉:"你说谁废物呢,弟弟?"

下一秒,他浑身的戾气就爆发了出来。

"动手!"蒋尧低吼。

赵争胜精神一振,以为这两人终于要跟自己打架了,立刻做好防守准备。然而未见他们动作,小腿突然传来一阵剧痛,身体瞬间失去平衡。

天旋地转,轰然倒地。

潘辉:"胜哥!"

赵争胜躺在地上,摔了一脸土,难以置信:"你——"

尹澈又踹了他五六脚:"用我威胁人?你配吗?"

潘辉:"……"

尹泽:"……"

蒋尧在旁边鼓掌:"踹得好!接着踹!让他感受感受我平时过的都是什么日子!"

尹澈停下脚,眼神像刀子一般甩过去:"你有意见?"

第七章 往事

"我……没有。"

赵争胜吃了满嘴的土和草,大喊:"你们愣着干吗?"

其余几人这才回神,尹泽闪身躲过,干净利落,一气呵成。

尹澈一脚踹开意图从背后偷袭的一人:"哥帮你。"

尹泽没有感动,脸色反而变得很难看:"你现在帮我有什么用?我自己能解决!用不着你!当初我需要你帮的时候你干吗去了?装什么好哥哥!"

尹澈呆站在原地,半天说不出话。

蒋尧本打算帮他们,然而看见尹澈像傻了一样站着不动,立刻跑过去:"醒一醒!别发呆啊!你弟就是个'垃圾'!说的话也是垃圾!"

尹泽混乱中不忘回骂:"你才'垃圾'!"

赵争胜趁着蒋尧分神,一骨碌爬起来。

尹泽看见了,忍不住喊:"傻子!后面!"

"弟弟,我见多识广。"蒋尧一侧身,轻松躲过,正要抓住他来个过肩摔,突然看到了他手里的家伙,脸色一变,下意识地望向不远处的尹澈。

赵争胜看见他的表情变化,似乎明白了什么。

蒋尧:"小心!"

赵争胜在最后一刻把手里的家伙扔了出去,潘辉接住棒子跌跌撞撞地往前冲,眼看离尹澈只剩一步。然而尹澈像是被抽走了意识,又或者,像是害怕到了极点,僵硬地站着,一动不动。

尹泽神情有些迷茫,不懂蒋尧为什么这么紧张,也不懂他哥为什么呆站在原地。

蒋尧没来得及赶到,眼睁睁地看着潘辉撞到了尹澈,连同那根棒子一起。

尹澈根本没反抗,身形一颤,颓然倒下。

昏迷前,隐约看见两道人影焦急地冲向自己,一道人影先到,接住了他。

他彻底阖上了眼。

醒来时,窗外夜色依旧漆黑。

周围熟悉的乱糟糟的摆设显示他正躺在蒋尧寝室的床上,可床边的人却不是蒋尧。

"你醒了啊,那我回去了。"尹泽起身。

尹澈叫住他:"蒋尧呢?"

"一睁眼就问他,当我是空气吗?"尹泽又有冒火的趋势,"你们才认识大半年,你就把什么都告诉他了,病也告诉他,怕电也告诉他,我都不知道你怕电,为什么不告诉我?你亲弟还不如这个外人推心置腹是吧?"

尹澈抵着额头:"以后再说这个行吗?"

"以后以后,每次都是以后,我看你到死都不会告诉我。"

尹澈怔了怔。

尹泽转身朝门口走:"他喊了警察,押着那伙人去派出所了,已经走了两小时,应该快回来了。"

尹澈回神:"嗯,知道了,谢谢,你早点休息。"

尹泽打开门,握着门把手不动,背对着他。

"哥,你知道为什么我不把你当哥吗?因为你也没把我当成弟弟过。"

门砰的一声被关上,在空荡荡的寝室留下长长的回音。

尹泽往楼下自己的宿舍走。

夜深了,其他寝室都熄灯了,隔着门传出连绵不断的鼾声,听得人心烦。好巧不巧,偏偏还在半路遇到他最烦的人。

"你怎么出来了?你哥醒了?"

尹泽忍无可忍,指向楼梯口:"你跟我过来。"

第七章 往事

两个男生大半夜并排坐在台阶上，两人的表情都很复杂，一个恼火中透出不屑，另一个冷漠中透出嘲讽，像两尊煞神。此刻要是有人从下面走楼梯上来，能被吓个半死。

"你想好了？"

"嗯。"

没头没尾的一问一答，居然能接上。

"可我哥……"

"你哥有病，不准人碰，脾气还差，这些我都知道。"

"你才有病。"尹泽低骂，"我哥他没病。"

蒋尧了然："弟弟，我理解你对你哥'傲娇'的依恋，但是呢，有病不是什么丢脸的事，要勇敢面对才能治好。"

这天简直聊不下去了，尹泽竭力按捺着火："说了没病就是没病！他又不是天生就有病！"

空气凝滞。

"你……你说什么？"蒋尧声音沉了，"那他是怎么变成现在这样的？"

"哦，原来他没跟你说这个。"尹泽有点得意，仿佛扳回了一局。

蒋尧没心情跟他计较这些："你倒是说啊。"

"急什么急，让我缓缓。"

尹泽似乎不太想提这事，皱着眉酝酿了半天，才慢慢地说："我和我哥……小时候被绑架过。"

尹家早些年并不是开事务所的，尹权泰也不是幕后老板，他是本市赫赫有名的大律师。律师做到这样有头有脸的地位，必然会遇到一些大案子。

尹泽四五岁的时候，尹权泰接了一桩强奸案。被告人是一位富商的儿子。

尹权泰本来没打算接这桩案子。

犯罪行为是在夜店包厢里发生的，包厢里没摄像头，无法证明那个服务生是自愿还是被迫的。而且事发后，那个服务生也没报警，自己跳了海，很多证据都没了。

富商儿子一口咬定是你情我愿。那个服务生的父母听说噩耗，从外省赶过来，不能接受自己的孩子就这么不明不白地没了，找到了尹权泰，跪在办公室门口哀求，就算倾家荡产也要打赢这场官司。

尹权泰犹豫了很久，本来不打算接。正巧那天，他的两个儿子来找他，看见了这一幕。

尹泽当时还小，什么都不懂，就觉得两位老人哭得很可怜，但在年幼的他心里，爸爸是绝对权威的，爸爸做的事一定是对的。

尹澈比他大一岁，可能是当哥哥的缘故，比他成熟很多，当场没有说什么，回家吃晚饭的时候，突然在餐桌上说："爸爸，我觉得你那样不对。"他的表情怯生生的，有点怕被爸爸骂，但小手握紧了勺子，还是勇敢地继续说，"他们要对付坏人，爸爸你为什么不帮他们？你不是英雄吗？"

在童年时期，每个孩子大概都会觉得父亲的形象是高大的、伟岸的，像童话书里的英雄一样，无所不能。

就因为大儿子这句话，尹权泰当了一回英雄，接下了这桩案子。

官司打得很吃力，好在历尽艰辛，终于胜诉，富商儿子被判了刑。

尹权泰没要那对老夫妻的家产，只象征性地收了点费用。一时间，尹权泰在业内名声更噪，登了报纸，上了新闻，人人交口称赞，夸他是优秀律师模范。那对老夫妻也很感激，一切看似都很圆满。

直到胜诉的那年夏天，尹家一家人去海边玩，两个儿子被绑架。

"我说想吃冰激凌，我哥带我去买。"尹泽捂着额头，回忆那段遥远而沉重的往事，"商店不远，我爸妈没跟着去，谁知道就那么几步路的时间……"

"那帮劫匪把我们带到了一个废弃工厂，可能觉得我们两个小屁孩，什么都不懂，没严加看管，关上门就走了，大概是给我爸妈打电话去了。

"我哥他找到了后门,拿石头砸门,砸得手上都是血,终于把门砸开了,带我跑了出去。"

蒋尧刚松了口气,就听他继续说:"但那些人很快发现我们跑了,立刻追上来,我们两个小孩哪儿跑得过大人。"

蒋尧一颗心又提起来:"然后呢?"

尹泽沉默了一会儿:"然后啊,然后我哥丢下了我。"

蒋尧一愣:"怎么可能?"

"事实就是这样。当时有个树丛可以藏身,明明可以藏两个人,他却赶我走,让我继续往前跑,让我当诱饵,他好躲过一劫。"

尹泽笑了声,捂住脸:"我以前有多崇拜他,那一刻就有多绝望。我最喜欢的哥哥,原来是那么自私的一个人。"

蒋尧的关注点不在这里:"然后呢?你说了半天还是没说到重点,你哥怎么得这个病的?"

尹泽收拾好情绪,淡淡道:"最后那伙人没追上来,我跑到了安全的地方。我哥藏身的树丛却被搜到了,他被抓了回去。

"还好我爸妈及时报警,警察两三天就破了案,我哥被关了几天没饭吃,身体太虚弱,也留下了心理阴影,休学调养了一年才恢复过来。但因为受了惊吓,之后就说他得了这个病。

"富商和那些他聘用的绑架犯也全都被抓了,为首那个姓程的绑架犯是惯犯,被判了无期,我看就该判死刑,他们那些人一点都没人性。"

尹泽站起来,拍拍裤子:"好了,关于我哥的事,我该说的不该说的都告诉你了。他看着有情有义,其实伪善得很,你要是不想和他诚心诚意交朋友,趁早离他远点。"

蒋尧坐着没动,不知道在想什么。

尹泽踢了他一脚:"喂,我说的话你听见了没?"

"你没被关在一起,你怎么知道他没饭吃?"蒋尧忽然问。

尹泽："我爸妈告诉我的啊。"

"哦，我猜，你哥也是这么告诉你的，对不对？"

"对啊……"尹泽皱眉，"你这话什么意思？"

蒋尧什么都懂了。

为什么尹澈怕电，为什么他抗拒别人的触碰，为什么脖子上被烫伤，为什么应激障碍症明明不是不治之症，尹家这么有钱有人脉，却到现在都没治好……

这么显而易见的事，他们第一次见面他就猜测过的事，居然一直都没发现。

蒋尧深深地吸了一口气。

"我问你……你哥小时候怕电吗？"

"那么久以前的事谁记得啊？五六岁之前的事，除了被绑架这件事印象太深刻，其他早就忘了。"

"好，那我再问你，你哥这里。"蒋尧指着自己的脖子，"有块疤，你知道吗？"

"这我当然知道，他说是以前烫伤的。"

"什么时候烫的？"

尹泽迟疑："不知道……都说了那么久以前的事——"

"弟弟，你真的是个傻子吧？"蒋尧冷笑，眼里的灰透出来，像刀锋，像利刃。

寝室里。

尹澈醒来后就睡不着了，躺在床上出神。

尹泽刚才走之前说的那句话，不是没道理，他这些年，确实没有与他推心置腹过，被讨厌也是理所应当。

但，万一没治好……失去一个讨厌的哥哥，总比失去一个喜欢的哥哥强。

等以后再好好谈谈吧，现在他还没缓过劲儿来。

第七章 往事

尹澈翻了个身，想拿手机看看现在几点了，忽然发现床上有一件校服外套。皱皱巴巴的，被主人随手扔在床角。

蒋尧总是不收拾床铺，每周的寝室分数都是全班最低，老吴批评过他好几次了，依旧如此。

这时，门外传来了脚步声。

蒋尧开门走进来："醒了啊？你刚刚吓死我了，躲都不知道躲。"

尹澈下床："我没事了，你那边怎么样？我弟说你报警了。"

"嗯，那几个人本来就有打架斗殴的案底，屡教不改，这次会多拘留一阵子，暂时不用担心他们来找碴儿了。"

蒋尧拉下拉链，正要脱外套，忽然龇牙咧嘴，扶住腰。

"怎么了？"尹澈上前问。

"刚才接你的时候不小心被他们偷袭了，有点疼。"

"我给你看看。"尹澈去拉他。

蒋尧按住他手："没事，估计就一点瘀青而已，我明天去趟医院，检查一下。"

"好，我陪你去。"

"不用，你留下帮我跟老吴请假。我跟门卫说这些人不怀好意进学校，让他们注意些，别丢了东西。"

市立医院。

工作日的医院和周末一样忙，人来人往，空气里弥漫着消毒水的气味。

蒋尧捧了一束百合花，敲响一间病房的门。

"请进。"

他推开门进去。里面的人原本在咳嗽，看见他，太过意外，咳嗽都停了："蒋尧？你怎么来了？这个时间不应该在上课吗？"

"社长好，我有事来这儿一趟，顺道来看望你。"蒋尧把花放到病床旁的小桌上，"也不知道带什么好，上次看你朋友买了百合花，就有样学样了。"

徐守微笑:"谢谢,我很喜欢。你来这儿什么事?有朋友生病了吗?"

"实不相瞒,是为了尹澈。"蒋尧单刀直入,"关于他的病,你了解吗?"

"我不太清楚……我们虽然是同一个医生治疗,但治疗方式不一样,他每次都是去面诊的,只有冯医生了解他的病情。"

果然,他瞒过了所有人。

"好的,那我去找冯医生,能告诉我他的办公室在哪儿吗?"

徐守告诉了他具体位置,不放心地问:"小澈怎么了?是不是出什么事了?"

"他没事,我只是想多了解一点他的情况,毕竟我和他是好兄弟嘛。"蒋尧眨了下眼,"请你别告诉他我来过,麻烦了。"

徐守拍拍胸膛:"你放心,绝对不说。"

蒋尧谢过他,祝他早日恢复后,接着出门,往前继续走,过了住院部,到达徐守说的医生办公室区域,找到了插着冯医生名牌的咨询室。

门没关,里面正有人在问诊,外面还排了三四个人。

蒋尧坐到空座上,进去一个人,就往前挪一个位置,过了一刻钟,终于轮到了他。

"什么问题?"冯医生埋头写着上一个病人的单子,照例询问。

已经到了下班时间,冯医生还没走。蒋尧关了门,走到办公桌前坐下:"冯医生您好,我不是来看病的,想来问您一点事。"

冯医生闻言抬头,推了推眼镜,眼前的少年模样俊朗,穿着校服,而且这校服……有点眼熟。

"你是一中的学生?"

"嗯,我是尹澈的同班同学。"蒋尧直接说了,"想来问您,他的病到底是什么情况?"

第七章 往事

冯医生一愣,神色为难:"这……就算你是他同学,但他也是我的病人,我不能泄露病人的隐私啊。"

"其实您不说我也大概了解了,他以前被绑架,遭遇了一些事,因此才患了应激症,对吗?"

冯医生脸上惊讶的神色证明他猜得没错。

蒋尧一颗心迅速下沉。

他怕自己猜错,更怕自己猜对。来之前他并没有百分百的把握,只不过从尹泽的描述中推测出了这个可能性而已。毕竟,以他对尹澈的了解,绝对不会因为没吃饭这样的事而大受刺激。

尹澈身上的种种奇怪之处,比如害怕电,比如脖子上的伤,又比如长期嗜睡……如果说他在绑架的过程中遭受严重的刺激而变成了如今这副样子,就全都解释得通了。

被绑架那几天里遭遇了什么,他根本不敢细想。

"我来之前查过了,随着年龄的增长,病人对周围事物的认知越来越敏感,一旦触发了他们的应激症,患者的病情就会加重……是真的吗?"

冯医生沉默片刻,叹气:"是真的。"

蒋尧眼前一暗,半天没缓过劲来,呼出的气都在抖。

"可如果是真的的话……为什么他爸妈一点都不紧张?难道他们不知道?"

"唉,他们确实了解得不多,尹澈不让父母陪他看病,对他的病轻描淡写。所以他的父母一直以为,尹澈的这个病只是会让他的身体虚弱而已,并不会危及性命。"

冯医生觉得这话题太过沉重了,怕眼前的少年情绪崩溃,安慰道:"不过尹澈他也很配合治疗,未必不能出现奇迹……"

出乎意料地,蒋尧特别冷静,除了眼里的血丝和微哑的声音,看不出任何情绪波动。

"冯医生,他最近越来越瘦了,饭也吃得很少,好像就是从开始治疗起……治疗对他来说是不是也很痛苦？"

冯医生沉默不语。

一切昭然若揭。

尹澈说过"因为要治好，可能会遭罪，我宁可不治"这种话。

尹澈本来不想治的。他宁可不活了，也不想回忆那些可怕的经历。

蒋尧深深地吸气，指甲几乎刺入肉里，声音发哽："冯医生，如果他愿意治，我尊重他的意愿。但我怕他即使承受了这些，最后还是……"

冯医生叹气："我懂你的意思，也理解你的心情，按照理论来说确实是可行的，但我也没有百分百的把握……而且治这个病需要身体和心理两方面的治疗，虽然他身体上的创伤已经通过手术恢复了，但心理上……"

"什么手术？"蒋尧怔住，忽然觉得头皮发麻，"不是被关起来受到惊吓导致的吗？为什么要做手术？"

"啊，他没跟你说过？"

"没……"

不对，是说过的。

"小学休学了一年，身上做了两处手术。"

蒋尧脑子里的神经都开始颤抖，抓住椅子扶手，几乎喘不过气。他以为自己已经知道了全部，原来只是冰山一角。

最可怕的部分，比他猜测的还可怕。

"既然他没说，那我也不方便透露了。"冯医生跳过了这茬，"总之要治好，心理和身体两方面都要承受很大的压力。尹澈的情况要复杂得多，而且最近通过更深入地研究他的病例，我觉得我的心理治疗方向可能错了。"

蒋尧暂时从情绪中抽离，凝神问："什么意思？"

冯医生从抽屉里拿出一份资料："治了一个多月一点效果都没有，

第七章　往事

我也着急，于是这两天我翻看了他十年前刚出事时的心理检查结果，发现……啊，这些我不能跟你说了。总之我之后会调整方向再试试的，你先别着急。"

蒋尧怎么可能不急："冯医生，我不会告诉别人的。"

"真不行，任何外因都有可能影响病人的情绪，我不能冒这个风险告诉你。再说了，你知道了也无济于事啊。"

"就没有什么我能做的吗？"

"你可以多宽慰宽慰他，尽量让他保持情绪平稳，不要让他受其他刺激。"

"好，我知道了。"

蒋尧只能认命，从桌上拿了笔和纸，写下自己的号码，站起来，毕恭毕敬地鞠了个躬："拜托您了，冯医生，如果有需要我帮忙的，尽管找我。是我鼓励他积极治病的，我什么都愿意做，请您一定要治好他。"

冯医生点头："他也算是我看着长大的孩子，我会尽力的，你放心吧。"

"嗯，那我先走了，耽误您时间了。"蒋尧吸了吸鼻子，道完别，往门口走。

"等会儿！"冯医生突然叫住他，"你刚刚说什么？"

蒋尧转身："耽误您时间了？"

"不是，前面一句。"

"我什么都愿意做，请您一定要治好他？"

"不对！再前面一句！"

"是我鼓励他积极治病……"

"对！就是这句！"冯医生突然激动，从办公桌后站起来，大步走向他，"真的？是你劝他积极治疗的？"

"应该没错，他本来不想治了，是我一直跟他说不要放弃之后他才愿意治……"

"太好了！"冯医生高兴道，"小伙子，你把我刚刚说的话全忘了吧！"

"啊？"

"你可以帮忙，你绝对可以帮忙。但是，这个过程和结果你可能会受不了……"

"我受得了。"蒋尧毫不犹豫，"您说吧，要我怎么做？上刀山下火海都没问题。"

"好，你有这个觉悟就行。"

晚自习快开始的时候，尹澈才等到他同桌回来。

"怎么去那么久？伤得很严重吗？"

蒋尧手里提了个袋子，放到桌上："上午就看完了，想着难得请假出学校，买了点吃的。"

尹澈看着他把袋子里的东西一样样拿出来，有小蛋糕、牛奶、炸鸡还有各种零食。

"我吃过晚饭了，吃不下这么多。"

"没关系，当夜宵，我们一起吃，你先尝一口蛋糕。"

章可闻着炸鸡的香味寻过来："什么东西这么香……不是吧？你在教室里野餐啊？"

"都是给我同桌的，没你的份。"

尹澈不在意，递过去一个鸡腿："喏。"

章可感恩戴德，双手去接："谢谢！"

蒋尧："我还没吃晚饭。"

尹澈伸手将一块炸鸡递给他："喏。"

炸鸡的气味太香，充满了整间教室，吃完了还余香缭绕，值班老师一进来就闻到了："谁在教室里吃东西？"

尹澈低着头，把小蛋糕往堆起的书本后面藏了藏，嘴角还沾着点奶油。

第七章 往事

晚自习课间休息，后门围了几个女生，嘻嘻哈哈地吵闹，一女生朝最后排的韩梦喊："部长，你帮我给了没啊？"

韩梦从课桌里拿出一封信，还回去："说了我不是你的工具人，要给自己给，讨厌。"

蒋尧看见了，随口问："老韩你干吗呢？"

门外的女生听见他说话，迅速脸红，"哎呀"一声，全跑了。

韩梦没好气地走过来，把那封信甩到他桌上："都是给你的，那些女生天天要我转交信给你，烦死了。"

蒋尧拿起来看了一眼："才一封啊？"

椅子被旁边人踹了一脚："你以为自己很受欢迎啊？"

韩梦："就是……其他的我都给你拒了，这个姑娘太执着，我没办法才收的，随便你怎么处理吧。"

"我就说，怎么可能只有一个人崇拜我。"蒋尧笑道。

尹澈无奈地摇摇头。

周三的时候，一中第七届篮球赛开始报名了。

郭志雄盼这天盼了整整一年，扬言今年一定要报仇雪恨，午饭都没去吃，在黑板上精心书写了一行大字："是男人！就一雪前耻！"

第一个吃完午饭的章可回来看见这行字，一个趔趄，差点摔倒。

等同学们差不多都回教室了，郭志雄拿出他写了一晚上的演讲稿，重咳几声，吸引注意，随后，慷慨激昂道："同学们，一年一度的篮球赛又到了！去年，我们以十分之差惜败，今年……"

蒋尧听乐了："差十分也叫惜败？这第二名拿得不冤啊。"

尹澈有点困，撑着脑袋："不是第二名，去年第一轮就输了，倒数第一。"

郭志雄演讲完他的八百字作文，望向台下，目光饱含期待："现在大家可以开始报名了！名额有限，先到先得！"

他目光所向的两位男生，一位照着镜子抹润唇膏，一位摇晃着椅子跟他同桌有说有笑。

陈莹莹举手:"我吧。"

郭志雄绝望了:"班长,只能男生报。"

"什么破规定,性别歧视啊?"

郭志雄欲哭无泪:"我也巴不得你参加,看看我们班这几个……唉!班长,你帮我劝劝吧。"

"这还不简单。"陈莹莹回头,"韩梦,你必须报名,不报怎么对得起你'猛男'的称号?"

韩梦合上小镜子:"行吧,虽然我觉得我的实力已经不需要展示了,但既然你这么求我,我就勉为其难参加一下好了。"

郭志雄鸡皮疙瘩竖起来:"还是班长你有办法,可蒋尧怎么办?咱们班篮球队必须拥有他啊。"

"等着。"陈莹莹再回头,"澈哥!"

郭志雄急忙喊停:"班长!你喊错人了!"

"没错。"陈莹莹接着喊,"咱们班篮球队实在缺人,你能帮忙充个数吗?赢不赢无所谓,凑不齐人就太丢人了,拜托拜托!"

尹澈皱起眉。

郭志雄大惊失色:"完了他生气了……"

"随便。"

"……"

蒋尧:"那我也报名吧。"

陈莹莹:"好,你俩我都写上。"

报名单上一下多了三位选手,其中两位还是全校知名人物。

陈莹莹:"尹澈只是看起来凶,其实挺好相处的,蒋尧……就是爱凑热闹,你们都报他也会报名。"

郭志雄感激涕零:"您太牛了!"

于是高二(1)班的五名队员就这么定下了:郭志雄、韩梦、尹澈、蒋尧,还有个真用来凑数的周浩亮。

第七章 往事

为了一雪前耻，郭志雄这次格外认真，制定了详尽的训练计划，不光体育课上练，午休、放学、晚自习课间都见缝插针地练。不光自己练，还要拉着队友一起练。

天气越来越热，跑跑跳跳一会儿就出汗，韩梦最讨厌浑身汗臭的感觉，把香水当厕所清新剂似的一通乱喷。他是舒服了，其他人受不了了，捂着鼻子往后退，一靠近他就窒息。

郭志雄："我的天，这是什么生化武器……"

周浩亮："我觉得这是个……咳咳……是好战术！到时候你就喷满香水，保证没人来截你的球。"

一周训练下来，球技没精进多少，大家对香水的抵抗力倒是高了不少。

周末，郭志雄还一一发私信叮嘱他的队员："在家别忘了练习！"

尹澈回了句"知道"，放下手机继续吃早饭。

乔婉云关切地问："是同学吗？"

"嗯，一会儿出去打球。"

是有人约他打球，但不是郭志雄。

"要司机送你吗？"

"不用。"

乔婉云大概是嫌这顿饭吃得太和谐，又问："小泽，你要不要跟你哥一起去？你不也喜欢打球吗？"

出乎意料地，尹泽只是抬头看了她一眼："我今天不想打。"

居然不是"谁要跟他去"这样的回答。

"我弟最近怪怪的。"在小区门口和蒋尧碰了面，尹澈随口提起这事，"我这周又回家了，他也没说什么。"

"别管他，你那臭弟弟发神经又不是一天两天了。"

蒋尧今天依旧是"狂野男孩"装扮，机车停在路边，长腿支着，路过的每个人几乎都朝他看。

又帅又飒。

"上得来吗？要不要我帮你上车？"

尹澈抬腿一跨就坐了上去，挑眉："你说什么？"

蒋尧笑笑："把头盔戴好，抓紧了，哥带你感受风一般的感觉。"

蒋尧带他去了自己常去的篮球场，赵诚等人已经在了，正在用棒棒糖逗汪小柔。

"小柔妹妹，叫声哥哥就给你吃啊。"

一群高大健壮的男高中生围着个稚气的小女孩，还发出嘿嘿的笑声，路人见了都想报警。

汪小柔秀眉一颦："我要吃可乐味的。"

赵诚立马道："妹妹要吃可乐味的！还不快去！"

"我去我去！"

"你别去，我去！"

汪小柔转头看见她哥来了，瞬间把棒棒糖忘在了脑后："哥哥！你回来啦！"

蒋尧停好车，取下头盔："嗯，带了另一位哥哥来。"

尹澈取下头盔，汪小柔立刻喊："哦！是尹哥哥！"

尹澈挥了下手："你好。"

赵诚郁闷了："妹妹，我天天在你这儿刷脸，啥时候也能喊我一声哥哥？"

汪小柔："尹哥哥跟我哥哥一样好看。"

"懂了，是我不配。"

尹澈没像那群"老父亲"一样光顾着逗妹，直接脱了外套："怎么打？"

像要打架一样。

蒋尧："不着急，先和我妹聊会儿，她挺喜欢你的。"

"我不擅长和小孩聊天。"

第七章 往事

"那就学。"

蒋尧搭上他肩："走吧，打球去，我们一队。"

气温隐隐有入夏的趋势，半场打下来，每个人都出了一身热汗，到场边的长椅上拿水喝。

铁丝网外不知何时围了好几个路过的学生，蒋尧冲他们笑了笑，引来一波乱叫。

手里刚拧开的矿泉水突然被人抢走了。

蒋尧一愣，转过头，看着尹澈猛灌了两口，喝完，转头盯着铁丝网外的人。

那些人见这个帅哥不好惹，立马散了。

两两对决，最后蒋尧和尹澈的小队毫无悬念地胜出。

打完球，赵诚累趴在地上："以前对付你一个就够累了，现在还加一个，生不如死……这篮球赛你们班稳赢了，谁做你们对手谁倒霉。"

汪小柔在旁边说："那当然，我哥哥是最厉害的！"

"是是是，你的俩哥哥都厉害。"赵诚酸不溜秋地说。

篮球赛当天。

每个班都严阵以待，周一先是整个年级八进四，周三四进二，周五总决赛，速战速决，丝毫没有喘息的机会。

郭志雄比赛前去抽签，和去年的心态完全不一样，这回抬头挺胸，底气十足，对他们班两员大将相当放心，抽到哪个班都无所畏惧。

结果抽到了高二（4）班。

高二（4）班倒是没什么可怕的对手，只不过有一位"老朋友"——荣炜。

韩梦有点担心："他不会像去年运动会那样吧？"

事实证明他的担心是多余的。

荣炜比赛全程都很规矩,蒋尧带球过他的时候,他完全没趁机做小动作。

高二(1)班轻松获胜晋级。

郭志雄纳闷了:"荣炜他平时可横了,总跟我抢场地,今天怎么了?生病了?"

蒋尧:"留下阴影了吧。"

尹澈瞥他一眼,当下没说什么。结束后去小卖部买水,走在路上,问:"去年荣炜那事,和你有关?"

蒋尧回:"除了你同桌我,还有谁能帮你报仇?"

尹澈愣了一下,没再说什么。

"对了,你有没有想过,万一下轮抽到你弟他们班怎么办?"

尹澈也想过这事,和上次一对一不一样,这次比赛关乎班级荣誉,总不能为了他的个人原因而放水。

"没事,就正常打吧。"

"你不怕他自尊心受挫了?"

"他总要长大的,我不可能护他一辈子。"

好在郭志雄手气不错,第二轮又没抽中三班,一班再度顺利晋级。但与此同时,三班也晋级了总决赛,意味着最终还是要碰面的。

周四晚自习。

郭志雄非要拉着他的队友们去操场加练,韩梦提出抗议:"我这周出的汗比我前十七年加起来都多,腰酸背痛的,能不能休息一天啊?而且明天就总决赛了,保留体力嘛。"

郭志雄:"你还腰酸背痛?这几天比赛你拿到过几次球啊,拿到立马又扔了,那篮球是烫手吗,兄弟?"

韩梦:"不烫但脏啊,在地上拍来拍去的,不知道带了多少细菌,我没戴手套打已经不错了。"

郭志雄无语:"行行行,反正你去不去都一样。尧哥你去不去?

第七章 往事

最后练一把。"

蒋尧眉尖一挑:"我还需要练?"

郭志雄想想也是,再看蒋尧旁边那位,也是不需要练的。

这两位前两场比赛神挡杀神,佛挡杀佛,都快把对手打出阴影了。蒋尧属于实力型选手,基本上球只要到了他手里,就没人能拦得住,投篮姿势潇洒利落,引来无数尖叫。尹澈则属于气势型选手,一张冷脸加上"凶狠"的名声,没几个人敢硬碰硬地拦他,投篮命中率也很高。

总之两个人都不需要担心。

郭志雄搭上周浩亮的肩:"唉,兄弟,只有我俩为伴了。走,哥教你一招绝活,保证你明天收获观众的尖叫。"

周浩亮:"那你自己怎么没收获过尖叫?"

郭志雄:"……"

晚自习下课,回到寝室,蒋尧难得没来串门,说要早点休息,养精蓄锐。

尹澈冲了个澡,趴在床上,折着星星,脚一晃一晃的。

手机被放在枕头上,班级群里的消息一条条弹出来。

韩梦:"班长,明天赢了有什么奖励吗?"

陈莹莹:"老吴拨了五十块班费,尽情挥霍吧。"

韩梦:"才五十块?我为这个班级付出了这么多,这点钱就想打发我?"

陈莹莹:"你想多了,五十块是给你们五个人的。"

韩梦:"……"

章可:"特大新闻!我刚在小树林看见蒋尧了!好像和一个女生在一起!"

郭志雄:"什么?这么关键的时刻他还有心情和女生出去坑?我这几天都没怎么和学妹联系。"

陈莹莹："我劝你还是联系一下吧，别打完比赛发现学妹不理你了。"

韩梦："不可能，章可你肯定看错了，别乱说。"

章可："应该没错啊，那身高，那身形，全校都找不出几个，不信咱直接问他，求现身说法！"

蒋尧："你看错了，我在寝室呢。倒是你，这么晚去小树林干什么？"

话题一下转移到了章可身上，众人接着问："对啊，你去那儿干吗？"

章可："我忘拿作业回去一趟而已！"

尹澈继续折星星，折完起身，走到书架边，拧开罐子扔进去。隔壁寝室很安静，没传来什么声响，蒋尧估计也正躺在床上看手机。

尹澈看了眼手机上的日期，五月份了，离他生日还有一个多月。

"为什么想治病了？"上周末治疗的时候，冯医生问，"这个问题我一直想问，之前你跟我说不打算治了，后来突然改变心意，有什么原因吗？"

"因为我想好好活下去。"他不假思索地回。

冯医生笑了："因为什么？之前你爸妈和我都劝你积极治疗。"

"我原本以为，我爸妈没了我，还有我弟，我弟讨厌我，我要是有天真走了他可能会比较开心。

"后来有人告诉我，其实我很好，大家都很喜欢我，我好像对一些人来说……还挺重要的。"

"唉……如果治不好怎么办？"

"那就珍惜剩下的每一天。"

珍惜每一天。尹澈心道，现在好像还不够珍惜。这么安静平和的夜晚，只用来睡觉太浪费了。

夜深人静，住宿生大多洗漱完熄灯了，走廊上静悄悄的，没人注意到有间寝室开了门。

第七章 往事

尹澈拿着手机和钥匙，走到隔壁，敲了敲门。

没人回应。

睡了？刚刚不还在群里发消息吗？

他又敲了两下，依然没动静。

难得找他玩，居然吃了闭门羹，尹澈想了想，大概是蒋尧没这个福气。结果一转身，看见人从楼梯那儿上来了。

校服都没换，像是刚回来。

"找我？"蒋尧笑着走近，"还是想偷袭我？"

尹澈往后退了步："你不是说在寝室吗？"

"睡不着，刚去操场夜跑，怕章可说的话引起不必要的误会，就说在寝室了。"蒋尧打开门，身上隐约传来汗味，"我冲个澡，你先进去坐。"

尹澈跟着他进寝室，蒋尧脱了外套，开大灯，照亮了脸。他满额头都是汗，脸色有点红，确实像刚运动过。

"外面好热啊，这才五月份，七八月可怎么办？"蒋尧接着脱里面的T恤，"站这儿干吗？"

尹澈皱眉："我说过，你不能骗我。"

"这也算骗？"

"算，什么理由都算。"

"那你要跟我绝交吗？"蒋尧笑了笑，满不在乎地，"就为了这么点小事？"

尹澈抿唇不言，过了几秒："这次算了，以后别再骗我，我相信你，没必要找这些借口。"

周五的午休，迎来了篮球决赛。

高二整个年级，每个班都有人来室内篮球场观战，一半看打球，一半看热闹。

"高二（1）班的两位强强联手""哥哥与弟弟的兄弟情仇"成了

理我一下

这次篮球赛的热闹话题，围观人数远超校篮球赛纪录。

一班和三班的学生早早就占好了前排的位置，面对面地坐在篮球场两边，遥遥相望，各个儿用鼻孔看对面。

郭志雄从体育老师那儿领来了决赛专用的队服背心，分给他的队友。

韩梦很嫌弃地捏着那件衣服："这衣服从去年放到现在没洗过吧？一股汗味。"

郭志雄已经穿好了，热血沸腾道："这是荣耀的象征！"

"'中二'病没救了。"韩梦往衣服上喷满香水，勉强套上。

这队服尹澈也不太想穿，但比赛规定，没有办法。

换完衣服，郭志雄把他们四个聚在一起："一会儿咱们先打配合，给我个机会露下小锋芒行不？学妹在旁边看着呢。"

周浩亮："我也想露下小锋芒，说不定比赛完就有学妹关注我了。"

韩梦："你俩有锋芒可以露吗？"

郭志雄、周浩亮："……就你话多！"

"我随便。"尹澈无所谓。

"我也随便。"蒋尧跟着说，"反正胜利终将属于我们。"

比赛即将开始。

体育老师充当裁判，嘴里含着口哨，对两个班的选手说："友谊第一，比赛第二，知道了吗？"

"知道了！"

"好！"

篮球腾空，哨声吹响，全场一片沸腾。

蒋尧和尹泽跳得都很高，但蒋尧快了一步，抢先夺球落地，迅速带球冲向篮筐，速度快得连他队友都追不上。

郭志雄、周浩亮："说好的配合呢？！"

跑至三分区域，蒋尧果断起跳投篮，篮球在空中划了一道优美的长弧,即将入筐——

砰!篮球架下,刚赶到的尹泽起跳截杀,将球重重拍下,快狠准,动作一气呵成,英姿飒爽,目光不屑。场边三班学生的尖叫声震耳欲聋。

尹泽迅速下落,脚一触地就去夺球,然而尚未摸到球,球就在眼前消失了。紧接着,又是砰的一声。篮球入筐坠地,弹跳了几下,滚到他脚边。

"抱歉。"尹澈与他错身而过。

场边计分的同学翻了下记分牌,显示为 2:0。

这回轮到一班同学尖叫了。

"我的天呀,一开场就这么激烈的吗?"

"太刺激了太刺激了!不愧是这三位!"

"我们班有蒋尧和尹澈!稳了稳了!"

尹澈听见场边的呐喊,回头看了眼自己弟弟,尹泽的脸色不像在生气,只是眼神有些复杂。

没生气就好。他挺怕尹泽生气的。

但这场比赛,大家都倾注了很多时间和精力。郭志雄每天一有空就跑去操场练球,学校不允许把篮球带进教室,他就偷偷地藏在教室后面的柜子里,冒着被老吴和"张教主"发现的危险,只为了方便练球。还有韩梦,体力又差人又娇情,天天嫌弃这嫌弃那,但还是听从安排跟着练,一次都没有缺席。从刚开始一场都打不下来,到现在体力足够打完一场,不知道付出了多少汗水。还有周浩亮、蒋尧……大家都在全力以赴,他有什么理由划水?

要打就认真打,不负自己,不负友情,不负青春。

上半场过去,比分咬得很紧,双方的分数只差五分。

"你弟比上次厉害多了。"蒋尧提起领子扇风,"这什么成长速度?怪物吧。"

周浩亮扶着墙喘气:"你才是怪物好不好?你那什么速度?我追

都追不上……"

郭志雄心如死灰："我今天终于见识到了人与人之间的差距，我不配打篮球……"

"下半场打配合。"尹澈戳了下蒋尧的胸膛，警告，"别光顾着自己出风头。"

周浩亮连忙摆手："不不不，别了吧，别传球给我，澈哥，你弟也很可怕，我不想跟他对上。"

"没关系，他抢你球，我给你抢回来。"尹澈随口道，"你不是想小露锋芒吗？"

周浩亮感激涕零："你就是我的神！以后我孩子认你做干爹！"

"谁要当你家孩子的干爹？"蒋尧把他同桌拽过来，"我同桌以后自己会有一个篮球队的孩子，对不对？"

尹澈一记眼刀甩过去，蒋尧依旧笑嘻嘻的。

"少聊些乱七八糟的，专心比赛。"

中场休息完，下半场继续，篮球赛得赶在第一节课开始前结束。

蒋尧还算听话，乖乖打起了配合，一身嚣张架势稍有收敛，但这样一来，一班整体就处于劣势了。

三班除了尹泽，其他人实力也不弱，配合也比他们默契，比分很快被追平了，尹泽的队伍甚至反超了两分。

"我要窒息了，还有十分钟，分数能不能追回来啊？"章可掐着自己的人中猛吸气。

场上，尹澈截到球，传给郭志雄，一转身，差点撞上尹泽。

这次尹泽倒是没有像避蛇蝎一样闪开，而是给了尹澈一个意味深长的眼神。

尹澈茫然地看着他跑向蒋尧。蒋尧刚拿到球，正被对面三个人包抄，他做了个假动作，朝场边跑，打算绕过他们。

场边突然"哇"的一下爆发尖叫，不是兴奋，而是惊慌——有个女生跌倒了。

蒋尧刚好经过,扶了对方一把。

这一幕,似曾相识。

章可眼睛尖,看清了蒋尧扶着的人:"天哪天哪!好戏升级了!"

"啥?"

"你知道蒋尧接住了谁吗!"

"谁啊?"

章可兴奋道:"白语薇!"

一班最终以三分之差险胜三班,夺得了本届一中篮球赛高二组的第一名。

荣耀是有了,但赛后,贴吧里讨论得最多的不是谁输谁赢,而是在比赛临近末尾的时候,发生的那一段插曲。

白语薇被蒋尧扶住后站定,看样子没什么大碍。尹泽冲过来,一把攥起他衣领,将他扯开:"你干什么?!"

"我帮助同学还不行了?"蒋尧冷眼反问。

气氛剑拔弩张。

好在这时体育老师跑过来调停,让他俩重新回到了赛场,继续比赛,白语薇则由同学扶着去了医务室。

有的学生带了相机来观赛,将这一段完完整整地录了下来,发到了贴吧上。

下午放学回家。

司机在前面开车,尹澈坐在后座,看班级群里聊天。

周浩亮:"我翻遍了贴吧,没有一个人提到我的名字,我甚至用了搜索,呜呜呜……"

郭志雄:"兄弟,别郁闷了,我收到的信息也都是来跟我聊蒋尧的。"

章可:"所以尧哥和白语薇最近又玩到一起了?"

前段时间看他们好像没什么来往了啊。

韩梦："我猜碰巧而已。"

这时，左上角弹出条新消息。尹澈点开，看到蒋尧给他发来的信息。

"你同桌的消息？"尹泽坐在旁边，冷冷问。

尹澈："嗯。"

"哼。"尹泽撑着车窗框，侧目，"哥，有些话很难听，但我不得不告诉你。他这人不老实，想骗你实在太容易了。"

尹澈想说他不会骗我的，但张开嘴，却说不出来。

蒋尧昨晚刚骗过他。

虽然并非恶意，但他第一次知道，蒋尧原来是会骗他的。这次正好被他发现，那以前呢？还有他没发现的吗？

"而且像他这样的人，为什么非要跟你这样的……人做朋友？崇拜他的人那么多，他就非得跟你当兄弟？"尹泽问。

尹澈摇头："他没必要在这种事上骗我，就像你说的，他骗我图什么呢？"

"图个新鲜呗。"尹泽冷哼。

尹澈不想再聊这个了，展颜笑了笑："阿泽，难得你这么关心我。"

尹泽看他一副无所谓的样子就来气："不信拉倒，到时候可别怪我没提醒你。"

晚饭过后，回房间写作业，蒋尧照例发来视频，开口第一句又是："对不起啊。"

尹澈都快听烦了："都说了不用——"

"我去跟白语薇说清楚了。"

"什么？"

"我说，我去跟白语薇说清楚了。"蒋尧很高兴的样子，笑得灿烂，"你以后不用担心了，毕竟她是你弟的好朋友，你弟又讨厌我。"

尹澈怔了好一会儿，听见自己缓缓地说："哦……那挺好。"

第七章　往事

好个鬼。

蒋尧怕他和他弟介意，于是和白语薇保持距离。

蒋尧接着说："哦，对了，我顺便去市医院看望了下社长。"

"嗯，他怎么样？"

"挺好的，问你怎么没来，我说你一放学就跟弟弟跑了。"蒋尧笑道，"你最近怎么周周都回家啊？我都找不到你玩了。"

"就算我留在学校，你又不在宿舍。"

"谁说的，下回我也留校，你到我寝室来玩啊。"

"你说的。"尹澈勾唇，"有本事到时候拍个合照，发班级群里。"

蒋尧嘿嘿一笑，摸摸鼻子，有些不好意思的样子："那就不必了吧，怕吓到他们。"

"我说真的，什么时候能让他们别在群里猜我俩关系不和了？"

"我觉得你急了。"蒋尧笑得温柔，轻声问，"怎么突然想证明咱俩关系好了？"

他也不知道。

可能是他越来越重视这份友谊了。

"不是之前就说了吗，等麻烦过去就跟他们说。"

"那好啊，下周末你别回去，来我寝室玩，我到时候拍张合照发群里，敢不敢？"

"有什么不敢？"

"那就一言为定咯。"

挂了电话，也没什么心思写作业。尹澈思前想后，打开手机，发了条信息——

"冯医生，加大治疗力度吧。"

五月下旬，气温逐渐进入初夏的范畴。

不少女生换下了校服长裤，穿上一中的正装半裙。有些爱漂亮的会偷偷把裙子腰围改小，然后往上提，尽量露出自己的长腿。但也不能露得太多,以免被"张教主"盯上。

体育课还得换回长裤,很麻烦,但抵不过爱美之心。

课间,教室外走廊上的男生也越来越多。陈莹莹接完水回来,看见他们班三个男生站在走廊上:"哎,你们仨怎么回事?郭志雄,眼睛别乱瞟啊,当心我去告状。"

"班长冤枉!我在跟他们分篮球赛的奖金。"郭志雄把两张十块钱的纸钞分别塞给另两人,赶紧跑回教室,目不斜视,"班长你可千万别跟学妹乱说啊!"

"知道了!"陈莹莹接着质问剩下的两个,"你俩又是出来干吗的?"

韩梦:"别问我,我只是出来透透气,她们有什么好看的?她们谁能比我腿长?我不如看自己。"

逻辑诡异,但又无法反驳,陈莹莹无语,只好问最后一个:"蒋尧,你呢?"

"我和我同桌一起在发呆。"蒋尧笑笑。

坐在靠近走廊窗边的尹澈抬头,一脸冷漠:"滚。"说完继续趴下睡觉。

韩梦:"看你们这么'兄弟情深'我就放心了。"

陈莹莹:"一时竟不知道你俩谁更有病。"

不一会儿铃声响了,走廊上很快没了人影。

这节课是语文,本来要默写古诗的,吴国钟走进教室,大手一挥,乐呵呵道:"咱们班篮球赛名次从倒数第一变成了正数第一,不容易,奖励你们,今天不默写了!"

讲台下瞬间欢呼雷动,章可高呼:"吴老师真帅!爱你!"

"哎,严肃,严肃。"老吴假装咳了两声,还是忍不住笑了,"看把你们乐得,又不是不默了,推迟一天而已。"

"晚死一天也是好的!"有人大喊了一句,同学们一片哄笑。

蒋尧察觉他同桌稍稍动了动,说:"别睡啦,小懒兔,已经上

第七章 往事

课了。"

尹澈慢慢抬起头,额前头发被压得乱糟糟的。

蒋尧:"今天怎么这么困?精神不好?"

"昨天没睡好。"

"那你今晚早点睡,我给你带牛奶。"

周五放学,住宿生们陆陆续续回家,章可拖着行李箱从寝室出来,看见蒋尧两手空空,疑惑:"尧哥,你不回去?"

"嗯,这周家里没人,不回去了。"

蒋尧笑着挥别他,转身开门进了隔壁寝室:"拿上书,去我那儿……"

尹泽和他四目相对:"去你那儿?哥,你这周不回去了?"

尹澈头疼:"嗯,是有一些事情……"

"有什么事情平时不能说,非要周末的时候?"

蒋尧:"我俩关系好,周末想一起好好复习,不行吗?"

尹泽忍无可忍:"你!跟我出来!"

"我去去就回来,你先去把书拿过来。"蒋尧眨眨眼。

尹澈还有点蒙。

尹泽气冲冲地走到六楼顶楼,一脚踹开宿舍楼天台的门,把一群有说有笑的同学们吓得够呛。

"不好意思,征用一下场地。"

"哦哦哦,我们马上走……"

蒋尧跟那些同学擦身而过,把门关上:"干吗啊,弟弟,这么大火气?"

尹泽胸膛起伏不平,竭力保持冷静:"你上次去医院,冯医生怎么说?"

"哪次?"

"别装傻!上次你跟我说的那些事情,你说第二天去医院搞清楚,后来就没下文了，结果到底是什么？"尹泽紧盯着他的表情。

天台上风有点大，蒋尧的笑容也被风吹得有点虚："哦，对，我问清楚了。"

"是……我搞错了。"蒋尧缓缓道。

"我就知道是你乱猜。"尹泽吁了口气，"你也给我正视现实。"

"嗯，我知道。"

"别以为他好像对什么都不在乎，你就可以骗他。"尹泽揪起他领子，"要是被我发现你利用他，我揍死你。"

蒋尧微笑："欢迎监督。"

尹泽冷哼，松开手，转身开门，下台阶前顿了顿："还有。"

"嗯？"

"别缠着白语薇，不然我也不客气。"

蒋尧来不及解释，门就在眼前砰地关上了。

回到寝室，尹澈已经把自己的书搬了过去，很安静地坐在寝室里看书。

尹澈抿了下唇："我生日还有两个星期。"

"嗯，我知道啊，怎么了？"

"这两个星期里，我希望能克服应激症。"

"急什么？慢慢来。"

尹澈轻声说："能不能跨过这道坎，就看这两个星期了。"

蒋尧："怎么突然这么正经？成年怎么了？难道你的病成年后就治不好了？就算治不好又怎样，其他没治愈的人不也过得好好的。"

"嗯。"尹澈看着他，"我弟刚刚跟你说什么了？骂你了吗？"

"那必然骂了，他警告我别靠近白语薇，我好冤，我只是和她多说了几句话，而且他俩不是闹掰了，管这么多？"

"看来是真的在意她，他就是较劲，不肯放下身段去跟人家道歉。"

第七章 往事

蒋尧:"就是,哪像我。"

晚上,乔婉云打电话来叮嘱,明天记得要去医院,还问:"怎么这周又不回来了啊?"

尹澈听见他弟在旁边喊:"妈,你别管他,他在学校开心着呢。"

尹澈无法反驳,确实挺开心的。

蒋尧洗完澡出来,擦着头发坐到床边,看他在打电话,很识趣地没作声,等他挂了电话才开口:"明天我陪你去医院吧?我还没见过你怎么治呢,是不是针灸、拔罐?"

尹澈:"我又不是看中医,就普通治疗,很无聊,去了也是在外面等着,不用陪。"

"好吧,那我在寝室等你,回来了我们一起出去逛逛。"

"嗯。"

蒋尧擦完头发,把毛巾挂好,躺在床上看起了书。

周六。

尹澈照例去医院,蒋尧留在寝室打扫卫生,做作业,看午饭吃什么。

作业做完了,饭点也过了,睡了个短暂的午觉,才听见宿舍门被打开。

"怎么去这么久?我给你发信息也不回,差点去医院找你。"

尹澈脸色有点白,肩上背着的单肩包感觉很重,快把他压垮了:"你吃午饭了吗?"

"吃了,点了外卖,给你留了一份。"蒋尧接过他的背包,掂了掂,根本没多重,但是比早上出门的时候鼓了些,"拿了药回来?"

"嗯,放桌上吧。"

"好。吃饭吗?还是热的。"

"不了,我有点头晕,可能天太热,公交车上闷。"尹澈径直走向床,半途脚下一趔趄,重心不稳,整个人往前扑倒。

蒋尧及时扶住了他："没事吧？"

尹澈没回话，很安静地定在原地一会儿，过了几分钟才继续走向床，倒下去："我先睡会儿，晚上我们出去逛。"

"你要是不舒服就不去了。"

尹澈呓语了两声，已经差不多睡着了。

蒋尧走过去，替他脱鞋，忽然发现，他的脚踝细了。

尹澈平时总穿得很严实，变化不明显。但连脚踝这种没什么肉的地方都瘦得肉眼可见，其他地方不知道瘦成什么样。

床上的尹澈翻了个身，眉头皱得很深，不知梦见了什么。

蒋尧给他盖上薄被，站起来走到书桌边，打开他的单肩包，一样样翻看里面的东西。

钥匙、手机、公交卡……这些原本就有，只多出来三样东西。

他把这些东西又一一放回去，看了眼床上未醒的人，出门走到安静的角落，拨出一个电话，对方很快接通了："喂，他怎么样？"

"不怎么样，他好像对自己的病情不太乐观。"蒋尧靠到墙上，抬头望天。

尹澈醒来的时候，窗外的云已经变成了橙黄色。

脖子上的疤还是很痛，但比上午在医院被电得昏死前那会儿好多了。宿舍里没别人，蒋尧不在，他有点茫然，不知道该做什么。

这时，寝室门开了。

蒋尧提着一袋子外卖进来，脸色有点红，额头有汗："醒了？我刚出去跑了两圈，顺便去外面粥店打包了一碗粥，挺清淡的，你趁热吃吧。"

尹澈下床穿鞋，走过去，顺手拿了毛巾递给他："你还跑什么步，不都赛过博尔特了吗？"

"骄傲使人落后，我得保持住。"

尹澈笑了："倒没看出来你这么谦虚努力。"

"那当然,我还有很多你没发现的闪光点。"蒋尧拉他坐下,打开外卖盒,"来尝尝味道,我监督着老板娘煮的,绝对不含任何添加剂。"

"废话,有添加剂也不会让你看到。"尹澈拿起塑料小勺,舀了一勺粥,送进嘴里。

香菇鸡丝粥,煮得很稠,几乎感觉不出米粒的形状,口感清爽,略带点咸鲜,让人很有胃口。一大碗粥,他差不多全吃完了,这是他这阵子吃得最多的一顿。

吃完才想起:"你吃过了吗?"

"嗯,我把你中午没吃的那盒外卖吃了。"

"吃冷的?"

"没坏就行,我没那么娇气。"蒋尧抽了张餐巾纸递给尹澈,"一会儿洗个澡,再睡一觉,我看你今天挺累的。"

"嗯……抱歉,难得你留校。"他们却没有出去玩。

蒋尧笑笑:"没关系啊,不是还有明天半天吗?"

"嗯,明天出去逛。"

晚上的时候尹澈反而睡不着,可能是白天睡多了。辗转反侧,熬到半夜,实在没辙,打开手机,漫无目地看了会儿新闻,接着看班级群聊。

这个方法倒是有效,没一会儿就困了,他刚想关掉手机睡觉,班里几个"修仙党"又聊了十几条。

尹澈滑下去,看见章可发了一个链接:"蒋尧,这下实锤了吧!"

什么锤?尹澈点开链接,自动跳转到了学校贴吧。

这是一条帖子,标题很夺人眼球:《终于知道蒋尧和尹泽为什么这么不对付了,今天刚拍的,有图为证》。

尹澈手指往下滑,一张照片映入眼帘。

照片中的主人公,一个是蒋尧,另一个女生尹澈并不陌生——

白语薇。

周日早上，天色阴沉沉的，飘着小雨，看起来随时会下大。

蒋尧这一晚睡得不太踏实，很早就醒了，起来却发现尹澈不在。他噌地一下跳起来，来不及思考，随手套了件衣服，边套边往外冲，一开门，恰好撞上尹澈。

"你干吗？"

蒋尧瞬间松了口气："你干吗去了？"

"我还能去哪儿？"尹澈走进寝室，把手里刚买回来的早餐往桌上一放，"喏，报答你昨天的照顾。"

还是昨天那家粥店，他买了皮蛋瘦肉粥加肉包，刚出炉，热气腾腾的。

蒋尧洗漱完，坐下跟他一起吃："什么报答不报答的，你是我同桌，照顾你是应该的。"

尹澈撑着脑袋，眯起眼看他："不仅照顾我，还照顾别人是吧？"

蒋尧一愣："什么意思？"

尹澈点开昨晚那条帖子，翻到照片，直接把手机搁到他面前："解释一下？"

蒋尧看了眼，急忙道："你听我解释！"

"嗯，听着呢。"

"我昨天从操场跑步回来，刚好遇到她，她这周也没回去。然后我俩就说起了你弟的事，她有点难过，我安慰她而已。"

这个理由挺合理。

"好，我知道了。"尹澈低头继续喝粥。

"……就这样？"

"不然怎样？"

"我以为你会生气。"

"我为什么要生气？"

蒋尧笑了："毕竟这是你弟在意的女生，你弟不喜欢我和她走太近。你这么信任我，我好感动啊。"

第七章　往事

"应该的，不客气。"尹澈淡定道。

周末就这么平平淡淡地过去了。

初夏的气温特别容易令人犯困。尹澈这几天白天总是迷迷糊糊的，蒋尧不叫他，他能睡一节课。

蒋尧也不忍心总是打扰他睡觉，于是各科老师经常发现最后排有颗脑袋趴着。一次两次还好，三次四次，终于忍不住告诉他们班主任了。

这天，吴国钟趁午休的时候，把人喊到了办公室。

"最近怎么了？晚上没睡好吗？"鉴于尹澈平时听课还算认真，吴国钟没往打游戏、看小说那些方面想，"有什么心事可以跟老师说说。"

医生都解决不了的心事，老吴一个语文老师更不可能解决。

"最近天气太热了，寝室空调还不开，我怕热，就没睡好。"尹澈回。

一中的空调是统一供电的，通常在六月中旬左右开，今年气温比往年都高，才六月初就已经三十多度了，觉得热也正常。吴国钟不疑有他："这样啊，那我一会儿去问问宿管，能不能提前开。"

"嗯，谢谢老师。"

吴国钟摆摆手："虽然是外部原因，但你也要尽量克服。上次期中考进步了五十名，期末考别掉下来啊，继续往前冲，老师相信你。"

"嗯，我会努力的。"

吴国钟颔首，也不想把气氛搞得太严肃，接着开玩笑："你去年期末考在寝室里昏倒，不会也是因为热吧？"

去年期末考当天，监考老师跟吴国钟说"你们班的尹澈没来"的时候，吴国钟吃了一惊，以为这小子睡过头了，赶紧去寝室喊人。门敲了半天也没人开，最后喊宿管拿来钥匙，一开门，吓傻了，地板上直挺挺地躺着个人。

尹澈衣服都穿好了,像是出门前突然倒下的。

吴国钟赶紧叫救护车,陪着去医院。或许是路上太过颠簸,尹澈半路清醒了,说的第一句话是:"老师,别告诉我爸妈。"

但吴国钟当时早就说了,乔婉云和尹权泰立刻赶到医院,说了一通自家孩子从小身体弱、谢谢老师及时发现云云。

"看着挺结实,体质怎么这么弱?缺乏锻炼啊。"吴国钟笑着拍了拍他的后背,想鼓励他。

尹澈被拍得往前踉跄了步,撑住桌子,剧烈咳嗽。

吴国钟连忙扶他:"哎哟!老师不是故意的,没用力啊……"

"没事……咳咳!我只是……呛到了。"尹澈平复呼吸,"老师,我可以回教室了吗?"

"好好,你赶紧睡一会儿,下午别犯困了啊。"

等他走了,吴国钟还在纳闷:"我手劲有这么大吗……"

一周过去,又一周到来。

陈莹莹某天晚上翻看通信录,发现一件特大事件,赶紧发群里:"这周六是尹澈生日哎!"

韩梦第一个冒出来:"你怎么知道?"

陈莹莹:"我不是说过,给你们每个人都备注了生日。"

韩梦:"不愧是我们细致入微的班长。"

章可:"我合理怀疑你就是想拍班长马屁。"

陈莹莹:"有没有听我说啊,你们两个?正好周六,咱们出去玩不?尹澈你想去哪儿?我们请你啊。"

郭志雄:"我最近很穷,求你们挑便宜点的地方。"

周浩亮:"生日必须得有排面啊,便宜的你好意思请吗?"

韩梦:"你们别急,我知道,蒋尧肯定已经想好了,对不对?"

蒋尧:"聪明。我想的这个地方,一定能让澈澈感动落泪,涕如雨下。"

第七章 往事

尹澈:"哦?"

章可:"哈哈哈,现场翻车。"

蒋尧握着手机回头:"又拆我台。"

尹澈坐在自个儿寝室的书桌边,冲他挑眉:"你倒是说啊,看我会不会感动落泪。"

"本来想带你去我家的,让我爸给你做一桌子好吃的。"蒋尧无奈苦笑,"但你人气太高了,大家都想给你庆祝生日,我总不能把这么多人带回家吧。"

尹澈思考了会儿,低头打字,往群里发:"简单点,唱歌去吧,好久没去了,我请客。"

发完抬起头:"唱完歌,去你家玩。"

周六当天。

尹澈从医院回来,差不多十一点。乔婉云做了一桌费功夫的菜,席间埋怨:"今天你十八岁生日,晚饭还不在家吃,真是长大了就不要爸爸妈妈了。"

尹澈:"这周开始我每周都回来,暑假也不出去了,陪你们。"

"这还差不多。"乔婉云满意了,笑道,"跟同学出去玩妈妈不反对,但要注意安全,外面世界很乱,你们一帮小年轻当心点。"

"嗯,知道。"

尹权泰皱起眉:"冯医生今天怎么说?我看你的病治了好几个月了,怎么脸色越来越差?"

尹泽闻言抬头瞥了眼。

他哥本身肤色就白,但今天回来,白得几乎没有血色。

"正常的,过阵子就好了。"尹澈垂着眼,夹了块乔婉云做的松子鳜鱼,放进嘴里,慢慢地嚼。

又甜,又酸。

像如今的每一天。

鱼肉被嚼烂,他咽了下去,抬起眼:"爸,下学期,我想转学。"

生日订的地方在西城,班上大多数同学都住西城,方便碰头。尹澈订了个超大包间,想来的都能来,装下整个班都不成问题。

陈莹莹等人提早到了,买了些水果饮料带过来。

"澈哥请客,你干吗替他省?他那么有钱。"章可迷惑。

陈莹莹摆放着饮料:"有钱就该被宰啦?谁的钱都不是大风刮来的。"

客人差不多到齐了,主角才姗姗来迟。

尹澈:"不好意思,迟到了。"

正好服务员端着赠送的饮品进来,章可不嫌事大地高呼:"罚一个!"

服务员端上来的饮品不过是碳酸饮料,但此刻大家都被无拘无束的气氛感染,也跟着起哄:"不喝说不过去啊!"

服务员很识趣地倒了一杯,尹澈没忸怩,伸手去拿,一口气干了。

他这豪迈一饮,包间里的气氛到达了高潮。这家饭店的特色是每个包间里都配备了能唱歌的装备。章可先点了几首网络上的流行曲来助兴,鬼哭狼嚎地瞎唱,五音不全、魔音穿耳。三分钟后被郭志雄无情切歌,换成了一首流行情歌:"滚滚滚,让我献唱一首。"

"大熊看着五大三粗的,没想到唱歌还挺好听。"陈莹莹沉浸在那深情的旋律里,由衷地夸奖。

韩梦:"这叫人不可貌相,比如我,虽然长得美,但实际上超有男子气概。"

"少往自己脸上贴金。"

郭志雄一首唱完,收获掌声无数,对身边的女生害羞地笑了笑,接着递出话筒:"下面这首谁的歌啊?"

"我的!"林远举手,接过话筒,"学长,我们一起唱吧?"

第七章 往事

杨亦乐笑说:"好。"

杨亦乐和林远唱完,麦克风又落到了其他人手里,剩下的人没事做,有人提议玩小游戏,火速全票通过。

尹澈对上次那个算二十四点的游戏有了阴影,说:"别玩费脑子的。"

章可举双手双脚赞成。

最后大家从网上的聚会游戏大全里选了个小游戏,叫"我有你没有"。规则很简单,每个人轮流说一件只有自己做过、别人没做过的事,但如果在场有人做过,那就必须接受惩罚。

每个人先把自己能想到的惩罚写在字条上,堆在一起,到时候让被罚的人抽。

游戏开始。

韩梦先来:"其实我每周末都会泡玫瑰花瓣浴。"

郭志雄:"不愧是你。"

章可:"只有你会这么做。"

韩梦顺利通过。

杨亦乐第二个:"我……在一小时里画出了一张头像素描。"

章可:"这个林远应该也做过吧!他也是素描社的啊。"

林远笑笑:"我才学一年,没那么厉害。"

这话不知是真的还是纯粹不想让对方受罚,总之杨亦乐也顺利通过。又过了几个人,大家才发现,原来即便是朝夕相处的同学,也有许多不为人知的小秘密和特殊技能。

轮到尹澈,他还没发话,其余人先替他说了:"我猜他要说他曾经揍过多少人。"

"澈哥做过、我们没做过的事太多了。"

"是啊,我感觉他做的每件事我都不会做哈哈。"

出乎意料地,尹澈没像他们想的那样,提一些当年的光辉事迹,而是指了指自己的肚子:"我这里,做过手术。"

蒋尧拿饮料的手顿了顿。

尹澈指的那处地方被衬衣盖着,谁也看不见,但没人怀疑他随口乱编。

"这不算'做过'吧?应该是'经历过'?"有人提出疑问。

"哈哈哈,这么严谨的吗?"

"哎呀,玩游戏嘛,不用这么较真,大家随意点。"

于是尹澈也过了,轮到蒋尧。

"尧哥肯定也做过很多我们没做过的事。"

"'校草'的人生岂是我等凡人能体会的?"

"得了吧,别捧我。"蒋尧笑骂,思索几秒,说,"我做了件很过分的事,大概不会被原谅了。"

尹澈侧头看了他一眼,正好对上他的目光。包间里灯光暗,蒋尧的眼神也很暗,看不清里面藏着什么情绪。

他无意深究。

人总有几个不想被别人知道的秘密,蒋尧既然没主动跟他提起过,应该不想让他知道。同样地,他也有不想让蒋尧知道的秘密,大家都一样。

其余人的好奇心被勾了起来:"什么呀什么呀,话别说一半啊。"

蒋尧却不往下说了,直接伸手抽了张字条:"算了,我选择接受惩罚。"

这游戏最令人期待的部分就是惩罚,蒋尧说的事到底指什么瞬间没人关心了,大家都伸长脖子看他抽出来的字条上写的什么惩罚手段。

韩梦离得近先看见,差点笑死:"谁想出来的惩罚啊?太恶心了。"

蒋尧无奈地把字条翻转过来,上面写着:

深情亲吻自己的手背10秒。

第七章 往事

难是不难,但众目睽睽之下做这事,又羞耻又丢人。

"来一个!展现的时刻到了!"章可乱喊。

蒋尧苦笑,把手背贴上唇,迅速亲了几下,凑够10秒:"可以了可以了,下一个。"

一群人嘻嘻哈哈地闹,嫌他放不开,罚他再亲10秒,这轮惩罚才算过去。

游戏玩到一半,点歌台放了七八首歌,下一首是蒋尧点的。

章可递去话筒:"唱吗?"

蒋尧刚要接,身旁的尹澈突然站了起来:"我出去接个电话。"

"切了吧。"蒋尧跟出去。

饭店里外都很吵,不知道哪个包间没关门,正声嘶力竭地唱着一首《死了都要爱》,尹澈没听见身后的开门声,自顾自地往前走。

冯医生在电话里说:"经过评估你的身体状况并不乐观,最坏的情况是五个月……幼时受到折磨后你的免疫力就不太好,各项器官和情绪调控能力都有损伤……而如今,应激已经引发了一系列并发症,你的身体情况在恶化……"

尹澈停下脚步,靠上墙,缓了一会儿:"啊,这样。"

不算意外的结果。

治疗了三四个月,按照原定计划,今天上午是最后一次。

依旧没有任何效果。

五个月,其实挺长了。

"可能这个方式对你无效……"冯医生显然是想安慰他,"我们之后可以试试其他方式,说不定这几个月里还会出现新的治愈病例。"

但他们俩都知道,希望微乎其微。

尹澈脑子里放空了一会儿,仰头望着头顶的水晶灯,炫目又迷丽。

他最近才发现,这个世界其实很美,他从未如此渴望活下去。

蒋尧点燃了他前所未有的求生欲,然而这股求生欲却不能帮助他治愈,反而令他走向绝望,未免太讽刺。

冯医生仍记得十多年前第一次看到这孩子的模样。

那晚是个雷雨天,他在医院值班,救护车在警车的陪同下送来一个孩子,说是被绑架的,那孩子被折磨得不成人样,据说绑匪是为了报复孩子的父亲替一个服务员打官司。

冯德良从医这么多年,大大小小的手术做过无数,但还是头一次看到一个孩子被折磨成这样。七八岁大的孩子,被关在漆黑的房间里,外面打雷下雨,他又饿又痛。挨了打,全身青紫,血流不止。劫匪以极其残忍的手段,来告知这个男孩的父亲,当时做的决定到底要付出多大的代价。

整间手术室的医护人员都因为太过震撼而呆立不动。即便过去这么多年,那可怕的场面依然在脑海中挥之不去。

好在后来经过一天一夜的手术,孩子暂时脱离了危险期。等在手术室外一天一夜没合眼的孩子父母千恩万谢。

冯德良也松了口气,以为这孩子够幸运,捡回来一条命。然而在某次术后检查时,他突然发现,这个孩子患了很严重的应激障碍症。

"不把所有的可能性统统试一遍,总觉得不死心,您就让我试试吧。"尹澈不知不觉走到了死角,停下脚步,"如果都不奏效,我就不乱来了。我已经跟我爸提过了,下学期想转学,去国外,他同意了。"

"转学?"

"嗯,总不能在他们眼皮底下发病。"他转过身,往回走,"等时候差不多了,我想去海边。我爸妈总不让我去,可能是留下阴影了,但我其实挺想再去一次的……"

在蔚蓝的海边,等日出,观日落,一天过去,又一天到来。

尹澈很投入地想象着,没留心前方,拐过一个弯时,猝不及防地撞到了人。

"啊,抱歉……"

尹澈回神,熟悉的身高,熟悉的气息。

"蒋尧?"

"兔子……"

第八章
疗愈

理我一下

尹澈愣怔一瞬，迅速挂了电话，推开他，问："你听见了多少？"

蒋尧的眼眶微微发红："你怎么出去那么久……"

尹澈松了口气，伸手拉他回去。

蒋尧却突然发脾气，甩开他的手，反抓住他的胳膊。

尹澈吃痛，同时应激症发作，往他肩上狠狠砸了一拳，蒋尧龇牙咧嘴地问："你干什么？"

"你别以为我不会揍你。"尹澈握住拳头。

蒋尧看着他："算了，今天你生日，不跟你计较，扫兴。"

尹澈发呆了一刻钟。

扫兴……指什么？自己吗？

蒋尧觉得他很扫兴。

吃过饭后，大家仍意犹未尽，章可提议："咱们找个地方去玩桌游吧。"

杨亦乐摇头："我妈规定我九点前得回去。"

林远："我也要回去了，一起去吧。"

郭志雄也说："我也要回去了，晚了要挨骂。"

"你们这些人就是麻烦。"章可放弃游说他们了，"你俩怎么说？要不要一起？"

蒋尧："不了，我俩都有事，先回去了。"

尹澈在一旁低着头，安静地听。

第八章 疗愈

蒋尧刚刚回到包间,为他准备了生日蛋糕,笑着对他说"生日快乐"。

"啊……澈哥要回去啊。"章可失望地叹气,主角走了,留下来也没什么意思,"那行吧,就地解散!各回各家!"

蒋尧不打算开机车了,找个地方把车锁了,到路边拦了辆出租车。

进了后座,发现尹澈还站在马路边上:"进来啊,干吗站着不动?"

"哦。"尹澈像得了许可,也坐进后座,"还去你家吗?"

"不是说好了吗?"

"我以为你不想带我去了。"

"怎么会?"

"嗯。"不是就好。

司机踩下油门,汇入夜晚的车水马龙中,往东城开。车里很黑,车外万家灯火。

尹澈交握着手,脸上掠过一道道路灯的影子,低头看自己绞在一起的手指,问:"你肩膀疼吗?"

"还好,习惯了。"蒋尧撑着额头,望着窗外。

"你是不是不开心了?"

"你见过谁喜欢挨揍啊?"

尹澈:"我的性格一直这样,你也不是第一天认识我。"

"是啊,我知道。但一会儿去我家的时候控制一下情绪可以吗?别当着我爸的面给我难堪。"

尹澈呆了呆。

"……对不起。"

"……没事。"蒋尧望着窗外,"我刚才语气也重了点,抱歉。"

车子只开了四分之一路程,每一公里都如此漫长。

蒋尧发完牢骚,困倦地靠在椅背上,不一会儿传来了沉沉的呼吸声。脑袋一垂一垂的。

蒋尧合着眼，从这个角度看，浓眉英气，鼻梁高挺，隐约能看出点混血的基因。但笑起来又很爽朗干净。

以前胆敢拳打脚踢是觉得蒋尧会无条件地包容他，但现在，蒋尧好像有点不高兴惯着他了。

尹澈悄悄抬起手，探到蒋尧的鼻子下方，呼吸均匀，似乎睡着了。他试探性地喊了声："蒋尧？"

没回应。

司机直视着前方，专心开车，电台里放着一首经典老歌，曲调温柔。

蒋尧呓语了句，含糊不清。

尹澈凑过去听。

这时，兜里的手机振动了。

他无法忽视那强烈的振感，只好先接电话。本以为是他爸妈打来的，结果是韩梦。

"蒋尧在你旁边吗？"

"在，怎么了？"

韩梦说："我好心来提醒你一声，你最好提点下你同桌，他最近太张狂了。"

尹澈没明白："他哪里张狂了？"

"比如上次篮球赛，他故意去扶白语薇……"

"记得，但他说碰巧。"

"啊？"韩梦吃惊，"你没看到他今天在跟白语薇发消息吗？"

"什么？"

"蒋尧不就坐在你旁边吗？你没看到？"

"改天再说，先挂了。"尹澈直接按了挂断键。

到东城的路程还有半小时，足够他冷静下来面对悠悠转醒的蒋尧。

第八章 疗愈

"到哪儿了?"蒋尧伸了个懒腰,皱眉按着太阳穴,望向窗外,"都到这儿了啊,前面就是我家了。"

尹澈:"师傅,停大门口吧。"

蒋尧看他:"干吗不开进去?里面还要走一段路,挺远的。"

"我有话问你,下来。"

司机听从指示,把他俩放在了大门口,收了钱之后,扬长而去。

晚风闷热,夜空中飘荡着几片乌云,随时可能降下一场暴雨。

一年过去,又快到夏天了。

尹澈看着面前人漫不经心的样子,好像和去年初见时没什么区别。

但又好像,什么都变了。

蒋尧插着兜:"有话快说,都九点了,今晚不打算回家了?"

尹澈看着他:"哥,你是不是又骗我了?"

蒋尧微愣:"我哪儿骗你了?"

"你跟白语薇有往来,别人都看到了。我之前说过,尹泽挺在意她的,你也说和她聊不到一起去,不会和她有太多联系。"尹澈问得很直接,"你是不是觉得我是个傻子?"

蒋尧张了张嘴,欲言又止。

"为什么要骗我?"

蒋尧依旧保持沉默,移开了视线。

尹澈走上前,一把攥住他的衣领:"我早就说过,我相信你,你这样骗我没意思。"

蒋尧缓缓地深呼吸,突然转过头,看着他:"尹澈,你是一个病人。"

尹澈突然怔住。

"我没法跟你永远做朋友。"蒋尧低声说,"对不起。"

尹澈松开手,倒退一步,呆呆地看着他。

近一分钟,尹澈的脑子里都是空白的,紧接着,闪现过很多画面，每幅画面里都有蒋尧——

第一次见面的蒋尧；

在路灯下安抚他的蒋尧；

运动会背着他去医务室的蒋尧；

跨年烟花漫天时对他说新年快乐的蒋尧；

除夕夜从东城过来看望他的蒋尧；

春游时扔巧克力过来和好的蒋尧；

…………

最终回到当下，站在他面前，说"对不起"的蒋尧。

"……尧哥。"一个音，颤抖了两下，"你骗我的吧？"

"对不起。"蒋尧低着头。

这场景，似曾相识。篮球赛之后，蒋尧也是这样的。

尹澈一瞬间，什么都想通了。

"是白语薇劝你的吗？"

蒋尧默不作声。

"……还真是她。"

他早该猜到了。

他就像个傻子，执着盲目地相信着蒋尧，对眼前堂而皇之发生的一切毫无察觉。

他太信任他了，以至于现在这么狼狈。

"为什么骗我？"

"我上网查了，你的病太危险了，你知道吗，应激症患者会幻听，不仅会自残还会伤害他人，我……"

"原来是我的错……是我有病，对不起！"

"我一点都不想治病。"尹澈空空荡荡的手颤抖着，"谢谢你，告诉我这些，我终于不用幻想自己能融入正常人的生活了。"

他打开背包，把包里的药统统丢到地上，忽然觉得心头一轻，整个人都放松了。

第八章 疗愈

"帮我扔掉,再见。"

蒋尧拉住他,尹澈回头,看见身后人眼里通红。

他不明白,为什么自己都没哭,蒋尧却一副要哭的样子。

尹澈没有过多的表情,像往常一样一脸冷酷,甚至对他笑了笑:"其实我下学期可能会转学,到国外去。所以我们本来就不会一直做对方最好的朋友,就这样吧。"

蒋尧收紧手:"你是不是永远不会原谅我了?"

"你今晚说的那件很过分的事,就是指这件?"

蒋尧点头。

"我原谅你。"他这种寿命不长的人,还有什么可耿耿于怀的?只不过是撒谎隐瞒而已,谁没做过呢?

"我早就说过,我们不适合做兄弟,你不信。"尹澈挣开他的手,对他挥手再见,"还好现在醒悟不算晚。

"以后如果缺伴郎的话……找别人吧,尧哥。"

路边经过一辆空车,尹澈挥手拦下,坐进副驾驶座,报了自己家的地址。司机设好导航,按照提示,往前加速行驶。他手肘撑着窗框,透过后视镜,看着那个越来越小的身影。

蒋尧没追过来,捂着眼缓缓蹲下,身形抖得厉害,街边路过的行人对他投以同情目光,仿佛他才是被背叛的那个。

其实挺好的。蒋尧不用看着他生命逐渐衰竭,他也不用逼自己接受没有尽头的治疗。

"哎呀,这天感觉要下雨了。"司机把自己那侧的窗升了起来,问身边的乘客,"窗关上闷吗?要不要开空调?"

"好。"

雨似乎已经下了半天,尹澈抬手抹了抹窗户,没能抹干净,放弃了,缩回手,打开手机。

理我一下

手机的屏幕也像蒙了一层水雾,不太清晰。他凭借着记忆,找到了某段很久以前截取的录音。

录音很短,一秒左右,他放在耳边循环听了很多遍。

老天终究是收回了这场始于夏末、终于夏初的奇迹。

十八岁的第一天尚未开始,但他期盼的每一个明天,好像已经结束了。

周日晚自习,尹澈照常出席了,总不可能因此辍学。

过了一天,还是得在学校里相见。

所幸,蒋尧没来,令这份尴尬延后了一天。

晚上,章可在班级群里问:"蒋尧,你咋啦?怎么没来学校啊?"

蒋尧没回,群里很快又聊起了其他话题。

该不会是不敢面对他?莫非蒋尧以后都不来学校了?

然而第二天早自习前,蒋尧来了,证明他想多了。

"早。"

蒋尧今天穿了正装白衬衫,挺拔干净,笑着和章可打了招呼,像往常一样走到自己的位子,放下书包。

"你昨晚怎么没来啊?给你发消息你也不回我。"章可很受伤。

"昨晚不舒服,跟老师请假了。"蒋尧坐下,很自然地随口对身旁人说,"早。"

尹澈沉默半秒,也回:"早。"

"吃早饭了吗?"

"吃了。"

"嗯。"

然后便再无对话。

章可狐疑地看着他们:"你俩今天怎么这么客气?"

尹澈不擅长撒谎,没说话。

但蒋尧很擅长:"哪有,写你的作业去吧。"

第八章 疗愈

一上午过去，气氛比想象中还平和。

上课的时候，他们俩都认真听课，不交头接耳，也不再打闹。一下课，尹澈趴下睡觉，两耳不闻身边事。

即使是同桌，也能做到完全不交流。

蒋尧似乎也无意与他多交流，中午没找他一起吃饭，自己先走了。尹澈在食堂端着餐盘找位子的时候，看见蒋尧和五班的几个学生坐在一起说笑，身旁是白语薇。

尹澈吃了几口青菜和米饭，剩下的全倒了。

晚自习，蒋尧也出去了。

尹澈做完作业，趴在桌上折星星，韩梦神色匆匆地走过来，小声说："我来打小报告，刚看见你同桌在五班门口和女生聊天。"

尹澈把折好的星星丢进笔袋，站起来："我去散个步。"

刚走到门口，又遇到一个来质问的。

"你能不能管好你同桌？"尹泽怒气冲冲，"他跟白语薇去哪儿了？"

韩梦走过来："我刚还看见他俩在五班门口呢。"

"我也听说了，但过去看的时候已经不在了。他俩能有什么事要聊？"尹泽看向他哥，觉得尹澈应该知道。

可尹澈只是对他笑了笑："阿泽，今年提前给你过生日好不好？"

尹泽一脸古怪："提前三个月？你神经病吧？"

尹澈把他拉到了外边，避开韩梦："哥下学期可能要出国，怕赶不上你九月份生日。"

"我知道，我那天在餐桌上又不是没听见，莫名其妙，突然要转学。"尹泽甩开他的手，"别装作关心我了，你要是真有心给我过生日，还转什么学？都快高三了，毕业直接申请国外的大学不是更好？"

"我成绩一般，在国内也考不了多好，不如先去国外适应起来。"

"说得好听，又要逃避啊？你这方面倒是拿手。"尹泽冷笑，"我不需要你给我过生日。做哥哥已经这么失败了，上个学交个朋友还遇到蒋尧这样的人，你不觉得自己可怜吗？"

可怜吗？其实还好吧。

晚自习结束，回到寝室洗漱完，尹澈躺在床上刷手机。

班级群里一到晚上都很热闹，章可发了几张学校贴吧的截图，持之以恒地艾特蒋尧："你看，大家今晚都在讨论你去找白语薇的事儿，你是不是和尹泽不对付，才故意去找她聊天啊？"

蒋尧这次回得很快："别乱说。"

虽然蒋尧否认了，但是大家觉得事情没有那么简单，依旧热火朝天地讨论着。

宿舍楼已经熄了灯，尹澈在黑暗中看群里激动欢乐地聊着天，屏幕光刺得眼睛有点疼。

于是关了手机，扔到枕边，睁着眼睛，望着上床的床板发呆。

像个傻子一样。

周二，一整天都在下雨。

大白天的，乌云遮天蔽日，把天空涂成了灰霾色，仿佛油画笔触般厚重。天空时不时地劈下一道闪电，照亮云层，才有一瞬间白天的感觉。

尹澈一节课没抬头，拿语文课本罩着脑袋，下课就被吴国钟喊了过去。

"上次怎么跟你说的？"老吴有点生气，"别又说是寝室太热睡不着，宿管告诉我昨天寝室空调已经统一开了。"

尹澈没解释，直接认了："对不起，吴老师，你罚我吧。"

吴国钟叹气："这不是罚不罚的问题，如果你不长记性，罚再多又有什么用？"

说得很有道理，然而最后还是罚了。

吴国钟认定尹澈是缺乏锻炼才这么懒散困倦，让他午休的时候在全班面前做五十个俯卧撑。

第八章 疗愈

尹澈受罚,难得一见,一个班的同学都在调侃说"你也有今天",一边嘻嘻哈哈地在一旁围观。

所有人都觉得,五十个俯卧撑对尹澈来说应该轻轻松松。没人想到,尹澈做到第四十个的时候,会突然没撑住,砰的一声脸撞到地上,鼻血狂涌。

陈莹莹率先反应过来,一个箭步冲上去扶起他,章可连忙拿来餐巾纸替他止血。

郭志雄想带他去医务室,但有所顾虑:"走得动吗?要不要背你?"

尹澈坐在地上,仰着头止血,视线扫了一圈,没看到那个曾经背他去医务室的人。

"没事,我自己去吧。"

陈莹莹还是不放心,于是喊杨亦乐和她一起陪尹澈去医务室。

"澈哥你好瘦啊。"陈莹莹扶着他的手臂,感觉像握着根骨头,一点肉都没有,"手臂比我还细。"

半路,好巧不巧,遇到了逛完校园回教学楼的蒋尧和白语薇。

"怎么了?"蒋尧见尹澈脸上、衣服上都是血迹,脸色一变。

陈莹莹:"你来了正好,他流鼻血了,你背他去医务室吧。"

尹澈看了眼他干干净净的白衬衫,说:"不用,我能走。"

蒋尧也没挽留:"那你当心点。"

"嗯。"

他们擦肩而过的时候,尹澈似乎感觉到,白语薇在看他,但他没看回去。

吴国钟后来听说了这件事,下午特意找他道歉:"老师没想到你会受伤。"

其实尹澈自己也没想到,自己现在连五十个俯卧撑都做不完。现在身体就已经衰弱成这样了,再过几个月大概会更虚弱,他的病果然越来越严重了。

理我一下

下午，雨下得更大了。

教室里的窗全关着，风扇吱呀吱呀地转，雨水噼里啪啦地打在窗户上。窗外树上新长出的嫩枝经不住暴雨，在风雨中可怜地摇摆，仿佛下一秒就会被折断。

最后一节课上完，不上晚自习的学生背起书包回家，上晚自习的学生不高兴冒雨去校外，都打算在食堂随便吃点。

尹澈撑了把伞，跟着出校的人流走。

今天来接孩子的家长比平时多，校门口停满了电动车、私家车。他侧身从两辆电动车的夹缝中挤过去，走到马路对面，恰好一辆车疾驶而过，溅起小腿高的水花，他的半截裤子和鞋子全湿了。

他有点想掉头回寝室，但既然都出来了，还是把事办了吧。

所有校门口的商店里，文具店的生意总是最好的。即便下着这么大的雨，尹澈推门进去的时候，里面也有三四个学生。

这些学生看到他，有意无意地往旁边走了两步。

尹澈没在意，直接问在柜台后看手机的老板："你好，有卖信封吗？"

老板看相声看得正在兴头上，头也没抬，随手一指："左边第二个架子。"

"谢谢。"

尹澈按他指的方向寻过去，找到了放信封的地方。款式很少，不是纯色就是带有偏小女生的可爱图案，毕竟这年头写信的人不多了，老板估计也没怎么进货，这几款不知道卖了多少年。

尹澈没得挑，拿了三个纯白色的信封，一个给他爸妈，一个给尹泽，一个给蒋尧。想了想，又拿了两个，打算给老师和同学。

正要去结账，文具店的玻璃门嘎吱一声被推开，又进来了一个学生。尹澈正好朝门口方向走，猝不及防地撞见了对方，愣了愣。

白语薇也看见了他，朝他笑笑："嗨，尹澈，好巧。"

"嗯。"他想不出该说什么，低着头走到柜台结账。

白语薇看见他手里的信封:"你要写信啊?"

"算是吧。"总不能说是写告别信。

白语薇一直站在门口,等他结完账,问:"有空聊聊吗?"

"你不买东西?"

"本来想买的,但既然遇到你了,想先跟你聊聊。"

"我大概知道你要聊什么。"尹澈垂着眼,"抱歉,我不太想聊。"

他拿起门口自己的雨伞,绕过她,推开门。

"你可能猜错了。"白语薇的声音从身后传来,"我想跟你聊尹泽的事。"

雨势渐小,但天空依旧阴沉昏暗,初夏的黄昏,却看不见一丝阳光。

路上行人步履匆匆,谁都想快点赶回家洗个热水澡。尹澈跟着白语薇并排走,慢悠悠地。裤子稍微干了些,鞋子还是很湿,每走一步都觉得难受,很想逃离这场雨。

"尹泽他,像一个被宠坏的熊孩子,高傲又幼稚。"白语薇苦恼地说,"和他做朋友,我时常觉得自己就像他妈一样。"

尹澈此刻心情有点复杂。在尹泽的事情上,白语薇意外地跟他合拍,这让他觉得很微妙。

"他还特别别扭,不会好好说话。"白语薇微笑,"尹澈,他这一点,是不是跟你学的啊?"

"是谁告诉你,我不会好好说话的?"尹澈看着她问。

白语薇跟他不熟,怎么会知道他是什么样的人。

"蒋尧告诉了我一些关于你的事。"

果然。

"好事还是坏事?"

"算是坏事吧。"

"这样。"尹澈扯扯嘴角,"比如呢?"

白语薇想了一会儿:"说你很傻。"

一道闪电劈下，雨伞轻微地晃了晃，狡猾的雨水趁机钻进来，淋湿了伞下人的肩膀。

"你脸色好白啊……还好吗？"白语薇关切地问，"其实蒋尧他……"

"不聊他了。"尹澈深深吸了口气，缓缓呼出，"不是说好吃个饭聊我弟吗？你说的店在哪里？"

"就在前面，拐个弯就到。"

"嗯。"

他们俩继续往前走着，不知不觉出了学校的范围。街上行人渐少，雨幕将街景隔离在一片朦胧之后。

白语薇带他拐入一条狭窄的巷子，人迹罕至，前方有家店的招牌亮着，隐约能辨认出"家乡面馆"几个字。开在这种犄角旮旯的地方，真难为白语薇能发现这家小店。

地上有些泥泞，尹澈低头看路，先一步走进巷子，走了几步，忽然察觉白语薇没跟上来。

他回头："怎么了？"

白语薇没说话，神色有些紧张，看着前方。

尹澈循着她的视线望过去，看见巷子的另一头有道人影，正在缓缓朝他们走来。

是其他客人？尹澈眯起眼仔细辨认，待那人走近了，身影越来越眼熟，终于看清来人是谁。

——潘辉。

潘辉手里拿着一根棍子，敲打着墙壁，回音在巷子里回荡："哟，真是冤家路窄啊。"

换作一两个月前，这人构不成多大威胁，但现在他身体虚弱，局势就很难说了。

白语薇被他挟持过，心有余悸，忐忑地问："怎么办啊？"

第八章 疗愈

"走吧，我们换个地方。"尹澈转身，想趁潘辉尚未走近之前，先退出巷子，到人多的地方去。然而他们进来的路口也被堵住了。

"想跑到哪儿去？"赵争胜带着四五个人堵在出口，"总算被我遇着你落单了，上次哥几个被你害惨了啊。"

尹澈把白语薇护到身后："不关她的事，让她回去吧。"

"想得美，你当我傻啊，让她回去通风报信？"

此时，潘辉也走到了他们身后："乖乖跟我们走吧，等你同桌和我们之间的事解决了，保证放你们回去。"

潘辉这话是对他说的。

对方人多势众，手里拿了家伙，他赤手空拳，还带着一个柔弱的白语薇，根本不可能占便宜。

"好，我们跟你们走。"

白语薇拉住他："真要去啊？"

尹澈拍了拍她的手背，低声安抚："没事，蒋尧会来救你的。"

穿过七拐八弯的巷子，赵争胜押着他们进了一个废弃工厂，用麻绳将他们的手反绑在身后，打了一个很紧的结。

"老实待着，我去给姓蒋的打电话，你们看好他们。"

潘辉等人点头称是。

尹澈动了动手腕，挣不开绳子，放弃了。他倒没觉得多害怕，赵争胜这些小混混，打架斗殴、争夺地盘是家常便饭，但真要他们做害人的事，他们还没那个胆量。

尹澈侧头看了眼白语薇，她神色有些紧张，但似乎不怎么害怕："你胆子挺大的，一般女生这时候可能已经被吓哭了。"

"你不也很淡定？"白语薇反问。

"我小时候被绑架过，比起那次，这次算不了什么。"

潘辉一言难尽地说："你俩眼里有没有我们？"

尹澈转头看他："喂，麻烦你一件事。"

"什么？"

"那边的钢筋能搬走吗？我看着不舒服。"

"……我又不是你小弟！"潘辉怒道，"再说那玩意儿这么重，想累死我啊？"

"哦，那算了，看你也不像搬得动的样子。"

潘辉偏不信了，气冲冲地走过去，单手抓起一截三四米长的钢筋，拖过来，往他跟前的地上一扔："谁说我搬不动？让你小看我！"

钢筋砸到水泥地上，哐啷一声刺耳的巨响，尹澈闭上眼转过头。

赵争胜打完电话回来，脸色很得意："你同桌一会儿就来救你们。"

尹澈："也就是说你们一会儿就完蛋了？"

赵争胜一脚踹过去："放屁！"

他这一脚力气不大，尹澈却半天没爬起来。

"装什么死？上次你踹我的时候不是很牛吗？"

尹澈剧烈咳嗽，像个濒死的人，整个空荡荡的工厂里回荡着刺耳的咳嗽声。

赵争胜觉得不太对劲，上前查看："别真死了啊……"

赵争胜忽然小腿一痛。熟悉的位置，熟悉的痛感。

但这次力气不够大，赵争胜没被踹倒，只往后跟跟跄跄地退了两步，气急败坏："你！"

他抄起棍子砸过来，尹澈挨了两下，漠然回视："你就这点力气？"

"你——"赵争胜还要打，被潘辉拦住。

"赵哥，消消气，一会儿蒋尧来……"

看来他们这伙人，虽然和蒋尧对着干，也还是有点忌惮蒋尧。

赵争胜重重地"哼"了一声，扔了棍子："老子不跟你计较！"

尹澈躺在地上缓了一会儿，慢慢坐起来，浑身骨头发疼。

白语薇挪了挪位置，靠近他，小声问："你干吗故意激怒他？不

第八章 疗愈

想活了？"

尹澈龇牙咧嘴地笑了笑："可能是吧。"

"别乱开玩笑……你打不过他们的，等蒋尧来再说，别冲动。"

按刚才他们走的距离推算，这地方离学校不远，顶多两公里。等了约莫一刻钟，外边传来了急促的脚步声，紧接着，工厂锈迹斑斑的铁门被推开了，一道高大熟悉的身影映入几人的眼里。

身旁的白语薇激动地喊了声："蒋尧！"

蒋尧看了一眼他们，开门见山地问赵争胜："说吧，怎样才能放了他们？"

赵争胜甩开衣摆，手插入裤兜，扬起下巴："简单，滚出东城，以后别再回来。"

"好。"蒋尧答应得很爽快，"现在能放人了吗？"

赵争胜冷笑："怎么可能？万一你食言怎么办？总要有点实际行动。"

"你想让我怎么做？"

"拍个下跪求饶的视频给我，然后去告诉你的所有兄弟，说你输给我了，以后看到我们都躲着走，不准找我们麻烦。如果你敢食言，我就把视频放出去。"

蒋尧："我出来得急，没带手机，记不得我兄弟的号码。"

赵争胜："……那就回去拿手机！"

潘辉小声："赵哥，万一他跑了怎么办？"

"不可能，他同学还在我们手上。"

尹澈突然喊了一声："尧哥！"

所有人的目光集中了过去。

"你把她一起带走吧。"

白语薇错愕："那你呢？"

"我没事，你先走。"尹澈转头对赵争胜说，"放她走吧，反正我在你们手里，他们不敢乱来的。"

听起来很有道理,赵争胜看看他又看看蒋尧,迟疑了一会儿:"行吧,反正本来就只想抓一个,放她走。"

潘辉替白语薇解开了绳子,白语薇立刻跑到蒋尧身后。

"谢了,我先带她回去。"蒋尧顿了顿,"……你能撑住吗?"

尹澈淡淡地笑了笑:"能的,别担心,快走吧。"

"……好。"

大门重新被关上。

蒋尧连一句"等我回来"也没说。

空旷脏乱的工厂里,玻璃窗碎了一地,挡不住大风大雨,里面和外边一样阴冷潮湿,甚至更甚。

尹澈合着眼,一声不吭,其余人百无聊赖地玩着手机。时间一分一秒过去,直到六点半,一中的晚自习应该已经开始了,蒋尧还没回来。

"赵哥,姓蒋的怎么去那么久?"潘辉问。

"八成是厌了。"赵争胜又等了会儿,不耐烦了,走到地上绑着的人面前,蹲下,"小子,你同桌不管你了,怎么办啊?给他打个电话让他回来,不然我可要让你吃苦了。"

尹澈闭着眼:"滚。"

"嘿,都这副样子了还这么狂。"赵争胜站起来,"你别嚣张我告诉你,我记得你怕什么。"

他在旁边一堆带来的东西里翻了翻,找出棒子:"再问你一次,打不打电话?"

尹澈睁开眼,眼底没温度:"再回答你一次,滚。"

赵争胜扬起手,一棒子砸下去:"不识好歹!"

尹澈闷哼,倒地滚了半圈,像一条被抛上岸的鱼,扑腾了两下,就不动了。

他没力气动,眼前发晕。

第八章 疗愈

"又装死？你以为我还会上当？"赵争胜顺手拿了包烟，点燃了一根拿在手上，自己拨通了电话。

"他居然挂了。"

尹澈笑了声："你们的计划失败了？"

这话彻底激怒了赵争胜："姓蒋的出尔反尔，我们还客气什么？按住他。"

其余几个人立即走过来，松开绳子，按住尹澈的手脚。赵争胜往他肚子上踹了一脚："咱们就耗着，看谁先受不了。"

赵争胜没敢真的下狠手，只是尹澈本来就情绪极度低落，又处在这种封闭的环境里，听着外面打雷的声音，身上被棒子打得很痛，身理、心理上都觉得难以承受。尹澈蜷缩着身体，尽量护住重要部位。

应激反应发作，他不受控地发抖、抽搐，胃里剧烈翻滚，止不住地干呕。

赵争胜夹在指间的烟头时明时暗。

尹澈在棍棒间躲闪，无意间一抬眼，瞥见那抹橙红的火光，一下子怔住，忘了挪开视线。

他盯着看了很久，久到瞳孔缓缓缩小，眼前景物变得模糊不清，恍惚之间，仿佛看到赵争胜的面容在火光中扭曲变形，与很久以前，记忆中某张蒙面的脸重合在了一起。

好熟悉……一切都好熟悉。

他茫然地望向四周。

昏暗的废弃工厂、灼烫冒烟的烟头、电闪雷鸣的天气、按住他手脚的男人、散落在旁的钢筋……

回忆中濒死般的疼痛与绝望席卷了他。

混沌的脑子里霎时间冒出个念头，他曾思考过无数遍的念头——为什么那时候没死成呢？

如果那时候死了，就不会浑浑噩噩地活了这十年，不会害怕交朋友，不会为了友谊燃起希望去治病，不会重新经历这一切……

求生欲早在那一晚被折磨殆尽了,好不容易被蒋尧和同学们激发出了一点,却还是不够,没能治好病。

可能从一开始,就只有他自己当真了。或许真的像尹泽说的,蒋尧和他成为朋友,只是图个新鲜罢了。

这种可能性他不是没猜想过,只是不愿细想,他不愿把蒋尧想得那么坏。

其实他没那么大度,没那么超脱。他也想和蒋尧大吵一架,痛骂一顿,电闪雷鸣和棍棒好像对他不起作用了,他看着身处的仓库,心里居然很平静。

喉咙里隐隐涌起一股腥甜的味道,眼睛发胀,尹澈轻轻地吸了一下鼻子。

赵争胜停手:"哭什么哭,知道疼了?"

地上的人没答话,僵硬地躺着,不喊疼,也不喊救命,眼泪从空洞无神的眼里流淌出来。

赵争胜把棒子扔到一边:"说话!听到没!别装死!"

地上的人依旧没回应。

砰!工厂的大门被踹开,来人迅速奔至跟前。

赵争胜指着地上的人:"姓蒋的!你同桌他——"

尹澈被踹门的巨大动静震回意识,费劲地眨了眨眼,还是看不清,想抬手擦去脸上的狼狈,可手被抓着,动不了。

来人走到他面前蹲下,问他:"你还好吗?"

这句话像从很远的地方飘过来的,但他听清了,是蒋尧的声音。

"不太好。"他努力朝蒋尧扯了扯嘴角,咸湿的液体流进了嘴里,不知是血还是泪,"尧哥,我感觉自己快死了。"

意识又开始抽离,身体里的动荡却愈发剧烈鲜明,方才被点燃的东西越烧越旺,仿佛随时会爆发一座休眠火山,将他燃烧成灰烬。

蒋尧扣住他的肩,力气很大,抓得他很疼,声音似乎在颤抖:"我不准……"

第八章　疗愈

尹澈抬起手，覆上蒋尧的手背，一根根地掰开他的手指。

"你回去吧……之后的事，我自己会处理。"

"你会处理个鬼！"蒋尧突然歇斯底里，抓着他肩膀拼命摇晃，"你除了伤害自己还会干什么？病是这么治的吗？！"

"不然呢？"尹澈没精力去思考他是怎么知道的，只想快点结束这可笑可悲的一切，"我已经治不好了，你还管我干什么？"

"我就要管！你不准死，听到没！"

蒋尧吼得他几乎耳鸣，身体里仿佛有什么东西炸开，将他撕裂成万千碎片。冷静的面具彻底碎裂，他没办法再装下去了。

"我凭什么听你的……"尹澈昏沉地抬眼，看着面前模糊的轮廓，"蒋尧，我一点都不想看见你，我已经恨透你了……懂吗？懂了就滚，让我清净一点。"

蒋尧的身体剧烈颤抖着。

"别恨我……"

"我说了滚……"

"别这样……"

"我让你滚！"

尹澈伸手，用尽最后一丝力气去推面前的人，忽然，有什么东西砸到了手背上。

温热，湿润。

他怔了怔。

刹那间，身体内突然有什么东西似火山般爆发，来势凶猛，眨眼间就席卷他的五脏六腑。

蓬勃，炽盛。

在昏死过去前，尹澈意识到了——那是他逝去已久的生命力。

睁开眼时，眼前是一片波光粼粼的海。车子沿着海边公路行驶，车窗被降了一半，海风热热的、咸咸的。

尹澈揉了揉眼，一觉睡醒了。

"妈妈，到了吗？"

乔婉云从副驾驶的位子回头，微笑："快啦，爸爸在找停车位。"

今天海边人不多，可能是因为天气不好，头顶片片乌云，遮蔽了阳光，空气却闷热，坐着不动都能捂出一身汗。

本来该改期的，但尹权泰除了今天有时间，别的时候实在抽不开身，只能按原计划带着一家人来海边玩。

停车场空位很多，尹权泰随便找个位子停了，后座的两个孩子立刻跳下车。

尹澈小跑到后备厢前，乖乖地帮乔婉云拿东西。尹泽兴奋地跑跳着："哥哥！我们一会儿比赛游泳！"

尹权泰按住他："你们才刚学会，不能去海里游，很危险。"

尹泽一脸失望，但很快又想到了别的主意："哥哥！我们堆房子！"

乔婉云笑了："家里的模型还不够你玩的啊？再说了，你会堆吗？"

"哥哥教我！"

"我也不会……"尹澈苦恼，想了想，"哥哥去学，学会了教你。"

"好！"

乔婉云对这两个儿子成天黏在一起见怪不怪，叮嘱："玩了沙子要洗手。"

东城的沙滩面积不大，但金沙映衬着碧海，风景很美。

他们一家四口穿着拖鞋走到沙滩上，找了块空地，铺上垫布，压住四角，接着把带来的小吃甜点一样样摆出来。

两个小孩坐在地上吃吃玩玩，尹权泰和乔婉云则租了遮阳伞和躺椅，惬意地躺着享受夏日海景。

尹泽没一会儿又提出要堆房子，尹澈只好求助爸妈，用手机搜索了沙堡的图片，按着样子堆砌。他手工能力一般，没什么天赋，最后

第八章 疗愈

的成果歪七扭八，房子没窗没门，屋顶摇摇欲坠。

但尹泽很高兴，当个宝似的炫耀："爸爸你看！哥哥给我做的大房子！"

尹权泰无奈地笑："你喜欢就好。"

"我喜欢！我要和哥哥一起住！"

尹澈满手的沙子，抬起胳膊擦了擦额头的汗："好啊，以后哥哥给你做更大更好看的房子。"

小孩子的注意力总是很容易被新鲜事物吸引，当一个小女孩拿着冰激凌甜筒从他们面前走过时，尹泽立刻忘了刚刚还爱不释手的大房子，咽了咽口水："哥哥，我也想吃冰激凌！"

尹澈拿他没办法，只好跑向小女孩，问清了她在哪儿买的冰激凌。离得不远，就在目光所及的地方，是一家饮品店，在窗口外设了个冰激凌机。

尹泽嚷嚷着要去买，乔婉云说先要洗手。她拧开一瓶矿泉水："把手伸出来。"

两个孩子都乖乖地伸出小手，手心冲完再冲手背，水流清澈微凉。

"好，干净了。"乔婉云收起瓶子，从钱包里抽出一张一百元的纸币，"想吃什么多买点，快去快回，别到处乱跑。"

"好！哥哥我们走！"

饮品店离他们二三十步远，乔婉云和尹权泰回过头，继续聊家常。沙滩上人不多，很多小孩子都在乱跑，况且大儿子一向懂事，他们俩很放心。

快走到饮品店的时候，尹泽的眼里只剩下那台冰激凌机了，上面标着两种口味：香草味和草莓味。

"哥哥，我要香草的，你呢？"

尹澈刚想回答，忽然注意到饮品店两侧各站了一个大人，正在抽烟。

"我们等一会儿吧。"他拉住尹泽,皱眉小声说,"那两个叔叔在抽烟。"

尹权泰以前也抽,但乔婉云天天念叨"二手烟"对孩子身体不好,后来他就戒了。他们俩小的也耳濡目染,知道吸烟有害,能避开就避开。

但今天尹泽不怎么听话,可能是太热太渴了,顾不了那么多:"我们买完马上就走!没关系的!"

尹澈拗不过他:"那一会儿我们屏住呼吸吧。"

"好!"

两个人达成了一致,继续往饮品店走,觉得距离差不多了,立马屏住呼吸,说:"老板,我们要两个冰激凌。"

老板笑眯眯地说:"好的,一共十块,小朋友,你们要自己做吗?"

尹泽眼睛一亮:"可以自己做吗?"

"当然可以,到这儿来,叔叔教你。"

尹泽转眼就忘了要远离"二手烟"的事,兴冲冲地跑到冰激凌机边上,跃跃欲试,尹澈只好跟着去围观。

很普通的机器,操作起来没什么难度,压下阀门,长条的柱状冰激凌就会从出口缓缓落下,最终卷成一个一个冰激凌筒。

尹泽够不到冰激凌机,老板从店里出来,抱起他:"这样就可以了哦。"

尹澈看着尹泽腾空而起,伸出手,开开心心地去够冰激凌机的阀门……

这是尹澈失去意识前看到的最后一幅画面。

有人从身后捂住了他的嘴,他连叫都没来得及叫,便两眼一黑。

一切宁静美好的记忆戛然而止。紧接着,时间仿佛被调快,种种场景如同走马灯般,在眼前迅速旋转放映——

废弃的工厂、砸门砸到满是鲜血的双手;

第八章 疗愈

夜色中的末路狂奔，身后留下的一路血迹；

身后急促的脚步，令人毛骨悚然的怒吼；

尹泽哭泣绝望的脸，往前跌跌撞撞奔跑的小小身影；

紧接着是掐住喉咙的大手、阴鸷的双眼、粗长的棍、轰鸣的雷、冒烟的烟头、冰冷的钢筋……以及响彻工厂的叫喊声。

他昏死过去，又被剧烈的疼痛扯回意识，反反复复，眼泪流尽，直到那根沾血带肉的钢筋从他身体里抽出来。与此同时，工厂的大门被一群警察踹开。

脑子里仿佛有一根弦崩断，他彻底陷入了无尽的黑暗。

再度睁开眼时，眼前是一片纯白。

熟悉的白炽灯、熟悉的消毒水气味，还有一道熟悉的声音在说话："嗯，您放心，他目前情况稳定……"

尹澈缓缓睁开眼，转了转眼珠，看见病房的窗边站着个人，正背对着他打电话。他迟钝的思维运转了好一会儿，辨认出来了："冯……咳咳！"

嗓子像长时间没喝水，干得发涩。

冯德良听见动静立刻转身："他醒了，我先看看他情况，等会儿再给您回电。"

冯德良挂了电话，走到病床边，扶他起来喝水："你感觉怎么样？有没有哪里不舒服？"

尹澈抿了几小口，嗓子润了："没有。"

"那有没有觉得浑身热热的？"

"有。"他手心微热，像刚握过一杯热水，不烫，但明显能感觉到身体不同寻常的热度，似乎有一股温暖的暖流在血液中流动。

"太好了，那就是成功了！"冯德良激动道，"跟检测结果一样，你的病情大有好转！"

尹澈愣住："……什么？"

冯德良把检测报告摊开："你看，你以前的应激检测结果都很差，这次终于有明显的进步了，等过段日子应该就能恢复正常的身体素质了。"

"可是，您之前不是说治疗没用吗？"

"啊，这个说来话长……"

尹澈突然想起另一件更奇怪的事："等等，我怎么来这里的？"

当时昏迷前周围的人里，应该没有一个认识冯医生。

"你同桌送来的，就那个高高帅帅的小伙子。"

"他怎么知道这里？"

"这个……"冯德良踌躇，"小澈啊，不好意思，他都知道了……"

"知道什么？"

"知道了你的病症，也知道了你以前的事……"

尹澈闭上眼，缓缓吸气，头疼得要命："冯医生，你不是答应了我不告诉别人吗？"

"我也知道这样不对，但是……"

"他什么反应？"

"啊？"

尹澈知道自己不该问，但还是忍不住问："他听了我的事之后，有什么反应？"

"反应啊……"冯德良回忆了一会儿，"特别难过，眼睛都红了。"

听着描述，尹澈的喉咙也跟着哽了一下。

"如果他来医院看我，能不能麻烦您把他拦在外面？"

"为什么？"

"因为我们之间有些矛盾，我不想见他。"

自己的病好转了，尹澈却没有想象中那么欣喜若狂，好像做了一场很漫长很痛苦的梦，醒来的时候，心有余悸，但也平静如水。

梦终究是梦，无论美梦噩梦，都已经过去了。

活着当然很好，但经历了这么多才活下来，似乎也没什么特别值得高兴的。至于蒋尧……他其实不记恨,但也无法原谅,不想再因为这个人有一丝一毫的情绪波动。

一个人的一生大概只能拥有一次奇迹,上天给了他一次重生的机会,于是从他身边收回了朋友,也算公平。

"其实……我大概知道你们之间发生了什么,也知道你为什么不想见他。"冯德良说,"你先别急着下定论,听我把话说完。"

尹澈摇头:"没什么可说的了。"

冯德良清咳两声:"你同桌,他不是昨天才知道你的病症的,他一个多月前就知道了。"

冯德良费尽口舌,才把事情的来龙去脉说清楚,抬手一看表,快十点了。

"我还约了其他病人,不能一直陪着你,但你放心,我已经通知你爸妈了,他们已经在来的路上,应该快到了。有什么情况你随时喊我,这几天我都会在医院坐诊。"

尹澈怔怔地盯着白床单看了太久,眼睛酸胀,揉了揉眼:"好。"

冯医生走出病房,带上了门,单人病房里重归宁静。

窗外艳阳高照,绿树成荫,落下的残花枝叶被扫去,丝毫看不出被昨夜大雨摧残的痕迹。

尹澈抬手,抚摸自己脖子上的那处疤痕。

"我跟你同桌说,我之前的治疗方向错了。"刚才冯医生的话在耳边盘旋,"我考虑过复现当时的情况来刺激你的神经,就像之前我提到过的案例那样,但你和那则病例的情况不一样。"

"根据你当时的心理报告,那个时候,导致你受刺激的根源……是恐惧。"

听到这个结论,尹澈一点也不意外,甚至觉得茅塞顿开。

冯医生也是一样的想法:"我早该想到的,你经历过这么大的痛苦，之前又一直抗拒治疗，哪里是想活下去的样子……

"当你开始想治疗的时候，就说明你有了求生欲，你急于治好病，治疗时已经失去那个时候恐惧的心境。但只有真正直面内心深处的恐惧，可能才对你有效。

"我正不知道该怎么办的时候，刚好蒋尧来找我，他提到你是因为他才开始治病的，也就是说，是他激发了你的求生欲。

"但如果让一个求生欲很强烈的人突然受到严重打击，很有可能会让你陷入儿时那种无助又恐惧的心境。

"为了抓住这一线治愈你的希望，我不得不把你的情况告诉了他。"

尹澈听到这里，差不多明白了："所以……他是在给我治病。"

"嗯，这方法虽然很残忍，但从结果来看，是有效果的。"

确实很有效果，直到现在，病治好了，他还是没缓过来。一切发生得太快了，太戏剧化了，他脱离不了那种情绪。

想起蒋尧，就很难过。

"我不懂……"

"他这样做，对你身体的伤害是最小的。那天他一直躲在外面听着里面的动静，只要发觉你有严重危险就会冲进去。"

"那他就没考虑过对我心理造成的伤害吗？"

"考虑过。"冯德良如实说，"可时间太紧迫，他没办法考虑太久。"

"谁要他帮我做决定？"尹澈深深吸气，握紧拳头，"我根本不想选这种方式。"

冯德良叹气："我虽是个外人，但把你治好了我这些年心里的一块大石头就落地了。说这些只是为了告诉你，他做这些招你恨的事，是有原因的，他心里也不好受，前段时间隔三岔五给我打电话说你的情况，每次说到后面声音都哽咽……"

"但我跟他说过不能骗我，任何理由都不能骗我。我也没那么容易笑着对他说'谢谢你救了我'，冯医生。"

第八章 疗愈

"唉……好吧，我也能理解。那我就不多说了，如果你不想见他，我会告诉他的。"

"嗯。"

窗外的阳光太过热烈刺目，尹澈揉了揉眼睛，拿过自己的手机，删除了所有社交软件，然后打开通信录，拉黑了蒋尧。

他需要点时间消化。

冯医生走后没多久，他爸妈就火急火燎地赶来了。

夫妻俩只知道学校打来电话，说自家孩子昨天晚自习托同学请了假，今早没来上课。紧接着，又接到冯医生的电话，说自家孩子在医院，并且应激障碍症好转了。

尹权泰和乔婉云一头雾水，根本不知道发生了什么，但总的来说，激动开心远远大于困惑。

尹澈不想让他们的开心打折扣，继续瞒着二老他这段时间经历的事情。反正他的身体情况好多了，再提往事也没意义，只会让他爸妈更愧疚。

乔婉云以为真的发生了奇迹，握着他的手，边抹泪边说一定要好好感谢冯医生，哪天有空了再去寺庙还愿，感谢菩萨保佑。尹权泰多少能看出他隐瞒了一些事，眉头一直锁着。

尹澈知道，他爸这些年一直后悔接下那桩案子，他出事之后，他爸就放弃了大好前程，转而做起了幕后工作，为的就是保护他。

留下阴影和创伤的，从来都不只是他一个人。

"爸，我没事了。"尹澈也握住他爸的手，一家三口手握在一起，"您别想太多，我现在很好。"

尹权泰神色复杂地凝视了他片刻，最终低叹："恢复了就好，等你想说了再说吧。"

冯医生说还需观察一阵子，等确定身体各项机能稳定之后才能出院。尹澈感觉自己已经没什么大碍，但乔婉云放心不下，在病房里另搭了一张床，每晚都住在医院里看护着。尹权泰工作忙，没法天天来，但基本上也是隔天来一次。

尹泽直到周末才来了一趟，一来就说了个重磅消息："我跟白语薇和好了。"

尹澈一点不意外："看她和别人关系那么好，才发现这个朋友对自己来说有多重要？"

"才不是。"尹泽不太自然地扭头。

尹澈莞尔。

像白语薇这么聪明的女孩子，也不知道怎么会和他弟这种一根筋的人玩得来。

"哥，我听爸妈说了，你的病……好得差不多了？"

"嗯。"

尹泽皱眉："你们为什么要瞒着我？欺负我那时候小不懂事啊？还有，你到底是受了什么刺激才患上应激症的？蒋尧好像知道什么，但我问他，他又骗我说是他搞错了，有病吧他？你们究竟在搞什么名堂？感觉全世界只有我一个人不知道发生了什么。"

尹澈脑子里的神经突突地跳："没受什么刺激，当时太害怕了而已。我只是觉得丢脸，才让爸妈瞒着。"

"连我都要瞒着？我不是你亲弟吗？"

这场聊天又不欢而散，和往日无数次一样。

乔婉云从冯医生那儿拿完最新检测报告回来，尹泽已经气冲冲地走了。

"小泽呢？这么快就回去了？"

"嗯，他这周作业多。"尹澈随便编了个理由。

乔婉云没多想："也是，快期末考试了，他上次期中考没拿年级第一，一直耿耿于怀呢。"

所有的话题似乎都离不开那个人。

尹澈头疼地揉按太阳穴，问："检测结果怎么样？"

从乔婉云上扬的眉梢不难看出，他恢复得不错。

第八章 疗愈

"冯医生说你恢复得不错,过不了几天就能出院啦!"

尹澈笑笑:"好。"

乔婉云高兴完,仍有一丝担忧:"不过,冯医生还说,因为你这个病跟随你太长时间了,可能还需要时间来改善……之后还会有复发的可能性……"

"以后的事,以后再说吧。"

现在的事都还没完全解决,他考虑不了那么多。

周日,尹澈的同学们也来了一趟医院。

陈莹莹代表全班同学买了一束捧花,清新的橘色洋桔梗,很衬这个明媚的夏日,令纯白的病房焕然一新,有了生机。

章可仅代表个人,买了一束黄白菊花,话没说完就被陈莹莹拉出去暴打:"买什么菊花?有没有常识?"

咋咋呼呼的一群人,还是和往常一样。

尹澈两束都收下了,装进床头的花瓶里,多个品种的花被混在一起,就连菊花也显得生机盎然。

杨亦乐把这周的作业和课堂笔记整理好拿了过来:"过两周就期末考试了……希望你能用得上。"

章可:"亦乐,这你就不懂事了,如果是我,在考试前生病,肯定会'病'到考试结束后。"

郭志雄附和:"就是,澈哥,反正只剩十几天了,你干脆别回学校了。只要胆子大,今天放暑假。"

陈莹莹:"你们一个个的,自己不爱学习别拉上别人行不行?别听他们的,你高一期末考没成绩,高二要是再没成绩,可能会对考大学有影响,最好还是来考吧,考差了也没关系,老师会理解的。"

尹澈勾唇:"嗯。"

一直没说话的韩梦突然开口:"没事,你要是不想来就别来了,先缓一缓,开心最重要。"

陈莹莹："考个试而已，至于不开心吗？"

韩梦："我不是说这个。"

"那你是说哪个？"

"我……"韩梦不知道该怎么描述。

"啊，我知道了，你是不是和蒋尧闹矛盾了？"陈莹莹冷不防地问。

韩梦一惊："你怎么知道？澈哥，不是我说的啊！你别滥杀无辜！"

尹澈："……"

陈莹莹："这不是很明显吗？蒋尧都申请换座位了。"

韩梦吁了口气："你说这个啊。"

陈莹莹："还能是哪个……澈哥，你俩是不是吵架了？需要我帮忙调解一下吗？"

这俩人平时也有过冷战，但一般不到半天就和好了，再怎么吵也还是要当同桌，这回蒋尧突然跟老吴说要换座位，尹澈还进了医院，要不是这俩人身上看起来没伤，陈莹莹都要怀疑那天晚上他们是不是出去打了一架。

"不用了。"尹澈停顿了一会儿，"我现在的同桌是谁？"

郭志雄憨厚一笑："我。"

尹澈记得，郭志雄之前一个人坐最后一排，因为班级人数是单数。所以现在，蒋尧没有同桌。

"以后多关照。我要是有什么地方惹你不高兴了，请你直接告诉我，不要对我动手动脚。"

尹澈："……"

章可："澈哥会对你'动手动脚'？"

郭志雄："我是想说不要打我！表达有误！"

同学们来一趟，整个病房热闹了大半天。

周日过去，进入工作日，就没那么热闹了。

第八章　疗愈

冯医生说他要静养，暂时不能出去接触太多人，尹澈只好待在病房里，早上看看书，做做题，下午睡个觉，一天很快就过去了。

可能是白天睡太多，到了晚上就容易失眠，脑子里乱糟糟的，充斥着某些不愿回首的画面。躺在床上闭着眼，夜深人静，听觉似乎变得格外灵敏，隐约能听见病房外护士的走动声、医院外汽车的鸣笛、机车的轰鸣……

尹澈倏然睁开眼。

约莫五分钟后，病房外多了一道脚步声。

即便是深夜，偶尔也会有医生、护士急促的脚步路过。但这道脚步声不一样，很沉，很缓，像是脚上戴着镣铐，每一步都艰难。

脚步声在病房门口停下。

门没锁，一推就开，但那人在外边待着，一直没进来。

尹澈听见门外有个护士问："同学，你坐这儿干吗呢？"

那人的回答他没听清，他把被子拉过头顶，盖住了一切声音。

一夜噩梦。

第二天早上，护士来例行检查，病房门口已经没人了，只留下门后的一张皱巴巴的字条，字条上的字迹不怎么端正，但一笔一画清清楚楚地写着：

对不起……理我一下，求求你。

住院的日子很无聊，很枯燥，等到冯医生终于确定他的身体已经完全恢复的那天，他毫不犹豫地申请了出院。

离开病房的时候，床头堆积了一座小山般的字条。

在家又休息了一个周末，周一，时隔大半个月他重返学校。

这周是期末考试周，他要回校的事，只告知了班主任，所以当同学们一大早走进教室，冷不防地看见那个本该空着的座位多了一个人时，都惊了一瞬。

理我一下

章可正愁昨晚的复习卷还有题不会做,看见他像看见了救命稻草:"你总算回来了!我可想死你了!"

"我没做作业。"

尹澈一句话把他打蔫儿了。

"啊……没事……我一样想你……"章可嘴上这么说,转头就找别人问题目去了。

郭志雄来得比较晚,把书包一放,笑呵呵地说:"早啊,我刚给学妹送早饭去了,你要是身体还不舒服,我也可以给你带早饭,反正顺手的事。"

"不用,我……"尹澈说到一半,后门又进来了一个人,目光刚好跟他撞上。

蒋尧愣了愣,迅速扭头,像逃避似的,坐到自己的单人座上去了。

同学们也不是瞎子,这俩人突然又是换座位又是装没看见,肯定有隐情。只是没人敢问,并且大家都莫名地有种预感:这俩人总会和好的。

只有当事人不那么觉得。

一天过去,尹澈没有再和蒋尧发生过第二次眼神交会。

他的座位靠南窗,蒋尧靠北窗,中间只隔了六个人,却像隔了一片茫茫人海。

再也不会相遇了。

晚自习。

明天开始期末考,各科老师都没布置作业,有的同学在复习,有的同学在看闲书,或者干脆趴着睡觉,教室里很安静。但一到课间休息,又全都活络起来了。

郭志雄偷偷带了手机来教室,跟学妹聊天,说是这几天要好好复习,给彼此打气。但聊着聊着,话题不知怎么就转到了奇怪的方向。

第八章 疗愈

"欸,澈哥,我学妹问你有没有时间帮她辅导一下功课。"

郭志雄嗓门大,教室里剩下的同学几乎都听见了,尹澈还没回话,韩梦立刻警觉地问:"她干吗要让澈哥辅导功课?"

"她曾经从我这里看到过澈哥的课堂笔记。"

"澈哥,所以你有没有时间?"

"没有。"尹澈半秒没犹豫。

晚自习结束,住宿生三三两两地结伴回宿舍。

尹澈走得不快,好多人超过了他,他渐渐落在了队伍后面。有个人始终跟在他身后,保持着一定的距离。他没回头,径直上楼,进了寝室把门一关,将那人隔绝在外边。

洗完澡出来,门边上有张字条,从门缝塞进来的。尹澈擦着头发,盯着那张字条看了几秒,弯腰捡起,展开查看。字依然丑得不忍直视,但勉强算是好好写了,能看得懂:

　　需要同桌的话,可以开门捡一下。

尹澈看完,把门锁了,然后将字条折回原样,随手扔到书桌上,抽出凳子,开始复习明天要考的学科。

一眨眼一个多小时过去。他打了个哈欠,放下书,往自己床的方向走,忽然听到门口传来窸窸窣窣的声响。

门缝下面,又有一张小字条正在努力地挤进来,刚进来一个角。

尹澈走过去,直接抽走了那张字条,揉成一团。然后拧开锁,打开门,把纸团砸到门外那人身上,再关上门。

开门的一瞬只看到了蒋尧愣怔的脸。

三天考试过去,门口再也没塞进一张字条。

考完试的学生各个犹如劫后重生,管他考得怎么样,暑假大过天。

学校先给学生放一个周末的假,他们下周还得回去上一周课,主要是讲评卷子。

虽然上次评估显示他身体的各项指标都没有什么问题，但尹澈照旧每周去做检查。冯医生对他这周的检查结果也很满意："根据心理测试结果看，你的应激症已经不成问题了，我以为要等到明年。不过……"

"不过什么？"尹澈问。

"不过虽然不成问题，但是刺激过大的时候你的身体还是会产生强烈的反应，所以之后还是要多加注意。"

尹澈："嗯，我记住了。"

冯医生叮嘱完尹澈后，不禁叹息："不是我多管闲事啊，小澈，你那同学是真的很在乎你。我听护士说，你住院那阵子，他天天晚上过来，就坐在外面的凳子上陪夜，你说不想见他他就不进来，真的不能原谅他吗？"

"我有我的打算。"

"你为什么不愿见他？"

尹澈沉默半晌："一看到他，我就会想起那些事。"

信任感一旦崩塌，很难再修复。

他就像一只蚌，原本正在慢慢打开壳，打算把自己粗劣但珍惜的珍珠献出去，突然之间，被人卡着缝强行掰开，蛮横地抢走了珍珠，又突然之间，那人把珍珠还了回来，还帮他打磨成了漂亮的珠子。

看似是他占了便宜，但他怎么可能再轻易打开壳。

痛苦是真实存在过的啊。

"我以前，不用考虑很久以后的事，过一天算一天，但现在不一样了。"

"现在考虑得更多了？"

"应该说是害怕的更多了。"尹澈望向窗外，目光落在远处的大片绿荫处，微微出神。

第八章 疗愈

从冯医生办公室出来,他顺道去探望了徐守。

徐守恢复得不错,先前熬过了危险期,暑假再动个手术就能彻底恢复了,这段日子一直在静养。

"我跟你说哦小澈。"徐守的脸不再像原来那样白,"活着,真的挺好的。"

之后两人又聊了些不痛不痒的话,徐守的同学杜翔来了,礼貌地问候:"你好,谢谢你来探望他。"

"应该的。"

"他现在还在恢复期,我来帮他。"

"嗯,好,那我先不打扰了。"

尹澈和社长告别便出去了。

出了病房,他往医院大门口走。还没到门口,却遇到一群不速之客。

"你已经能下地了啊!那天我们只想吓吓你和蒋尧,没想到你的应激症会发作……对不起啊。"

尹澈看着面前笑容可掬、带着些许讨好意味的赵争胜和潘辉,心情复杂。

尹澈深吸一口气:"5秒之内离开我的视线,否则……"

"这就走这就走!"赵争胜一行人很有眼力见儿,瞬间跑得没影,溜之前还把一袋子慰问品塞到了他手里。

下一秒那袋子里的全部东西就进了垃圾桶。

周日晚上,暑假前的最后一个星期,尹澈把社交软件统统装了回来。

软件上有很多条未读消息,主要来自班级同学,没有来自某位被拉黑的人的消息。

班级群里正在聊暑假去哪里玩。大多数人都要补课,毕竟下学期就高三了,所以实际上只有两三个人在畅想美好的暑假。

章可问蒋尧:"尧哥,你们东城的海是不是挺蓝的?我还没去过呢，等放暑假了咱们去游个泳？带上白语薇啊。"

陈莹莹："你就是想认识人家吧？"

章可："我是那种人吗！"

蒋尧："不好意思，跟她不熟。"

章可："啊？你这变脸速度太快了吧？"

蒋尧没接话，像是凭空消失了，同学们等了一会儿没动静，又嘻嘻哈哈地聊起了别的话题。有人哀叹明天大概就出成绩了，被一群人唾骂"哪壶不开提哪壶"。

蒋尧放下笔，把刚写好的字条折成薄薄的豆腐块。接着开门出去，走到隔壁寝室，蹲下身，费劲地将字条往门缝里塞，边塞边觉得自己的行为可以入选"迷惑行为大赏"。但所有联系方式都被尹澈拉黑了，他还能怎么办？

他动作很轻，尽量不发出声响，怕里头那人又开门把字条扔回来。

虽然塞进去也不一定会被看到。

之前在医院，往病房里塞了那么多字条，道了那么多次歉，每天发过去的消息，依然有个红色感叹号。

尹澈不原谅他，不想见他。

"小澈他很没有安全感。"当初冯医生和他聊起尹澈时说过，"在心理治疗中，他说最不能忍受的就是欺骗，哪怕是善意的欺骗。毕竟，他连死亡都能面对，还有什么面对不了的呢？"

"所以，如果你骗他，你要做好被记恨的心理准备。哪怕他原谅了你，大概也不会再信任你了。"

蒋尧在尹澈的寝室门口坐了一会儿，仰着头，背靠着门，仔细聆听门内的动静。

夜很静，身后的宿舍也很安静。

过了几分钟，门内传来轻轻的脚步声，一步步走近，停留了一两秒，又逐渐远去。

第八章 疗愈

蒋尧等了十分钟左右，乐观估计尹澈已经把字条上的内容看完了，于是发了条信息过去。可惜，他依旧是被拉黑的状态。

他在字条上写了，有点话想说，如果愿意听，就把他从黑名单里放出来。从结果来看，要么是尹澈不愿意听，要么是根本没看字条，直接扔进垃圾桶了。

他拟了一晚上的草稿，脑子里有很多话，憋着实在难受。

听不听得到都行吧，反正他必须得说。

蒋尧按住语音，他自个儿先有些绷不住了，缓了好一会儿："你下学期是不是打算转学去国外？"

"我想让你别去，但又觉得自己没资格。

"我知道我做了很过分的事，你不想原谅我，我理解，但我希望你能平平安安的……那天，我本来想第一时间就救你的，可是冯医生说你需要面对儿时的恐惧才有机会好。我想说不定可以借这个机会治好你，我那天其实一直躲在外面……

"如果你生我的气，打我一顿好不好？打到你解气为止。不要不理我……

"可能在我选择骗你的时候就没希望了，明明知道你最讨厌被人欺骗，明明知道欺骗你之后可能再也做不成朋友，可我总怀着一丝侥幸和自大，觉得你会原谅我。

"只是，那一刻我才突然意识到，我们才认识几个月而已，你或许没我想象中那么看重我，我还这样骗你……

"但即便这样，我还是想告诉你，我从头到尾，都没想过要伤害你。"

发出去的语音，每一条前面都有个红色感叹号，没人会听到这些内容。

蒋尧握着手机，看着自己手腕上那条灰褐色的手绳。明明不是鲜艳的颜色，却刺得眼睛疼。

他差不多说完了，又补充了几句：

理我一下

"那就这样吧,你以后要好好的。

"如果哪天想理我了,我随叫随到。"

本来还想说点祝福的话,但实在说不下去了。

语音前面的小圈圈转啊转,似乎在嘲笑他的无用功,蒋尧看得心烦,起身回到自己的寝室,把手机甩到枕头边,蒙头睡觉。

屏幕上的小圈圈继续转了一会儿,忽然消失了,然而这回,没出现感叹号。

第九章
选择

周一。

高三（1）班同学欢乐地聊了一晚上，好心情一直延续到第二天早上。

一直到期末考成绩出来。

吴国钟每次大考都喜欢搞个成绩条，每个人的每门科目成绩、班级和年级排名一清二楚。细细长长的一张纸，对一些学生来说，就是催命符。

"这可是咱们全体老师加班加点批改出来的，老师们整个周末都没好好休息。"吴国钟发完所有人的成绩条，敲敲自己的后腰，"堆成山的试卷批得我腰酸背痛。"

章可："老师辛苦了！下次可以不用批这么快的，我们等得起！"

全班哄堂大笑，吴国钟卷起试卷敲他的脑门："你还敢插嘴，退步二十名，一会儿就给你爸打电话去。"

"老师饶命啊！！"

这么一闹，教室里的阴云稍微散了些。

老吴想找个榜样让章可学习学习，第一人选自然是年级榜首的蒋尧。但仔细一想，蒋尧根本不是努力踏实型选手，让他做榜样，还不得带坏别人？他环视一圈，找到了另一位榜样人选。

"咱们班也有进步很明显的同学，像尹澈，这次又往前进了五十名，人家考试前大半个月都没来，你们这些坐在教室里听课的要是考得不如他，说得过去吗？"

第九章 选择

郭志雄听见了，吃惊地看向身旁人的成绩条："你真进步了五十名啊？"

"嗯。"尹澈的成绩条上，最后一栏显示的是一百五十六名。

虽然和上次期中考试一样前进了五十名，但在一中这样高手如云的重点中学里，越往前竞争就越激烈。从二百五十名到两百名和从两百名到一百五十名，根本不是一个难度等级。

郭志雄以前只是在武力上敬畏尹澈，如今在智力上也感觉被对方碾压了。

"按你这进步的节奏，下次就是年级第一百名了啊。"

"是这么打算的。"

"啊？"

考多少名还能打算吗？郭志雄觉得这话奇怪，但又说不出奇怪在哪儿。

最后一周的课很轻松，老师讲完试卷，后面几节课给他们放电影看。教室里拉上了窗帘，昏暗幽静，投影仪的光映在了每个学生的眼里，随着画面的变化，明明暗暗。

一眨眼，便是一张截图；一眨眼，一个纷乱的学期便过去了。

暑假前最后一天，下午不上课，开了一场高二年级大会。

"张教主"负责主持，大抵还是些"这个暑假不能荒废，开学你们就高三了"之类的陈词滥调，礼堂底下没几个学生在听，但也不敢交头接耳，怕被当众点名。

听完"张教主"几十页的幻灯片，学生们按班级拥出礼堂，回教室还得听班主任继续叨叨。

教室里没人睡着，不是因为老吴嗓门大，纯粹是因为兴奋，很多人的书包都已经整理好了。

老吴一宣布放学，好几个同学立马背起书包走人，一秒都等不及去拥抱暑假。

"澈哥拜拜！暑假出来玩啊！"郭志雄挥了挥手，"我先去找我朋友啦！"

尹澈也对他挥手，收回视线的时候，看见蒋尧被一个外班的女生喊了出去，看样子要去楼梯口。

女生短发过耳，看起来清纯乖巧。

尹澈把整理好的书包往椅子后头一挂，趴到课桌上。

同学们成群结队地离开，二十来分钟过去，教室里空空荡荡。

蒋尧感觉自己就出去晃了一圈，安慰了一会儿哭哭啼啼的女同学，回来教室里的人都走光了。

除了在桌上趴着睡觉的某位。

此情此景，似曾相识。

蒋尧犹豫片刻，没能忍住，悄悄靠近，走到那人课桌边上。

郭志雄走了，留下一个空座，原本属于他的空座。

蒋尧看着课桌上自己留下的某处涂鸦，目不斜视，清了清嗓："……你睡着了吗？"

身旁人没动静，但也没听见明显的呼吸声。

"你还记得吗？去年，我们第一次见面那天，我们也是坐这个位置。"蒋尧坐下，自顾自地说下去，"当时就觉得你是个可爱的'兔子'，后来发现你不是，还挺惊讶……"

"你知道的，我们一开始不对付。但后来，我是真的把你当最好的兄弟。"

尹澈像是睡死了，一点反应都没有。蒋尧交握着手，手心微微出汗。

"我说过，无论你是什么样的性格，我都愿意和你做同桌。

"之前对你说那些话，是为了让你没有顾虑。

"我知道我做了不可原谅的事，让你难过了，对我失望了，不想和我做同桌，做朋友了，但是……我还是想争取一下。

"尹澈，你……还想和我做同桌吗？"

教室里安安静静，窗外蝉鸣聒噪。

第九章 选择

蒋尧等了半天没回应,小心翼翼地伸出手指,戳了下身旁的人。

身旁的人安安静静,和第一次见面时一样。

半秒后,意外倒地时的错愕也和第一次见面一样。

蒋尧跌坐在地上,呆然回望。

尹澈冷着脸:"你说呢?"

蒋尧发完呆回过神,却大喜过望:"你终于理我了!"

尹澈蹲下,攥着他的衣领将他拽起来,铆足力气一拳砸过去。

蒋尧将将站稳。

"这是你刚才擅自碰我的份。"

"对不起……喀!"

又是一拳。

"这是你骗我的份。"

"……对不起。"

"说对不起有用吗?"

"没用。"蒋尧重咳,"我只是想说而已,你继续。"

尹澈一脚踹过去,蒋尧这次没站稳,撞翻了椅子,跌坐到地上,龇牙咧嘴地倒抽气。

尹澈跟着蹲下,平视他:"这样就受不了了?"

蒋尧无法反驳,只能重复地说:"对不起。"

尹澈不买账:"你根本不觉得自己做错了,你认为那样做才是对的,是为我好。"

"……对,我承认。就算时光倒流一次,我还是会那样做,只要能对治你的病有帮助。"

"你觉得是为了我好,但你考虑过我的感受吗?"

"那你呢?你考虑过你的家人和朋友的感受吗?"蒋尧反问,"你是不是原本打算治不好的话,你就自己一个人跑到国外,找个没人的地方了结了,对不对?你有没有考虑过别人在知道真相后会有多痛苦?你这样做是不是太残忍了?"

尹澈："你在怪我？"

蒋尧："……不是，我……我只是想说你应该珍惜生命。"

尹澈的手指微微发颤。

"你以为我不知道你是为了我好吗？你骗我说我这样的人不会有人真心和我交朋友，你说的话都是假的，我很清楚。但我当时的绝望，不是假的啊。

"现在，你又让我知道这一切都是你策划的，是为了帮我。突然之间，我的愤怒、绝望好像都成了不应该的事，我只能觉得感动、开心，否则就对不起你的一番苦心。

"我本来有足够的理由讨厌你，可现在，你已经知道我骗你、瞒着你转学的事了，我还有什么资格指责你骗我？我们扯平了，但好像又不是那么平。"

"我还能怎么办？"尹澈看着他，"我只能选择原谅你。"

蒋尧沉默了，再度开口时，喉咙里像哽着东西："如果让你为难的话……下学期我回八中去，消失在你面前，你就不用选择原不原谅我了，当作没我这个人吧，好吗？别难过，我……"

尹澈一拳往他肩上招呼过去："你是傻的吧。"

蒋尧咬牙："对，我是。"

尹澈又捶了一拳："你是不是听不懂人话？"

"对，我……啊？"

"给你3秒，听不懂我走了。"

蒋尧怔了2.9秒，终于在最后0.1秒，笔直的脑回路转过了弯："你……你的意思是原谅我了？不生我气了？"

"我当然生气，我恨你骗我，但是——"尹澈顿了顿，侧头，低声道，"我没你想的那么不懂事……不管怎么样，你帮了我，我应该谢谢你。蒋尧，你给了我一个奇迹。"

窗外的风将窗帘吹起了一个角，裹挟着夏日的热度拂面而来。

蒋尧被这阵轻柔的风吹傻了，呆呆地低头，心比风更热。

第九章 选择

"……我从来没觉得你不懂事。"

相反地,尹澈太过懂事了。瞒着所有人,什么都自己扛。

"我救你是应该的,你不要因为这个觉得亏欠我,强迫自己原谅我,我早就做好心理准备了,你……"

"你想得美。"尹澈说,"我只说了谢谢你。"

蒋尧:"……对不起。"接着又不甘心地问,"那……我们还能做同桌吗?"

"你说呢?"

蒋尧的脑袋耷拉下去:"嗯,明白了。"

尹澈:"但是我只是不想和欺骗我的蒋尧做同桌。"

蒋尧瞬间抬头。

尹澈:"如果救我的蒋尧想要和我做同桌的话,也不是不可以。"

蒋尧眼睛放光。

尹澈:"但蒋尧的可信度已经为负数了,不足以当我的同桌。"

蒋尧迫不及待地问:"那蒋尧要怎么样才能重获信任呢?"

"你不是对冯医生说要治愈我吗?"尹澈抬头,"那就先陪我彻底治好我的应激症,如果过程中你有一丁点的不耐烦,那就免谈。"

"没问题!"蒋尧毫不犹豫。

尹澈审视着他的表情。

自信无畏,一如既往。

"笑什么?"

"没什么,我只是觉得高兴。"蒋尧靠上背后的桌子腿,嘴角愈发扬起。

阳光将那双灰褐色的眼睛照成了浅褐色,浮动着一层灿烂的光辉。

蒋尧仰着脸看向窗外,似乎要将整个世界纳入眼里,融入光里。完全不像昨晚坐在他寝室门外、可怜巴巴发语音的样子。

又开始翘尾巴了。

尹澈抬手拍拍他的肩膀。

蒋尧："怎么？"

"别太得意。"

蒋尧摇摇头，示意自己没得意，又点点头，示意自己明白了。

尹澈抿了抿唇，将翘起的唇角压下去。接着松手，站起来。

"我回去了。"

蒋尧立刻跟着站起来，一瘸一拐地，说："再待会儿吧……"

明天就放暑假了，不知道过多久才能再见，万一这期间尹澈琢磨琢磨，还是拖上行李来场说走就走的出国……

"你先答应我别转学，别出国。"

尹澈拿起书包："病都治好了，本来就不打算出国了。"

蒋尧松了口气："那就好……"

一束阳光照在课桌上。

尹澈扭头，不置可否地"嗯"了声。

窗外艳阳灿烂。

六月的最后一天，热烈躁动的夏天，终于来临了。

一放暑假，即便是像一中这样学霸云集的重点高中，也不会有多少学生头两天就开始补课。

班级群里热闹了好几天，话题从游戏八卦到动漫电影，一个星期过去，才渐渐变成了各种对补课的抱怨。

章可："我妈给我报的那个补习班贼远，得换两辆地铁，出门热死我了。"

郭志雄："你可以找家教啊，上门补课，一对一服务，多爽。"

章可："你以为我没劝过我妈啊？可她说了，上门的都没什么好老师，为了有效果，再远再累都值得，说得像她去补课一样，辛苦的是我啊！"

蒋尧："你妈说得对，再远再累都值得。"

第九章 选择

章可惊了:"你也补课？？"

郭志雄:"你都年级第一了还想补课？"

韩梦反应最大:"哼！我就知道你是那种表面潇洒轻松背后偷偷努力的有心机的第一名！"

连一向不太说话的杨亦乐都出现了:"你好用功啊……向你学习。"

蒋尧:"……我就随口这么一说。"

刚发出去,弹出来一条私聊:"嫌累了？"

蒋尧手机差点没拿稳,脑中警铃大作,飞快回复:"没有没有,一点都不累。"

那边回:"哦,那现在来一趟。"

蒋尧二话不说,抓起桌上的车钥匙就走。下楼到客厅,被汪小柔撞见了,跟着他走到玄关:"哥哥,你又出去啊？"

"嗯,见同学。"

汪小柔喝着冰可乐,随口问:"哪个同学呀？前几天赵诚哥哥说,你好久没找他打球了。"

蒋尧一个踉跄:"是我一中的同学。"

顶着午后烈日,机车一路飙到西城,到达碰头的老地方,蒋尧锁了车转身,一眼看到树荫下站着的人。

他摘下闷热的头盔,把湿透的刘海往后拨,朝那人笑了笑:"下次别在外面等,多热啊。"

尹澈穿得很随性,一条七分裤和一件白衬衫,脚上一双板鞋,身上什么都没带,不像是找他打球或者出去玩的样子。

"你慢了一刻钟。"

"路上被交警拦下了,还好我带了身份证。"蒋尧走到他面前,额角淌着汗,"喊我来什么事？"

虽然热得要命,但冲着尹澈主动喊他来这一点,再热都不要紧。

"邀你吹空调。"尹澈抛下话，转身往小区里走。

蒋尧愣了愣，反应过来之后，跟了上去。

尹家所在的高级住宅区很私密，每栋自带一个花园，栋与栋之间隔着一段距离和郁郁葱葱的树木，几乎无法窥见邻居家的景象。

蒋尧跟着踏入尹家大门，穿过花园，各色繁花开得正艳，被打理得很好，招来了不少蝴蝶。

进入主宅，一阵凉意扑面而来，蒋尧顿时感到神清气爽。蝉鸣被挡在门外，房子里安安静静。

"你家没人吗？"

"我爸上班，我妈逛街，我弟出去玩。"尹澈继续往里走，头也不回，"我去拿点喝的，你随便坐吧。"

蒋尧坐立不安地在客厅里待了五分钟，尹澈从厨房冰箱里拿了两瓶汽水回来，对蒋尧说："去我房间吗？"

见蒋尧一脸疑惑，尹澈神色冷淡："找你来有事，跟我上去。"

蒋尧跟着往楼上走。进了尹澈的卧室，里面干干净净，一件多余的家具都没有，不像是一个十几岁男生的卧室。蒋尧以前在视频里见过这间房间好几次，这次终于亲临现场。

他看了眼墙上的钟，现在是下午两点："我能待多久？你家里人什么时候回来？"

"两三个小时吧，我爸妈晚上会回来吃饭，我弟不一定。"

"那没多长时间了，说吧，要我干什么？"

尹澈走到阳台边，拉开窗帘，阳台上放了一块半米高的木头，一把锯刀倚靠在木头旁。

蒋尧隐隐生出一丝不祥的预感。

"离我弟生日还有一个多月，去年做的房子太粗糙了，今年想做个精致点的，就想提早开始做了。"

蒋尧扶额，深呼吸，再次深呼吸："所以，我顶着大太阳，骑了一个小时车，满怀期待地来这儿，就是为了给你的臭弟弟，锯

第九章 选择

木头？"

尹澈挑眉："不乐意？"

蒋尧咬咬牙，捋起袖子："乐意！"

可太乐意了，乐意到想现在就揍臭弟弟一顿，这么大人了还过什么生日？

尹澈拉开落地窗："本来不想麻烦你，但我实在锯不动。"

蒋尧看见他袖子下露出的纤细手腕，顿时一点火气都没了。

尹澈以前不算特别瘦，但现在，虽然养了一阵子的病，还是比以前瘦很多。

蒋尧没再说什么，走出房间，迎接午后的滚滚热浪。

尹澈跟出来，被他推回去："你去屋里待着，外边热。"

"你知道锯多宽多长吗？"

"……不知道。"

于是阳台上最终站了两个人。还好地方宽敞，能施展手脚。蒋尧担心尹澈在外面站太久中暑，指哪儿锯哪儿，动作麻利，木头在他手下像块豆腐，锯起来轻轻松松。

"这里，再锯掉五厘米。"尹澈给他撑着伞遮阳。

蒋尧边锯边说："不用给我打伞，你离远点，都是木屑。"

尹澈看了眼他湿透的T恤，折身进了屋里。过了几分钟又回来了，手里多了块毛巾。蒋尧道了声谢谢，伸手接过。

"辛苦。"

蒋尧锯了将近一个小时，木房子终于初步成形了，剩下的细节雕刻不需要花太大力气。

蒋尧帮着把锯下来的废料收拾干净，下楼扔到外边的垃圾桶里，尹澈把木头藏好，不让礼物太早暴露。一番忙活，又是半小时过去。

蒋尧看了眼时钟，快四点了："我先回去了，免得你爸妈回来还得招待我。"

他现在满身木屑，汗流浃背，显然不适合在别人家吃饭。

尹澈递来汽水："喝点水。"

蒋尧接过，一口气喝完，对他笑笑："收到报酬了，下次再喊我。"

暑假过半，连乔婉云也考虑起了补课的事。

"我前几天去逛街，听陈太太她们说请了家教补全科，我们要不要也请一个？小澈都快高三了……"

尹权泰不支持："他刚治好病，你别给他压力。"

乔婉云："我本来也没想过这事，只要他开心就好。但他上学期考试进步那么大，说不定心里憋着股劲儿要冲刺高分呢？我们不得帮他一把？"

尹权泰一琢磨，觉得有点道理："晚上问问他将来的目标。"

"没什么目标。"餐桌上，尹澈被问及这个问题，语气平淡，"考上哪所大学算哪所吧。"

尹泽哼道："你有点追求行吗？"

乔婉云以为他不好意思说："没关系的，小澈，你只要努力，妈妈相信你一定能做到的。"

尹澈点头："那就先定清北吧。"

尹权泰："……"

尹泽："……"

乔婉云："那个……小澈啊，努力归努力，有时候我们也得现实一点……"

尹泽更直接："你换个目标吧。"

一中虽强，但年级一百五十名左右考清北，基本属于痴人说梦。

尹澈其实也就这么随口一说，没想到会引起一系列后续事件。

比如，乔婉云给他请了全科家教，势要完成他的"清北梦"。

于是高三（1）班的补课抱怨大队加入了一位意外人物。

第九章 选择

尹澈："怎么把家教气走？你们有人干过吗？"

章可："居然连你都难逃补课？我心理平衡了。"

韩梦："你还是好好学习吧，考不上好大学就要回去继承千万家产了，做一个游手好闲的'富二代'多痛苦啊。"

章可："我愿意替你承受这种痛苦！"

尹澈："……"

蒋尧："你最近有点皮啊。"

此话一出，群里瞬间安静了。

放假前这两人冷战得那么明显，连座位都换了，现在蒋尧主动接话，不知道是和好了还是蒋尧"头铁"。

尹澈："滚。"

众人长吁一口气。

韩梦第一时间赶赴八卦现场，私戳蒋尧："和好了？"

蒋尧："差不多吧。"

韩梦："什么叫差不多，到底有没有？"

蒋尧："不算彻底和好，我还处在考察期，不过之后一定会和好的。"

韩梦："你这盲目的自信到底是哪儿来的？"

蒋尧笑了笑："他给我的啊。"

韩梦打出六个点，决定先不打击这个盲目自信的人，接着问："兄弟，要不要帮忙？我正好有个好机会。"

"嗯？怎么帮？"

"你就说你要不要吧？"

"这不废话，当然要。"

韩梦转头就去班级群里发消息："你们之前不是说想去东城游泳嘛，正好，我姑妈旅游去了，别墅空着，让我过去照看他们家鹦鹉，就在东城海边，有没有人陪我去住两天？大家一块儿热闹点，还可以一起写作业。"

章可一听"一起写作业"就双手赞成:"我我我!班长、亦乐,你们也去吧,记得带上作业!我们一起探讨!"

陈莹莹:"你想请教题目就直说。"

蒋尧附和:"可以啊,我好久没去海边了,澈澈去吗?"

尹澈:"随便。"

能少补一次课,还能去海边大家一起玩,同学们基本都乐意,但不是人人都有这个自由,跟家长一说,多半都被家长拒绝了,最终只剩下几位幸运儿入选。

"结果还是我们几个。"

韩梦拿着他姑妈留下的钥匙开门,身后是拖着行李的四位篮球队队友,以及陈莹莹和一个学妹,名叫小雪。

申请外宿未遂的章可在班级群里哀号:"你们把作业拍给我吧——"

进了别墅,未见人影,先传来一声响亮的"欢迎欢迎"。

周浩亮被吓了一跳:"哎哟,这要是大半夜还不得吓死?"

客厅里摆着一个立式鸟笼,关着一只红绿相间的漂亮鹦鹉。

"肯定是我姑妈教的。"韩梦隔着笼子逗鸟,"你们别乱说话啊,万一被它学去了,在我姑妈面前说,我就完了。"

别墅很大,三层复式,有五间卧室,两个女生一间,郭志雄和周浩亮一间,韩梦单独一间,剩下两间,正好够蒋尧和尹澈入住。

尹澈选了二楼的客卧,蒋尧帮他把行李提上去。卧室窗没开,闷热得让人冒汗。尹澈想开空调,却没找到遥控器,只好去问韩梦。

韩梦上来一看,说:"啊,我想起来了,我姑妈说有一间房空调坏了,没来得及修,应该就是你这间。"

蒋尧:"那怎么办?这么热的天,不吹空调睡不着啊。"

韩梦:"要不……去其他房间住?"

剩下四间,就韩梦和蒋尧两个人是一人一间。尹澈可受不了韩梦的"精致"风格,果断选择和蒋尧住。

第九章 选择

蒋尧很自觉:"你睡床,我打地铺吧。"

尹澈:"算了。我打地铺。"

韩梦:"你俩随便分配,我先去班长那儿,她们两个女生收拾起来不方便。"说完赶紧溜了。

蒋尧想了想,说:"其实要修应该能修好,如果你不想和人共用一间房的话,我找人来修。"

尹澈径直往他房间走,不忘踹他一脚:"别废话,热死了。"

收拾完行李,才下午四点多,天还很亮,气温没有刚来那会儿高了,一伙人打算去海滩边逛逛。

陈莹莹和小雪换上了沙滩裙,散着长发。女孩子到底还是爱美,拿着手机边走边自拍,语笑嫣然。

郭志雄跟在后边啧啧称奇:"第一次见班长打扮得这么少女,好不适应。"

周浩亮:"再少女能少女得过我们老韩?"

韩梦一身花衬衫、花裤子、人字拖,戴着墨镜,头上还插了一朵鸡蛋花。

蒋尧叹为观止:"就东城这么个小沙滩,被你穿出了巴厘岛的感觉。"

韩梦穿得花里胡哨,走路却一瘸一拐:"别提了……唉。"

"怎么了?"

周浩亮:"尧哥,你刚刚没听见三楼那声尖叫?"

"听见了,好像被什么东西砸到了是吧?谁喊的?班长?"

"怎么可能?我们班长力大如牛好吧,当然是老韩。"周浩亮笑得不行,"班长想把房里一个架子往旁边挪,搬得好好的,韩梦非要展示他的男子气概,硬是接手过来,结果根本搬不动,还砸到了自己的脚。"

这可真够惨的,蒋尧拍了拍韩梦的肩,安慰:"没事,反正你在班长面前也不是第一次出糗了,别往心里去。"

韩梦咬牙切齿："我终于知道尹澈为什么总是让你滚了……你这张嘴欠揍！"

一行人走到沙滩边上，在外围把鞋先脱了，以免进沙。赤脚踩在细细的沙子上，夏日午后的余温从脚心传来，暖烘烘的。

正值旅游旺季，沙滩上人很多，本地的外地的都有，海里也有不少人在游泳。

他们几个今天都不下海，所以都没换泳装，打算明天再来，反正要住两晚。

尹澈正赤着脚往前走，下身穿着一条宽松的束脚运动裤。

蒋尧走到了尹澈身边。尹澈看到来人，并没有理会。

蒋尧轻咳一声，主动找话题："那什么，给你弟的礼物做好了吗？"

"没。"

"需要我再去帮忙吗？"

"不用。"

这天快聊死了，蒋尧脑子一转，问："你以前来过这儿吗？"

"来过。"

"那我们可能小时候见过，我小时候经常来。"蒋尧开玩笑道。

尹澈垂着眼看着地上的沙子："应该没见过，我只来过一次，就在那次被绑架了。"

蒋尧笑容僵住。

自己好像确实挺扫兴，尹澈心想。总是把好好的气氛搞砸。

"你心态真好。"蒋尧忽然说。

尹澈转头，用眼神表达疑惑。

"你看你，经历过这种事，知道自己活不久了，居然没心理扭曲报复社会，还每天乖乖地到学校上学，也没用这事博取大家的同情。"

"报复社会和博取同情能让我多活几天吗？如果不能，我为什么

第九章 选择

要去做？"

"嗯，你说得对。"蒋尧笑着说，"但我有时候又觉得，你很矛盾。"

"为什么？"

"你明明很努力也很聪明，为什么要表现得很平庸？还有，你也想跟大家交朋友，为什么要表现得很孤僻？"

蒋尧以为自己只能像以往一样得到一句"要你管"，然而尹澈连这句话都没说，沉默地低着头往前走。

忽然，他抬头看了眼天空："今天可能看不到日落了。"

蒋尧顺着望去，天边不知何时被厚重阴沉的云层笼罩，太阳早已不见踪影。

夏季天气反复无常，眼看着一场暴雨将至，正在海里游泳的许多人都开始往岸上游，沙滩上搭了帐篷的也不得不暂时收起来，另寻遮蔽处。

走在前头的郭志雄等人折身而返："我们找家店吃晚饭吧，这雨估计快下来了。"

于是一行人冲了脚，穿上鞋，沿着海边的马路逛，随便进了家看着挺干净的小餐馆。

餐馆旁边有家便利店，饮料种类比餐馆里多，蒋尧便拉上尹澈一起去给大家买。

这个季节大多数饮料都放在冰柜里，蒋尧站在玻璃门前挑了一会儿，正要打开柜门拿瓶汽水，忽然听到旁边人问："你有没有看过那部电影？"

"哪部？"

"前几年挺火的那部，说人死后不会消失，而是去往另一个世界生活。只有当活着的人都遗忘他的时候，他才会永远消失。"

蒋尧有点印象："看过，挺感人的，怎么了？"

"我不觉得被遗忘是坏事。"尹澈打开冰柜，拿了瓶橙汁，"如果能忘记死去的人，活着的人就不会伤心，能继续过自己的生活，不是吗？"

"也可以这么理解……"

"所以，要怎么样才能被人快点遗忘呢？"

蒋尧隐约听懂了他的意思："……不被记住？"

"嗯。"尹澈漫不经心道，"结果好像孤僻过头了，反而引人注目。"

这话近似于自嘲，本该是博人一笑的，但蒋尧一点也笑不出来。

不想被记住，所以疏远同学，疏远家人，做一个不起眼的学生，做一个平凡无为的人，然后在某个时刻到来之时，平平静静地离开，被所有人迅速遗忘。

这大概就是尹澈之前的心愿。

尹澈又拿了瓶奶茶和可乐，是韩梦和郭志雄点名要的。一瓶冰橙汁不觉得有什么，三瓶冰饮抱在怀里就有点凉了。

"你买什么？"他问旁边一动不动的人。

"啊，我要这个吧。"蒋尧声音微哑，迅速拿了瓶盐汽水，转身往收银台走。

尹澈腾出手，拉住他的衣服："喂。"

蒋尧脚步停住："怎么了？"

尹澈绕到他面前，蒋尧偏过头："快结账吧，他们该等急了。"

"你只买了自己的。"尹澈把冰凉的橙汁瓶往他脸上贴，蒋尧瑟缩了下，转过头，眼眶有点红。

"蒋尧。"尹澈揣着几瓶冰饮，"帮我拿一下。"

蒋尧接过饮料："好的好的。"

吃完饭回别墅。

郭志雄带了篮球来，正好别墅区有篮球场，便招呼周浩亮一起去练练。小雪想去看他们打球，顺便拉上了陈莹莹，于是韩梦也紧随其后。

尹澈插着兜一起走出门，郭志雄拦住他，小声说："要不你别去了吧,给我个出风头的机会。"

"我不打,围观。"尹澈说。

他也果真没下场,站在篮球架下,静静地注视这两位动作花里胡哨却没进几个球的同学。

夏夜颇热,郭志雄打得满头大汗,揪起衣领擦汗,趁喝水的工夫偷偷问场边的兄弟:"我打得怎么样?帅不帅?"

蒋尧:"要看跟谁比了,跟一般人比,还行;跟我比,差远了。"

"……臭不要脸。"郭志雄不死心地问尹澈,"您觉得呢?尽管说,我承受得起。"

尹澈的嘴唇动了下,吐出一个字:"菜。"

"……"

望着郭志雄含泪跑开的背影,尹澈皱眉:"他让我说实话的,我本来不想说得这么直白。"

蒋尧点头:"你没错,他太'玻璃心'了。"

韩梦:"……你俩能有点人性吗?"

打到一半,篮球场又来了五个男生,也是高中生模样,人高马大的,穿得很潮。

"哎哟,有钱人啊。"郭志雄盯着那些人的球鞋,目不转睛,"都是限量款,好贵呢。"

这片海边别墅房价不低,出现几个"富二代"也不意外。

郭志雄和周浩亮羡慕地看了几眼,没多想,继续在自己的半场打球。不一会儿,那些男生朝他们走了过来。

"不好意思。"一个看起来比较老成的男生问,"你们是新搬来的吗?以前没见过。"

郭志雄直爽道:"不是,我们过来玩两天,帮人看房子。"

他还以为这些人是想一起打球,结果那个男生听完他的话后,似笑非笑地说:"哦,这样,那麻烦你们另外找地方吧,这个篮球场仅供业主使用。"

郭志雄不疑有他："哦哦抱歉，我们不知道。"

男生笑笑："没事。"

郭志雄和周浩亮抱着球灰溜溜地走到篮球架下："走了，回去了。"

韩梦正在数落两位过于嚣张的同学，没注意场上的情况："这就回去啦？才不到九点。"

"人家业主来了，咱们不能打了。"

"谁说不能打？"

"他们说的。"周浩亮指向那些个男生，"说这个篮球场仅供业主使用。"

"我怎么没听我姑妈说过……"韩梦将信将疑，"你们先在这等会儿，我去问个清楚，如果真的有这条规定再走也不迟。"

"好。"

陈莹莹和小雪坐在场边的长凳上聊天看手机，压根没看球，忽然感觉面前的灯光被影子挡住了，抬头一看，是几个不认识的男生。

"不好意思，小妹妹，这个凳子我们要用来放水瓶。"

小雪被这么几个人高马大的男生围住，有点发怵，当即站了起来。

陈莹莹拉住她，说："凳子不就是用来坐的吗？你们可以把水瓶放地上啊。"

"地上脏。"

"那我帮你们拿着。"

几个男生互相对视一眼，忽然爆发一阵哄笑，陈莹莹莫名其妙："你们笑什么？"

先前说话的男生朝她走近一步："你是想搭讪我们吗？"

陈莹莹皱眉："有病吧？"

那男生又说："开个玩笑，别生气，太凶的女生没有男人喜欢的。"

第九章 选择

"谁说的？"韩梦走了过来，冷着脸扣住男生的手腕，"麻烦你不要骚扰我同学。"

男生纹丝不动，笑道："你同学说要帮我拿水杯，我以为她想搭讪我呢。"

韩梦也笑："多虑了，她不想搭理你。"

男生笑容一僵，脸色变得有些阴沉："还好她不想搭理，不然被这样的女生纠缠也挺麻烦的。"

韩梦加重了力气："你说什么？"

"兄弟，你也是个男人吧？怎么力气这么小？"

韩梦已经使出了吃奶的劲，但无奈力气和对方相比还是存在差距。

陈莹莹劝道："你放手，我自己来。"

韩梦倔劲儿上来了，憋红了脸，一跺脚："你别掺和，保护女生人人有责！"

男生看见他的动作，又是一声肆无忌惮的大笑。

韩梦想直接上脚踹过去。他本来想学尹澈的冷酷潇洒，可惜东施效颦，除了使用的部位一致外，从力度到气势，完全没造成威胁。

男生被惹着了，松开陈莹莹的手，推了他一把："想打架？"

"那边在干什么？"尹澈注意到另外半场似乎有些骚动。

郭志雄正在和周浩亮聊天，闻言望过去："没怎么啊，韩梦不是在跟他们协商吗？"

话音刚落，就见韩梦被推倒在地。

"喂！"郭志雄热血上涌，二话不说奔过去，"干什么干什么！怎么还动手呢？"

剩下三人跟着过去看情况。

"是他先踹我的。"男生看看面前的这伙人，笃定自己稳占上风，"你们再不出去我叫保安来了。"

韩梦愤愤地爬起来："你叫啊，我倒是想问问保安，这篮球场是不是只有业主才能用。"

男生语气很差:"我说你们不能用,你们就得走。"

显然,小区并没有这一条规定,他的话纯粹是编出来赶他们走的借口。

尹澈挺身而出跑到这边来,动作迅猛潇洒,干净利落。韩梦看了想鼓掌,蒋尧看了想落泪。

那些男生看尹澈的架势立即意识到撞上不好惹的了,他们几个加在一起都未必能讨到便宜,脸色开始变得惶恐。

没想到此时尹澈突然直挺挺地倒了下去。

蒋尧手疾眼快,伸手接住。

尹澈这一倒下,所有人都慌了,没心思再跟那群男生计较,七嘴八舌地问:"澈哥怎么了?没事吧?要不要去医院啊?"

蒋尧将人扶起:"先回去,我问问医生。"

于是这场原本一触即发的争吵就这么草草结束,待那群人缓过神来,篮球场上早已空无一人,只能对着空气愤恨大喊:"别让我再碰到你们!"

一回到别墅,蒋尧立即扶着尹澈上楼,放到床上,接着给冯医生打了个电话,说明了情况。

"啊,没事的,睡一觉应该就会醒了。"冯医生说。

蒋尧松了口气,挂了电话,却又不得不提起一口气。

其余五双紧张好奇的眼睛盯着他,问:"他怎么会晕倒的?"

蒋尧搪塞过去:"没什么,可能是太久没有运动,累到了,医生说他需要静养,我留下看着,你们先去休息吧。"

众人自然听从,出了门,各回各房。

蒋尧守了一晚上,本来打算打地铺睡觉,但他担心尹澈半夜会突发什么情况。万一晚上突然电闪雷鸣呢?万一空调温度打得太低了呢?他决定就这样坐在地板上,守着。

第九章 选择

一大早,当尹澈睁开眼的时候,率先映入眼帘的是坐在地上的蒋尧。

可能是因为成年了,蒋尧的脸部轮廓愈发清晰,青涩的少年感逐渐褪去,成熟的气质逐渐显露。

一早上,蒋尧显而易见的快乐,尹澈显而易见的低气压。

"多吃点,补补身体。"午饭时,蒋尧叮嘱尹澈。

郭志雄点头:"你是该多吃点,昨天突然晕过去,吓死我们了,最近是不是缺乏锻炼啊?"

尹澈默默地夹起虾送入口中:"吃饭别说话。"

这话比"张教主"的训斥还管用,郭志雄立马不作声了。平常对食物挑三拣四的韩梦今天也格外安静,埋头扒拉着小饭店里味道一般的饭菜。

吃完午饭,一伙人回别墅换了衣服,又去了海边。昨天没下海,今天打算游个尽兴。

两位女生换上了泳装,短裙款式很俏皮,再加上她们天生肤白,让周围人看直了眼。

小雪很不好意思,刚想说点什么,忽然觉得眼睛被闪了一下,转头一看,尹澈赤脚踏着沙子走过来,上身一件轻薄的衬衫,随风扬起,领口露出锁骨,下身穿了条宽松的沙滩短裤,腿又长又直。他露出的肌肤都白得发光,漂亮得像瓷器。

郭志雄看傻了:"你一个男生,怎么比女生还白?"

尹澈没搭理:"你们去吧,我不会游泳。"

蒋尧也不想游泳,干脆和他一起留在岸边。他租了一顶遮阳伞,插入沙子里,又铺上沙滩巾。

韩梦怕晒黑,也没下海,和他们坐在一起。

"唉,"韩梦苦笑,"你俩看到我昨晚多糗了吧,像我这么弱的人,保护女生都做不到。"

尹澈说:"还有很多比你更弱的人,你不要妄自菲薄。"

韩梦:"……你可真会安慰人。"

"不客气。"尹澈淡淡道。

韩梦崩溃了:"蒋尧,管管你同桌吧!"

"我们现在还不是同桌。"蒋尧笑笑,"虽然大概快了。"

尹澈斜他一眼:"不一定。"

蒋尧笑容微滞:"你看,我这朋友这张嘴没人管的了。"

韩梦没心情听他们俩说话,光顾着忧心自己在女生心中的形象,苦思冥想了一下午,最后决定做点什么。

"破罐子破摔吧,我一定要挽回形象,再不做点什么就要毕业了。"韩梦握拳,"如果不成功,一个月后又是一条好汉!"

尹澈:"如果失败了,不会尴尬吗?"

韩梦捂住耳朵:"啊啊啊我不听!你别说了!"

他们在海边待了一下午,日光渐隐,晚霞初现。陈莹莹几个人玩了大半天回来了,问去哪儿吃饭。

韩梦:"今晚不去外面吃了,我姑妈家有烧烤架,我们自己弄吧。"

"好啊,那我先去水龙头那儿冲下沙子,等我。"陈莹莹说。

小雪晒了半天,想先补下防晒,没跟着一起去,过了一会儿才走。

韩梦下单点了些生鲜食材送到别墅,蒋尧补充:"帮我捎一瓶牛奶。"

周浩亮:"这就是你长这么高的小秘密?"

"我不爱喝牛奶。"蒋尧伸出手,在尹澈头顶比画了一下,"想助他长高。"

"他已经算高的了呀。"

"那就助他睡得香。"

"为什么?他晚上睡不好吗?"

第九章 选择

蒋尧微笑着搭上周浩亮的肩:"浩亮,你知道小明的爷爷为什么能活到一百岁吗?"

"为什么?"

"因为他从不管闲事。"

"……"

此时,不远处突然跑来一个人,是刚离开没多久的小雪,边跑边喊:"不好了!莹莹她、她被人缠住了!"

韩梦噌地站起:"怎么了?她被谁缠住了?"

"就……就昨天那几个……"小雪跑得上气不接下气,一脸焦急,"我看到他们把莹莹逼到悬崖上去了……"

小雪看起来也被吓得够呛,郭志雄赶紧安抚她的情绪。

韩梦顾不上太多,当即拔腿冲出去,一转眼背影就成了小黑点,连尹澈和蒋尧都被甩在了后头。

小雪口中的悬崖,其实就是一块斜着延伸至海面上方的大石头,一面被人为切割成了光滑的平台,游客可以走上去拍照。但由于离海面较高,有失足摔落的危险,上去的人不多。

陈莹莹正站在这块石头的尖端处,再往后退一步就会掉下去。

"刚刚不是挺凶吗?现在怂了?"昨晚戏弄她的那个男生堵在面前,"也不掂量掂量自己几斤几两。"

陈莹莹挺直腰板:"你们几个把水龙头都占了,在那儿玩水,没看见后面有人等着?我让你们离开有问题?"

"那你不会好好说话?没人教过你对人要尊重吗?"

"我凭什么要尊重你们这种幼稚又狂妄的家伙?"

"呵,嘴挺硬。"男生一步步走上前,目光打量她,"亏你还是个女生,男人婆一样,在学校一定人气很低吧?"

陈莹莹咬牙:"要你管?"

这时,韩梦及时到达,大喊:"喂!"

男生们的注意力被吸引了过去:"又是你。"

"你们下来,几个男生欺负一个女生算什么本事?"

男生们听了,当即准备走下去给他一点教训。不料,衣服突然被人拽住。

男生回头:"干吗,不舍得我走?"

陈莹莹没理他,冲韩梦大喊:"你逞什么能?喊蒋尧他们来!"

男生乐了:"原来是担心他啊,哈哈。"

啪!陈莹莹这次成功扇了他一巴掌。

男生蒙住了,反应过来之后瞬间恼羞成怒,伸手狠狠一推。

陈莹莹本就站在石头边缘,被他一推,身体后仰,重心偏移,直挺挺地坠了下去。男生刚想回头示威,眼前迅速掠过一道身影,跟着跳了下去。

"这俩人真是好笑。"男生嘲笑,却发现同伴脸色不太对劲,"怎么了?"

"那女的刚刚是不是提了……蒋尧?"

他这么一说,其他人也反应过来:"蒋尧?八中那个?"

"人家已经转学一年了,不在八中了。"

"应该是同名同姓吧,哪有这么巧的事?"

"等等,该不会就是昨天那个……"

几个男生脸色一变:"快走。"

然而当他们转身准备走下去的时候,去路已经被堵住了。

"你别管,我来解决。"蒋尧活动着手腕,关节按得咔嚓作响,"好久没动过手了,技艺就生疏了。"

尹澈越过他,直接就去收拾那个男生了。

"……"

"要上就上,要什么帅?"

"……遵命。"

几个男生连连后退,然而依旧逃不过被收拾的命运。

等他们俩收拾完这些欺负人的家伙,韩梦和陈莹莹也游到了

第九章 选择

岸边。

岩石距离海面不算高,但韩梦不擅游泳,毫无防备地摔下去,难免摔疼。韩梦身上一片通红,被陈莹莹扶着上岸,脚步虚浮,气若游丝:"我自己能走……"

"得了吧你。"陈莹莹无语,"你说你跳下来干吗?还死命抱着我,差点淹死,没你我早就游上来了。"

"……对不起。"韩梦垂下了脑袋。

"不过,"陈莹莹耳朵微红,"还是谢谢你了。"

蒋尧低声对尹澈说:"他俩还真是一对冤家。"

尹澈"嗯"了一声就往回走。

蒋尧一愣。

时隔一个月,他们俩之间按理说隔阂应该消除了啊,可尹澈的态度还是不冷不热。

到底哪儿出了问题?

回到别墅,霞光只剩最后几缕。

韩梦身为伤号,只能在一旁坐镇,指挥大家搬烤架、做烤串,然后坐享其成。

"倒也不错。"他美滋滋地咬了一口热气腾腾的牛肉串。

"老韩今天威猛啊,大老远看见你跳下去救班长,我都惊呆了。"郭志雄说。

周浩亮:"对啊,尹澈和蒋尧就不用说了,那些人一下就被他们撂倒了!"

蒋尧翻烤着土豆片,笑道:"我是辅助,澈澈是主输出。"

尹澈没接话,捧着热牛奶小口小口地喝,兴致不高的样子。

蒋尧烤完一轮,每样挑了一串,端着盘子坐到尹澈旁边:"随便拿。"

尹澈摇头:"没胃口,你吃吧。"

"我的大少爷，嘴巴还挺挑。那你想吃什么？我去买。"

"不用。"

但蒋尧还是趁着他不注意偷偷溜出了别墅，到附近的港式茶餐厅打包了一些点心，等了大约半小时。

结果出来的时候，外面下起了暴雨。附近卖伞的店都没有，他只能冒雨狂奔回去，尽管距离很近，依然淋成了"落汤鸡"。

其他人已经吃完烧烤进屋了，在客厅电视机前打游戏。

"我同桌呢？"

"上楼了。"郭志雄回，"不对，尹澈现在是我同桌。"

"开学就说不定是不是了。"

蒋尧走上楼，他们俩的卧室门紧闭着，像是谢绝入内，他拧了拧门把手，锁着，于是敲门："开下门，我给你买了晚饭。"

过了一会儿，门才开。尹澈看见他浑身湿透，一愣："下雨了？"

"对啊，你没发现？"蒋尧把打包袋放到桌子上，"下得挺大的，一会儿可能有闪电，你吃完早点睡吧。"

"嗯。"

蒋尧进浴室冲了个澡，换上睡衣，擦着头发出来，却发现那盒点心丝毫未动，而尹澈正站在窗前出神地看雨。

蒋尧走过去一把拉上窗帘："会着凉的。怎么不吃？不喜欢吗？"

尹澈低着头转身："我吃不下，我拿去放冰箱，明天吃吧。"

蒋尧将他拦住。

"你不舒服吗？"

"没有不舒服。"

"那……是不高兴？"

"没有不高兴。"

蒋尧没辙了，犹豫片刻，问出了心里最不想问的猜测："难道是因为昨天冯医生说的话？"

尹澈沉默片刻，点了点头。

第九章 选择

蒋尧:"放心,你的病还在恢复期,以后会好起来的,不会这么容易昏倒了。"

此时外面有人敲门,问道:"我们在玩狼人杀,你们来不来啊?"是周浩亮的声音。

"不玩,要睡了。"

"哦哦好……"周浩亮赶紧下楼,把这事和其他人说了,"他俩是不是又吵架了啊?怎么火药味这么重?"

郭志雄听了也担心:"要不我们上去看看?"

韩梦及时阻止:"相信我,他们会和好的,我们还是别参与了。"

客厅里的鹦鹉跟着喊:"别参与!别参与!"

雨下了一夜,噼里啪啦地敲打着窗户,愣是没下大,到早上便偃旗息鼓了,屋子里的热度与气味也随之消散了个干净。

三天的时光太短暂,一伙儿人拖着行李走到大门口的时候,感觉像刚来。

正准备叫车,客厅里的鹦鹉突然大喊:"兔子!兔子!"

尹澈刹住脚步,回头瞪了眼蒋尧。

蒋尧挠了挠鼻子:"不能怪我啊,谁能料到它偏偏学去了这二个字……下回教它其他的。"

尹澈叹气:"你还是闭嘴为妙。"

一眨眼就到了开学报到日。

住宿生一般要提前一天回寝室整理东西,下午,蒋尧在家收拾书包的时候,意外地发现了之前扔进去的那颗纸星星,从尹澈那儿偷偷换来的。星星是用白色格纹的条纸叠的,干净清爽。

他随手放在书房的书桌上,出去和赵诚打了会儿球,回来的时候,汪小柔正捏着那颗星星仔细观察,一见他,立刻问:"哥哥,这是你朋友折的吧?你才不会折这种东西呢。"

理我一下

蒋尧笑道:"怎么样,手巧吧?"

汪小柔不服气道:"这有什么了不起呀?我也会折,不信我拆开给你重新折一遍。"

"别别别。"蒋尧连忙夺了回来,"我得还给他。"

偷拿别人东西总归是不道德的事,蒋尧打算晚上跟尹澈见了面就还回去。

结果晚上尹澈没来。

蒋尧去隔壁寝室敲门,只碰见来帮忙整理打扫的尹家管家和若干人员。

"大少爷发烧了。"管家四十来岁,西装笔挺,文质彬彬,说话不紧不慢,"可能要明早再来。"

蒋尧一听急了:"发烧?怎么会发烧?"

管家微露讶异:"……说是最近补课太多,学习压力太大了导致的。"

蒋尧一愣,稍做思考,顿悟了然。

开学第一天,尹澈到得比住宿生还早,跟在他后边进门的郭志雄没有走到他旁边,而是去了原先的单座。

某位同学泰然自若地重新占领了自己的座位。

"你是不是为了不去补课假装生病?"

尹澈看了眼穿着夏季短袖校服的蒋尧,人是帅的,只是嘴巴依旧很欠打。

"我的乖乖同桌去哪儿了?怎么越来越不老实了?"

尹澈懒得搭理他,昨晚配合冯医生治疗让他很累。

冯德良好歹也是一位全国知名专家,在业内德高望重,却要配合一个高中生演戏,一开始他说什么都不干,还问:"小澈,你怎么会做这种事?是不是你那个同桌教的?我就觉得他不务正业。"

"您之前说他值得交朋友来着。"

第九章 选择

"唉，年纪大了，老糊涂了。"

"……"

冯医生最终看在看着他从小长到大的分上，勉强同意了，只不过演得很不走心，就打了个电话说他发烧了。尹家夫妻一听儿子发烧立即高度紧张，没深究太多。于是尹澈趁机说是补课导致的，尹权泰立刻结算了家教的工资，让他们不用再来了。

"不想装乖了。"尹澈把书包往课桌上一扔，坐下，脚踩到杠上，跩得很，"想把我错过的叛逆期补回来。"

周浩亮回头收作业，闻言一抖："冷静……您现在不叛逆已经威震四方了……要叛逆起来还不得血雨腥风？"

蒋尧笑弯了眼："想什么呢？"

周浩亮点头："就是。"

"怎么能辞退家教？"

"就是。"

"这一点也不叛逆。"

"就……啊？"

"你应该气走家教，这样才符合你的人设。"

周浩亮："……"

尹澈确定了，冯医生说得没错，他确实是被这人带坏的。

他的这位同桌经验丰富，不仅传授理论知识，还带他亲身体验了一回叛逆期学生应有的排面。

——开学第一天就被叫去了老师办公室。

"蒋尧，谁让你私自换座位的？"吴国钟拧眉，"上学期末你非求着我换座位，现在又自个儿换回来了，开玩笑呢？"

"以后不换了，到毕业都不换了。"蒋尧举手发誓。

"凭什么相信你？"

"老师，您要是保留我的座位，我保证以后次次考第一。"

"你考第一不是应该的吗？"

"那我保证我同桌次次考第二，年级第二。"

尹澈剜他一眼："老师，别听他的，他第二，我第一。"

啧，他叛逆起来，还真不太好对付。

"也行，反正都一样。"

吴国钟被搞糊涂了："不是，尹澈，你怎么也跟着乱来？你当年级第一很好考吗？你弟以前就是第一，你应该很清楚他的成绩吧？"

老吴不提这茬儿还好，一提尹澈便迟疑了："我不能考第一。"

"这才清醒……"

"我考第二吧，不然我弟可能会生气。"

吴国钟："……"

蒋尧："那我呢？"

"你第三。"

"好咧。"

他们俩旁若无人得像排座位一样把名次排好了，吴国钟忍无可忍："你们两个，下次要是考不到年级第一第二，立刻调开，以后都别想做同桌！"

为了占稳同桌的位置，晚上，蒋尧拿了本数学课外题去306探讨学习。

"我给你讲题。"

"这本我做过了。"尹澈淡淡道，"用不着你，回去吧。"

蒋尧力气大，硬是闯进了宿舍，关上门："那我陪读。"

"不需要。"

蒋尧看着尹澈，叹了口气，伸手摸了摸兜，掏出来一颗星星："行，先把这个还你，物归原主。"

尹澈一怔，迅速伸手夺回星星，塞进自己的罐子里："为什么偷拿我东西？"

"……好奇。"

"不准再拿了。"

第九章 选择

"嗯,知道,抱歉。"蒋尧开玩笑转移话题,"这星星这么宝贝吗?我以为你折着玩儿的,是不是每一颗都代表你的一个心愿?"

尹澈没搭理他,举起星星罐子放到了书架的最上层,接着举起那个铁盒,也想放上去,然而铁盒盖子没盖紧,掉了下来,盒子里的东西也被带出来了一些,轻飘飘地散落到地上。

蒋尧随手帮他捡起,忽然发现,手里的东西怎么看怎么眼熟。

"这些字条是……"他直起身,往尹澈手里的铁盒一望,零零散散的白色字条中,静静地躺着一朵皱巴巴的花。虽然像团废纸,但被保存得很好。

在尹澈心里,这些都是他们友谊的见证,蒋尧是他第一个朋友。

"你……一直留着这些?"蒋尧错愕之后,说,"你还说我,自己不也偷拿我的东西……"

"这些都是你不要的。"尹澈义正词严,抢走他手里的字条,塞进铁盒,盖上盖子,放回书架,接着转身把他往门口推,"滚回你的寝室去。"

"……哦。"

今年开学比去年早两天,周三,是尹泽十八岁的生日。

中午吃完饭,蒋尧发现他的同桌不见踪影了,于是立即赶赴小树林,果不其然,撞见了他给"白眼狼"送礼。

尹泽出来时看见他,眉头一皱:"怎么又是你?"

"我过来看看情况。"蒋尧拍了拍尹泽的肩,"没想到你居然收下了,弟弟长大懂事了啊。"

"我哥给我送礼物,关你屁事?"

"怎么不关我事了?这礼物有一半是我锯的呢。"

尹泽的脸色短短几秒内从不屑到震惊到愤怒,精彩纷呈,扭头就走:"回去我就扔垃圾桶!"

"你就不能少惹他吗?"尹澈无奈。

"不能，看见他就来气，小白眼狼。"

"我弟他没什么坏心眼，只是……对以前的事耿耿于怀而已。"

"所以呢？你打算什么时候告诉他当年的真相？你不说，估计他一辈子都误会你。"

"当年本来就是我不对。"

蒋尧才不信："你哪里不对了？我不相信你会故意抛下你弟，用脑子想一想就知道了，你故意让他先跑，绑匪追过来的时候你跑出去引开了他们，不然他一个小屁孩能跑得过成年人？这都想不到，你弟怕是脑子不灵光。"

"他当时还小，对这件事印象太深了，而且我从没解释过。"尹澈转身往教学楼走，"我不希望他自责，归根结底，是我太没防备，才害我们两个被抓，他记恨我也没什么。"

"你对他总是这么慈爱宽容。"蒋尧说。

尹泽过一次生日，阵仗浩大，礼物堆得高二（3）班后门进出困难，尤其是某个巨大的盒子，里头不知放了什么东西，好奇的同学想拆开看看，立遭呵斥："看什么看！弄坏了你赔我？"

一中贴吧照例为他"盖"了一栋庆生楼，虽然他的"校草"位置被抢了，但人气依然很高。

开学第二周，社团招新。

与往年一样，各个社团在林荫大道上摆上桌子，大声吆喝，不过负责人基本都换成了新晋高二的学生。像手工社这样全员高三的社团，只能学长亲自出动。

"帮我把那个摆中间。"徐守指挥着。

他在暑假里恢复得很好，如今除身体比较虚弱之外，与正常人没什么区别，这学期便返校继续学习了。

有社长助阵，手工社的摊位比去年显眼多了，徐守休学一年没事就在医院做手工打发时间，技艺精湛，创作了很多作品，摆出来样样

第九章 选择

都彰显着实力。

蒋尧想起去年那些展品,忍俊不禁。

"笑什么笑,我知道我做得不好。"尹澈踹他,"出去揽客。"

"我还用揽?我在这儿一坐,保证招满一个班。"蒋尧自信满满。

然而,尽管来找他的人确实多,却没有一个打算报名。学校规定高三以学习为主,无特殊理由不能参加社团活动。也就是说,社员即便入社了也见不到他,大家只能惋惜离开。

倒是徐守凭借自己的作品吸引了几个对手工感兴趣的学生,立刻引诱道:"加入我们社团,我们就送独家手工教程,保证你们也能做出这样的东西,送朋友送家人,有心意又有新意。"

这番广告词竟然真的招到了十来个社员,不用担心会废社了。

"还得再申请个教室。"徐守说。

"我去申请。"尹澈说。

蒋尧:"……怎么好像就我没帮上忙。"

另两人投以鄙视目光:"你不就是来浑水摸鱼的吗?"

"……"

日子按部就班地过,高三文娱活动少了,社团课也没了,一时间班级里除了学习只剩下学习。

"我都快成书呆子了!"章可拍案而起,"不行,这周末咱们搞点活动吧,再这样下去我就失去灵魂了!你们就失去'开心果'了!"

虽然对最后一句存疑,但这个年纪的少年少女对出去玩还是很积极的。

上次没去成海边,章可很遗憾,开学以来就一直叨叨着想去游泳。于是众人为了满足他的心愿,决定周末带这个可怜孩子去一趟学校附近的游泳馆,顺便从繁重的学习中喘口气。

九月份比起暑假来说虽然不是旺季,但酷暑难耐,周末来游泳馆的人依旧不少。同行的几个人基本都会游泳,换上泳衣就往水里跳。

理我一下

尹澈只换了泳裤,身上依旧穿着衬衫,坐在岸边干看着,摆动小腿划拉划拉水。

蒋尧游了个来回,抬头看见他像个小朋友似的坐在岸上。

"要下来吗?我教你。"

"不用。"

章可从另外一头游过来,一脸惊讶:"你居然不会游泳?"

"……忘了而已。"他小时候学过,但太久没练习,自然不会了。

"我们教你啊,不然你一个人在旁边多无聊。"

"不无聊。"

蒋尧笑道:"你不想学也行,我给你租个游泳圈怎么样?"

游泳馆里,几乎都是小朋友才租游泳圈。

尹澈眯眼:"你试试?"

章可很确定蒋尧试试就会"逝世",连忙游出战场:"我去班长那儿看看!"

蒋尧像是没意识到危机似的,伸手将尹澈拽到了游泳池里。

水花四溅,尹澈猝不及防,以为要呛水了,蒋尧扔过来一个游泳圈。水中浮力大,泳池又比较深,他的脚触不到底,只能撑着游泳圈保持平衡。

他头发湿淋淋的,脸上全是溅到的水珠,蒋尧忍不住想笑话他。

尹澈看着眼前人,眼神凶巴巴的:"幼不幼稚,让我上去。"

蒋尧见尹澈徘徊在生气的边缘,便不再胡闹,将他托上池边:"去换身衣服。"

尹澈走之前多问了句:"你要不要上来休息会儿?一直泡在水里不好。"

蒋尧:"过会儿吧。"

尹澈盯着他看了片刻。

蒋尧待在原地不动:"干吗不走?"

"你为什么不游了?"

第九章 选择

"……想在这发呆不行吗?"

"……"

短暂的周末消遣过后,依旧要面对繁重的课业。

学校也不算赶尽杀绝,停了高三的社团选修课,但没停体育课。按照"张教主"的话来说,身体是学习的本钱,以及,总要给这些叫苦连天的学生一点盼头。

但事实上,大热天三十几摄氏度的高温,只有精力旺盛的男同学乐意去操场运动。

高三(1)班连这样的人都很少。

操场边的树荫下,一群人靠在单杠上躲日头,无所事事,知了都比人活跃。

陈莹莹在不远处打羽毛球,没眼看他们班这些个高高大大的男生:"你们丢不丢人啊?全瘫在这儿,这么多学弟学妹看着呢。"

韩梦今天刚卸任文艺部部长,"四大护法"又重新洗牌了一次,全换成了高一新生:"看着学弟学妹们青春洋溢的脸,我突然感觉我老了,跑不动跳不高了,唉……"

蒋尧:"你有跑得动过?"

"……做人别太蒋尧。"韩梦咬牙切齿,"你也别太得意,就算他们现在偷瞄你,等你人老珠黄了,看谁还崇拜你。"

"不需要那么多人崇拜我。"蒋尧微笑。

韩梦拉上章可就走:"此地不宜久留。"

章可莫名其妙:"这儿不是挺凉快吗?哎哎,你去太阳底下干吗?"

"美黑!"

周围清静了,蒋尧问一直没说话的尹澈:"怎么不出声?看什么呢?"

尹澈摇头,收回望向远处新生的视线:"没什么。"

他皮肤白,站在树荫下也与旁人形成肤色差,一看就是不常参加户外运动的人。

蒋尧上下打量他:"我觉得你需要多锻炼,身强体壮才能恢复得快,我陪你去跑个步?"

"我强壮得很。"

"以前是,但现在不是了吧?你现在踹我的力气都没以前大了。"

"……"

仁慈被当成了体弱。

尹澈钩钩指头:"你过来。"

"嗯?"

尹澈一把揪住他的衣领。

周围瞬间传来倒吸气声,偷瞄的人屏息以待。

"是我没用力气踹,懂?"

蒋尧笑着:"为什么不用力气?良心发现了?"

"怕我太强壮把你踹废了。"

"我不信你这么厉害,除非咱俩比比。"

"怎么比?"

"引体向上,看谁做得多。"

"好。"

尹澈二话不说,走到最高的那根单杠下面,往上一跳,双手牢牢抓住单杠。紧接着,手臂和背部肌肉发力,身体缓缓往上,下巴超过单杠时,稍停半秒,然后徐徐下降,轻轻松松做了十来个。

偷瞄的人呆呆地看着两位一言不合就开始做引体向上。

这是什么奇怪的行为?

蒋尧站在他面前,面带微笑,淡定从容。做到第二十个的时候,尹澈稍稍感觉有些吃力了,不过他估计自己起码还能再做五个,于是深呼吸——

蒋尧突然戳了他的腰一下,他直接掉了下来。

"看你腰露出来了,帮你拉一拉衣服。"

第九章　选择

尹澈绕单杠追着他踹了五六脚才解气。

蒋尧裤腿上全是脚印,还笑:"明明就是力气小了,还嘴硬。"

尹澈指着单杠:"你给我上去,我看你能做几个。"

"这就让你见识见识什么叫猛男。"

事实证明,蒋尧没有自吹自擂,确实猛,姿势标准,动作迅速,不费吹灰之力就做了十来个引体向上。校服下摆随着动作提起来,露出几块精瘦的腹肌。

"十七……十八……十九……"蒋尧自己数着数,"怎么样?以后别乱吹牛,尤其是在我这种实力派选手面前。"

尹澈把手伸向他。

"你戳我也没用,我不怕痒,省省吧,我赢定了——"

语文课上,吴国钟在讲一篇文言文,提问:"这个加点字怎么解释?有没有同学知道?"

这个年纪的高中生几乎不会主动举手回答问题了,问下去果然鸦雀无声,一个个头埋得比鸵鸟还低,避免与老师眼神接触。

吴国钟见怪不怪,打算随便抽个人,目光一扫,正好扫到最后排某个发呆的年级第一。

"蒋——"

尚未喊出全名,年级第一旁边那个说要考年级第二的举了手。

吴国钟只能作罢:"好,尹澈主动举手了,你来回答一下。"

全班同学震惊回头,见了鬼似的,谁举手都轮不到这位举手啊?

尹澈正确答完题,面无表情地坐下,继续认真记笔记,仿佛一台没有感情的学习机器。

下了课,尹澈出去上厕所,章可立刻趁机冲过来获取一线消息:"尧哥,他怎么变这样了?"

蒋尧笑笑:"今天确实不一样。"

周浩亮也转过来八卦:"我觉得他最近很不对劲,不仅越来越沉迷学习，身上的气场好像也不太一样了，好像随时随地都能大杀四方……"

章可："你别吓我，他那么凶悍……"

蒋尧："哪里凶了？我同桌这么友好。"

章可："……现在我觉得这人更不对劲。"

周浩亮："……很难不赞同。"

蒋尧站起："你们还是不够了解他，算了，不能怪你们，毕竟不是所有人都是他最好的兄弟。"

章可和周浩亮无声地对视了一眼，都从彼此的眼里看见了一句"这哥莫不是疯了"。

蒋尧出了教室往男厕所走，想洗把脸清醒下，该有的形象还是得有。

厕所在楼梯口往里的角落，还没拐进去，先听到了人声。

"不是，你搞错了。"冷冰冰的，是他同桌的声音，"请你以后别盯着我看。"

"我哪有？"

"今天体育课，你一直盯着我，别以为我不知道。"

"哇，学长好敏锐啊。我盯你是因为你好看呀，我真的崇拜你，我们不能认识一下吗？"

"不想，再见……你干什么？放手。"

"你答应我就放手。"

"他说不想，你没长耳朵吗？"

尹澈微怔，看着蒋尧从拐角处转出来，走到他身旁，冷声说："我数到三，你不放手，这只手就废了。"

抓着尹澈手臂的学生很面生，似乎是今年的高一新生，个子比蒋尧稍矮一些，他看向蒋尧，默默松开了手。

蒋尧指了指尹澈："小弟弟，听清楚了，再碰他一下，你就危险了。"

第九章 选择

撂下话，蒋尧拉起尹澈就走。

二人走进教室，尹澈说："他没做什么，你也不用那么凶，别以后找你麻烦。"

"找就找，以后你看见这人尽量避开。"

"为什么？"

"你现在的身体正在恢复期，像这种有侵略性的人能避开还是尽量避开。"

"侵略性？"

"嗯，这种人我以前见得多了，想要的就必须得到，想认识谁就去骚扰谁，才不管你乐不乐意。"

"真是品位清奇。"

蒋尧下意识地点头，过了两三秒，觉得不对劲："什么意思？"

"我除了比较孤僻之外，没什么特别的地方了啊。"尹澈真诚发问，"他为什么会想认识我？"

蒋尧震撼了。

"……你是不是故意这么说，想让我夸你三天三夜？"

"嗯？"

"我偏不，不会让你得逞的，你这只心机小兔子。"

"……"

上课铃响了，许贝妮踩着铃声到教室，看见后门口还杵着两人，高喊："喂！铃都打了，快进去！"

尹澈进教室坐到自己位子上，打开英语笔记本，他同桌屁颠屁颠地跟过来，手肘碰了碰他的胳膊："你真不知道自己有多好吗？一会儿下课，我给你一一细数？"

尹澈转头："有病？"

前桌的周浩亮在心中默默点头，确实有病，病得还不轻，连老虎和兔子都分不清。

麻烦来得比想象中还快，这节英语课上到一半，蒋尧就被敲门而入的"张教主"叫走了，直到放学才回来。尹澈见他一副没事人的样子，估摸着应该是没什么事，就没多过问。

晚上，一群写完作业没事干的少年非要找点乐子。

进入高三，好几个人的智能手机被家长没收了，换成了只能打电话发短信的老人机，苦不堪言。男生的娱乐活动无非就那么几项，不能打游戏，那就闲聊天。

开学月余，高一新生里长得好看的学弟学妹在哪个班、叫什么名字，几乎都被挖了出来，贴吧里讨论的帖子很多。

章可作为少数仍拥有智能机的人，在宿舍里被一群男生围着，共享手机。

"哇，这个真漂亮。"

"这个也不错啊，帮我看看几班的？"

"这个我见过真人，真心好看。"

蒋尧心不在焉地："你们什么时候回去？"

"我们才刚来，你这就赶我们走？"

"那行，你们待着，我去隔壁串个门。"

"啊？"

306的门没锁，但蒋尧先敲了门，得到应允后才进去。

尹澈难得没在看书做题，躺在床上，枕着折叠好的被子。似乎刚洗完澡，头发还湿着，在被子上洇出了水痕。看见他的第一句话是："尧哥，我有点热。"

蒋尧帮尹澈把空调打开："热了不会自己开空调？"

"不是刚好你来了？"

蒋尧笑了笑："怎么，我要是不来，你就热死自己？"

刚开了个头，宿舍门就被敲响了，章可风风火火地冲进来："我看到一条帖子……"

第九章 选择

尹澈从被子里探出头："什么帖子？"

蒋尧拽着章可往外走："八成又是一群崇拜我的人发的，一群无聊的人，不用搭理。"

"不是的，是有人说你……"

尹澈的声音骤然降了八度："你别捂他嘴，章可，你说。"

章可得以解脱，大喘气："我好心跑来告诉你你还谋杀我……就是有人说你欺负新生，还发了几张受伤的照片，挺吓人的，现在好多人在议论。"

尹澈立刻猜道："是下午那个人？"

蒋尧瞒不下去，索性坦白："嗯，是他。"

章可："帖子里提到了班级，高一（3）班，我托我朋友问了问，这个班今天是有个人受了伤，叫程昊。帖子里说，你在老师那儿承认欺负同学了，出了办公室门又翻脸威胁同学，没这事吧？你要不要澄清一下？"

"没什么可澄清的，是承认了，是威胁了，但我没打他。"

尹澈皱眉："你承认欺负他？"

章可也问："为什么啊？尧哥你明明不是那种人。"

蒋尧耸肩："他受了伤，我完好无损，也没人证，我还能说什么？"不对，是有人证的。

尹澈立刻懂了，蒋尧不想把他牵扯进去，自己认了错，想息事宁人，可对方似乎没有善罢甘休。

"我明天跟你一起去找老师。"

"你给我好好休息。"蒋尧把他按回去，"你别瞎折腾。"

章可："对，澈哥，你别又像上次那样进医院了。"

尹澈要是会乖乖听话，也就不是尹澈了。

第二天一早尹澈就到校门口找"张教主"。

"张教主"在一中工作几十年，从来都是抓学生的份，第一次被学生"抓",看着眼前气势汹汹面无表情的男生,傻眼了:"这是干吗?要跟老师打架啊?"

"老师,昨天的事,不是蒋尧的错,我在旁边。"

校门口几个站岗的学生都竖起了耳朵。现成的八卦,怎能错过?

"张教主"无语:"你俩每次要么不惹事,要惹就一起惹,关系这么铁啊?"

其他学生窃笑,"张教主"听见了:"别偷听!好好站岗,别放过一个迟到的。你,跟我去办公室。"

到了德育处,张胤峰坐下,敲敲桌子,问站着的人:"说清楚怎么回事,别包庇你兄弟。"

尹澈把经过一五一十地说了,没添油加醋。

"你说的这些,蒋尧昨天都说了。但抓一下你的胳膊怎么了?人家新生刚来学校,不知道你的忌讳很正常,他想跟你交个朋友,有错吗?蒋尧都不听人家解释,就威胁人家,这不是欺负是什么?"

"总之这事已经翻页了,看在他承认错误的分上,我没给他记过。你回去多劝劝他,以后别这么意气用事,都高三了,专心学习……"

尹澈被迫听了二十多分钟的思想教育,踩着第一节课上课铃回了教室。一坐下,旁边推来两个包子,还是热乎的,塑料袋里面一层薄薄的水雾。

"你早上去哪儿了?寝室没人,食堂也没看见。没吃早饭吧?喏,给你带了。"

尹澈侧头看他,蒋尧漫不经心地笑着,眼睛弯起的弧度很好看。

他的眉眼生得英气,眼睛有时候会透出一丝银灰色,显得深邃危险,但大多数时候都像洒满了阳光,呈现出温暖的褐色。

尹澈没见过那个东城名声赫赫的蒋尧,只见过任他蹦来蹦去、对他很仗义的同桌蒋尧。

蒋尧才不会无缘无故欺负人。

可惜不是所有人都相信这点。

第九章 选择

到了晚上,再刷到那个帖子时,舆论风向已经明显偏向了程昊。

蒋尧来一中后没惹过多少幺蛾子,但这不妨碍有些不明真相的人看热闹不嫌事大。

"他以前在八中不就是这样吗?据说每天都要打一次架。"

"信他的都是些没脑子的吧?就这种人,你们还当块宝似的。"

"他家里好像挺有钱?难怪这么嚣张。"

众口铄金,蒋尧的过往从前,都被挖出来批判了一遍,传言说他有暴力倾向、仗势欺人、恃强凌弱,在八中待不下去了才灰溜溜地转到一中来。

高三(1)班一群男生挤在307宿舍,义愤填膺。

"这人有病吧?谁知道他这伤怎么来的,戏精。"章可都看不下去了。

郭志雄更是想捋起袖子冲进屏幕干架:"就是,明明是他先挑衅!"

韩梦气得兰花指乱抖:"这人还说我们全班包庇蒋尧。"

蒋尧听得头疼:"好了,没什么大不了的,这事过两天就消停了,你们快回去,尹澈还在发烧呢,需要休息。"

众人转头看向尹澈。

后者正坐在书桌上,一条腿曲着支起,一条腿碰着地,边看帖子边喝完了一罐冰可乐,手一紧,空罐子被拧成了麻花。

众人转回头看蒋尧:"他看起来不像需要休息,倒像是准备送人归西。"

过了两三天,帖子的热度稍稍降了下去,因为一年一度的运动会又来了。

作为高三为数不多可以参加的活动,学生的积极性很高,以往都要体育委员到处吃喝恳求才有人愿意报名,今年刚一听说消息,就有好几个人主动报名。

毕竟是最后一次了，再不留下点回忆，青春就要结束了。

郭志雄看着几乎被填满的报名表，感动得热泪盈眶："不容易，咱们班男儿终于雄起了一次，还有谁要报名吗？输赢不重要，重在参与！"

韩梦："我想再挑战一次一千米。"

郭志雄："你滚。"

蒋尧当仁不让地被推上了一千米的项目，并且被寄予了厚望，不拿个第一不行。尹澈这次没被赶鸭子上架，随便选了个仰卧起坐。

郭志雄还记得他上学期做俯卧撑磕出鼻血的事，小心翼翼地问："您真的没问题？不行咱还有其他人选。"

尹澈潇洒利落地签下大名，抬起一双凌厉的眼。

"……您行！您行！你一定大杀四方斩获第一！"

尹澈微微颔首，走回座位，同桌笑着说："你报仰卧起坐？腰力行不行啊。"

"我不行，你行？"

"那当然，我肯定比你行。"

郭志雄正在征集参加最后一个项目的同学，突然听到后排传来椅子翻倒的巨响。

高三（1）班同学转头看了眼，见怪不怪地转回头，继续聊各自的。

就蒋尧这天天挨踹不还手的好脾气，会无缘无故揍人才怪呢。

周五，运动会如期而至。

"各位亲爱的同学们，在这秋高气爽、阳光明媚的日子里，我们迎来了一中第七十届校运会……"

"张教主"在主席台上发表着激情演讲，台下绕着操场坐的学生顶着烈日、扇着扇子，昏昏欲睡。

陈莹莹脱下外套和杨亦乐一起挡太阳，但她的校服码数小，两个

第九章 选择

人有些挡不住。韩梦见状,把自己的外套脱了递给她:"喏,拿去。"

"谢谢……怎么一股子香水味?"

"刚喷的,干吗?嫌弃的话还我。"

"谁说嫌弃了。"陈莹莹把自己的外套给了杨亦乐,撑起韩梦宽大的校服,"你要不要一起啊?"

韩梦受宠若惊:"要要要,晒死我了。"

蒋尧看见前排靠在一起的两个背影,若有所思,灵机一动,抬手拉自己的拉链。

……忘了自己没穿外套。

他转头,看见尹澈身上穿着外套,拉链依旧拉到最上面,脖子捂得严严实实,露出一张冷酷的小脸。

"尹澈。"

尹澈疑惑地看向他。

"好热,你把外套脱下来给我挡挡嘛。"

尹澈:"……"

前排的韩梦转过头:"天哪,你是不是被晒傻了啊?"

陈莹莹:"没想到你也有这样的一面。"

杨亦乐:"害怕……"

蒋尧:"没你们的事,我怕晒不行吗。"

尹澈虽然看他的眼神像看傻子,但还是把外套脱了,扔给他:"出去别说是我同桌。"

蒋尧见他里面穿的是T恤,外套一脱,脖子上的疤很明显,又把外套推了回去:"算了,你穿上吧。"

"我去检录了。"仰卧起坐比赛十分钟后开始,尹澈拿了瓶水,朝检录处走。

"我陪你去。"

"别来,不想看见你。"

蒋尧只好留守原地。

郭志雄跑完两百米，拿了个第二名，回到班级一屁股坐到椅子上，大口喝水。

蒋尧："不错啊大熊，超常发挥。"

郭志雄嘿嘿一笑："学妹在台上看着呢。"

小雪今天是读稿员，坐在主席台上，念各个班同学递来的加油稿。刚才她喊了两声"加油"，立马为郭志雄注入了"洪荒之力"。

蒋尧想调侃两句，突然听到小雪甜美的声音念起了下一张加油稿："下面的祝福送给高三（1）班的尹澈同学，你最可爱……祝……祝你取得好成绩！加油！"

小雪偷瞄了一眼身旁的老师，果断掐断了后面的内容，换了张稿子念。

"你写的？"尹澈问面前人。

程昊笑了笑，他长得有几分俊，但眼神总是阴沉沉的，让人喜欢不起来。

"对，我写的，想让学长记住我。"

"我已经记住你了。"尹澈躺到软垫上，手臂枕在脑后，和其他参赛选手一样，由一位志愿者同学帮忙压着脚。

他正好被分配到了程昊这一组。

"老实点，否则别怪我揍你。"

程昊依旧笑着，膝盖压住他的脚，双手紧紧按住他并拢的腿："被学长揍是我的荣幸。"

这人估计有病。

尹澈没再搭理他，谅他在大庭广众下也不敢怎么样。

老师哨声一响，比赛开始，计时一分钟，比谁做的次数多。

尹澈心无旁骛，只管做仰卧起坐，尽力忽略面前喋喋不休的人。

程昊的视线下移，落到疤痕上："学长，这个疤是哪里来的？"

尹澈不回他，继续做仰卧起坐。

距离一分钟结束还剩下十秒。

第九章 选择

再忍一忍,比赛完再揍。尹澈触垫后迅速起身,再度靠近这个笑容诡异的人——

忽然感觉一阵凉意从脖子蹿到头皮。

尹澈僵硬地缓缓转头,对上他的眼睛:漆黑、阴鸷、莫名的熟悉。

程昊很像一个人,但他记不起来是谁。

哨声响起,一分钟时间到。

尹澈紧绷的神经一松,深深地呼出一口气,面前的人被冲过来的另一个人迅速拎起。

在周围一群老师同学的震惊目光中,蒋尧攥住程昊的领子,把他拽了起来。

旁边几个女生被这场面吓到,发出尖叫,体育老师这才回神,厉声呵斥:"同学!你住手!"

尹澈也从垫子上站起:"你别冲动。"

蒋尧:"你别管,他这人绝对没安好心……"

程昊阴恻恻地盯着他:"我和学长说话跟你有关系吗?你是谁啊?"

蒋尧拳头握得死紧,沉默以对。

"还是说,你纯粹有暴力倾向?"程昊说,"不管你做什么,我都不会向你这种恃强凌弱的人求饶的!"

"你……"蒋尧真的气不过这人颠倒黑白,明明是他非要骚扰别人。

几名围观学生见势不对,赶紧把程昊拉回来。

"蒋尧,你怎么能欺负同学?太过分了。"

"真没想到你是这种人。"

"人家又没招你惹你,你看不顺眼就要动手吗?"

"道歉,不然我们找老师了。"

程昊摇头:"没用,上次他在老师面前装模作样地道完歉,出了办公室就威胁我。"

"怎么这样……"同学们的正义感被激发出来。

尹澈眼看蒋尧情绪不对，先发制人，拽住他的胳膊，强行把他拖走，一直拖回寝室。

学生这会儿基本都在操场，宿舍楼里没几个人。一锁上门，寝室里只剩他们两个，蒋尧彻底炸了："你为什么拦我！"

尹澈待他说完，平静地回："冷静了吗？"

"我是不是让你离他远点？"

"他故意靠近，我有什么办法？"

"办法有很多啊！你平时不是挺厉害……"

尹澈背靠着门，嘴角上勾："我真没把他当回事。"

蒋尧的声音渐渐低下去，眼里的怒火一点点熄灭，只好说："下次注意，有事找我，别自己面对。"

午饭过后，下午场的比赛陆续开始。

情绪最高涨的时间段过去了，午后阳光晒得人昏昏欲睡，学生大多数都待在自己班级的座位上，没精力到处乱跑看比赛了。

蒋尧和尹澈一落座，韩梦就来问："二位，干吗去了？消失了大半天？"

尹澈："热，回宿舍洗了个澡。"

蒋尧："我也是。"

蒋尧把之前接手的外套递过去："穿上吧。"

尹澈穿上外套，拉链拉到最高，伤疤挡得严严实实。

尹澈的目光重新落到跑道上，现在是一百米短跑项目，下一个就是一千米了。

高三（1）班坐的位置靠近检录处，来来往往的人很多，上午就一直有路过的学生偷瞄他们两位，下午偷瞄的人更多了，不仅偷瞄，还窃窃私语。

"尧哥！"章可刚去小卖部采购，抱了一大袋零食，火急火燎地

第九章 选择

跑回来,"尧哥,我听小卖部老板说,你上午又和程昊发生争执了?"

蒋尧:"怎么连老板都知道?"

章可:"因为大家都在议论啊!而且我还听说,体育老师带着程昊去医务室了,之后要去找'张教主',可能要给你开处分单!"

"开就开呗,谁怕谁?"蒋尧站起来。

尹澈:"你去哪儿?"

"检录。"

"走。"

章可呆呆地望着他们俩离开的背影,这两位哥还真是天不怕地不怕。

检录处的学生很多,队伍混乱,但他们俩一来,人群自动让开一条道。

"他们至于那么怕我?"蒋尧困惑。

尹澈冷脸往前走:"你别高估自己,他们是怕我。"

仔细一观察,还真是,这些人眼里的敬畏大半是冲着尹澈去的,偶尔有一两个朝他看。

排面输了啊……

负责检录的学生正埋头工作,忽然感觉原本吵吵闹闹的周围安静了许多,抬头一看,差点没摔下椅子。

两个同学,一位笑脸,一位冷脸,四只眼睛盯着他。

蒋尧:"同学,一千米开始检录了吗?"

尹澈:"麻烦快点,我们赶时间。"

蒋尧:"赶什么时间?"

尹澈:"当心一会儿'张教主'来抓你,跑都跑不成。"

检录员连连点头:"这就给您办理!"

尹澈皱眉:"为什么是'您'?"

检录员:"那……不然呢?"

尹澈:"……"

还好检录员手脚够快，蒋尧顺利入场，刚站上一千米跑道，"张教主"正好带人杀进操场，四下一张望，直接锁定人群中那个高个子，疾步走过去，却在半路被拦住。

"老师，有什么事等他跑完再说，行吗？"尹澈挡在他面前。

"就他这么目无校规，还参加什么比赛？""张教主"许多年没遇到过这种事了，刚教育过他，居然再犯，简直不把他放在眼里。

"我替他道歉，他是冲动了，但您身后那位，也不是完全无辜。"

程昊瞪大眼："学长，你可不能因为跟蒋尧关系好就冤枉我啊，当时那么多人在场，我根本什么都没做好吗？"

"是吗？"

"张教主"："尹澈，有话你就直说，别卖关子。"

尹澈想了想："之后再说吧，现在请您让蒋尧跑完行吗？我们班就指着他拿第一了。如果他退赛，会影响整个班的荣誉。您不能因为他一个人犯了错，就让我们整个班付出代价吧？"

有理有据。"张教主"思考片刻，大手一挥："行，那就让他先跑完。"

"谢谢老师。"尹澈目光扫过程昊的脸，捕捉到一丝不甘。

不远处，一千米比赛枪响。

蒋尧在第一跑道，枪响之后三秒内，便如同离弦之箭般冲到了第一。跑道边围观的学生只觉一阵劲风刮过，头发都扬了起来。

"天哪，一开始就跑这么快，后面能不能撑住啊？"章可担忧道。

韩梦颦眉："估计会体力不够，你看，他现在都拉开半圈了，哪有一上来就这么猛的？"

陈莹莹："您二位两百米都够呛的人就不要质疑人家强者的实力了吧？"

章可："我们这是合理担心！"

尹澈穿过操场，在大太阳底下眯起眼看第一名的那个高大身影。

阳光不怎么刺眼，但蒋尧很耀眼。他每一步都跨得很大，T恤被风紧压在胸膛上,身后衣摆猎猎飘扬,像在飞一样。

尹澈站着不动,等着蒋尧越跑越近,逐渐看清了他的神色,完全游刃有余,甚至冲他笑了下。

少年如同台风过境,将他的视线卷入风中,随之而去。

尹澈忍不住勾起嘴角。

这是他的同桌。

"喂喂。"主席台的广播传来试音声,紧接着,有人用话筒喊道,"尹澈学长。"

小雪被这个突然跳上台的学生搞蒙了,反应了一秒才急忙抢话筒:"同学,这广播是全校播放的,老师在办公室也能听到,你别乱来啊!"

"我就说一句话。"程昊侧身躲开她,看向台下,见许多人都被吸引了注意力朝他这儿望,他哼笑一声,继续说,"尹澈学长,你的应激症,我来帮你治,好吗?"

整个操场上的学生哗然一片。

章可:"什么?他在胡言乱语什么?"

韩梦:"不知道,哗众取宠?"

其他班级的学生也都在讨论这句匪夷所思的话。

砰!尹泽摔了饮料瓶,脸黑得像炭,朝主席台大步走去:"哪来的疯子?能不能尊重一下别人的隐私。"

刚说话的同学吓了一跳:"不就是个玩笑?至于吗……"

尹澈的视线越过人群,与程昊遥遥对视。后者笑了笑,跳下主席台,在众人或诧异或探究的目光中,穿过跑道,朝他走来。

与此同时,即将跑完第二圈的蒋尧也从右边径直冲向他。他是两条直线的交汇点,也可能是两枚炸弹的相撞点。

尹澈看了眼离他仅二三十米的蒋尧,已经完全不是游刃有余的神态了。

焦灼、愤怒、无措、犹豫,在那张俊朗的脸上清晰可见。他很确定，蒋尧犹豫之后，会做出怎样的事情。

于是他转过头，走向了程昊。

程昊脸上闪过一刹那的惊讶，但马上又堆起笑："学长，你愿意……"

尹澈没分给他一个眼神，错身而过，走到主席台前，手一撑，利落地跳上台。

"可以用下话筒吗？"

小雪呆呆地点头。

尹澈拿起话筒，深呼吸，看向底下鸦雀无声的人群，再看向已经跑到主席台前方跑道的蒋尧，最后，看向广阔的天空。

去年的运动会，天也是这么蓝，云也是这样缓缓聚到一起。当时他趴在蒋尧背上，没能说出那句话，眼睁睁看着两片云交错、分离。

他不想再错过这个朋友。

尹澈握紧话筒，开了口，声音通过广播扩散出去，响彻整个校园的上空："不好意思，我同桌帮我就够了。"

第十章
危机

德育处。

张胤峰看着他俩。一个阳光,一个孤僻,能成为朋友真是不可思议。

最重要的是,尹澈居然坦白自己有应激障碍症,这样一来,蒋尧这次出手的性质就完全变了。

保护同学,天经地义,无可厚非。反倒是程昊的行为过激了。

但这又牵扯出另一个问题。

"你怎么会有应激障碍症?"张胤峰匪夷所思,"你的体检报告上没写啊。"

"这个病不会传染,我不想别人知道,所以这事我爸妈只跟校长说过,一直瞒着大家,对不起。"

"唉,我真是万万没想到……那这事现在算是解决了吗?蒋尧,你……你傻笑什么!"

"老师,我得意,忍不住。"

尹澈斜他一眼:"再笑?"

蒋尧立马收起憨笑,正色道:"老师,我可以原谅程同学,只要他以后别再骚扰我的同桌。"

"那不行,这事还是得处罚你。"

"不用了,张老师。"一直没开口的程昊突然说,"是我太冒失了,没搞清楚状况,我也有错,对不起。"

"看看人家,多懂事。""张教主"瞪完蒋尧,不忘教导程昊,"有错改正就好,不过程昊啊,你才高一,要专心学习,想交朋友还是要选择恰当的方式。"

"嗯,我明白了。"

"张教主"权衡再三,最后定了个不轻不重的惩罚——罚蒋尧打扫教学楼走廊一个星期。

累倒是没多累,主要是丢人,在那么多学生的围观下拿个大扫把扫地,对脸皮薄的学生来说简直是酷刑。

但蒋尧完全不在意,甚至觉得"张教主"罚得太轻了。

他们俩走在回宿舍楼的路上,逆着放学回家的人流,擦肩而过的每个人都投来视线,仿佛在看什么珍稀动物。

蒋尧看了眼身旁的尹澈,又开始嘿嘿笑。

"笑屁?"

"我快乐,快乐无罪。"

尹澈无语:"够了啊。"

蒋尧这才稍有收敛,认真说:"不过你要当心点。"

"当心什么?当心崇拜你的人来暗杀我?"

"不是,我是说,当心那些以前跟你结过梁子的人用你的弱点来报复你。"

"我不怕。"

"你不怕也得提防着啊,不过问题不大,咱们学校没有比你同桌更强的人了。"

"行,你厉害。"尹澈配合地夸了他一句。

蒋尧摆手:"还是你厉害,你能这么说,我想都没敢想过,猝不及防,哥感动死了。"

蒋尧今天比赛时冲向终点线的迅猛速度简直不像人类,气势汹汹、杀气腾腾,在终点处计时的老师都被吓得后退了两步。

最后成绩破了校纪录,快了整整10秒。

晚上，高三（1）班班群里一片震惊。

"什么？！"郭志雄发了条震耳欲聋的语音，"澈哥……你真有应激症啊？！"

尹澈："下午运动会上不是说了嘛。"

章可："天哪！我以为是那个程昊乱编的啊！他神经兮兮的，谁信他的鬼话！"

郭志雄万念俱灰："我篮球打得还不如一个病人……"

蒋尧："那是因为尹澈太厉害了。"

尹澈："你闭嘴。"

蒋尧很识相，立马不在群里发消息了，转而私戳他。尹澈正要点开看，卧室房门突然被敲响。他以为是妈妈，没多想，趿着拖鞋走过去开门，愣了愣。

"方便进去说吗？"尹泽问。

"……嗯。"

这是尹泽这些年第一次进他房间。

"要喝点什么吗？"他脱口而出，问完才觉得怪怪的。

"你当我是客人啊？"尹泽嗤笑，"不用了，我说两句就走，不想让爸妈听见，他俩还在客厅看电视。"

"嗯，你说。"

尹泽在房间里走了两步，四下打量，冷不防地问："我就问你，这事你打算什么时候让爸妈知道？"

"过两天吧。"

尹泽颇感意外："这么快就说？"

"闹了这么大一出，早晚会传到他们耳朵里，不如趁早自己坦白了。"

"还有件事提醒你。那个程昊，有点问题。"

"嗯，他确实不太正常。"

程昊口口声声说是崇拜他，想认识他，但做的每件事都不像正常

第十章 危机

人会做的。

尹泽:"我不光指这件事,你不觉得奇怪吗?他怎么知道你有应激障碍症?"

尹澈想了想:"我总觉得他很像一个人,但我想不起来是谁。"

"你是不是记错了?"

"也有可能……"尹澈颦眉沉思。

尹澈嘴上这么说,心里还是觉得在哪儿见过程昊,那双眼睛莫名的熟悉。

"你要是不放心,我让爸去查一查他,看看他到底什么来头。"

尹澈一愣,随即莞尔:"不用了,爸会担心的,我自己能解决。谢谢你关心,阿泽。"

"谁关心你了?我是怕你又像今天这样闹出个大新闻,你不嫌丢脸我还嫌丢脸呢。"尹泽转身朝门口走,脚步顿了顿,"总之你自己提防着点,别以为别人夸你厉害你就真的打遍全校无敌手了。"

尹澈微笑:"好,我明白。"

尹泽刚把房门关上,床上的手机便突兀地响了。尹澈转身扑到柔软的床上,趴着拿起手机,接通视频电话。

蒋尧:"我给你发了那么多条消息,怎么不回?"

"刚刚在和我弟聊天。"

"嗯?你们什么时候关系好到能心平气和地聊天了?"

"……我挂了。"

"别别别,不说这个了。"蒋尧讨饶,"我有其他事跟你说。"

"有话快说。"

蒋尧靠近手机,俊朗的脸占据了整个屏幕,声音很轻地说:"我……"

后面的尹澈一个字都没听清:"大声点。"

蒋尧朝他钩钩手指:"你过来,我不方便大声说话。"

尹澈无语,慢腾腾地把脸凑到手机前:"干吗——"

蒋尧隔着屏幕弹了一下他的额头,眼里含着笑:"我突然想起来,我还没回应你今天的话。"

"高三(1)班的尹澈同学,我会好好帮你治病的,一定让你,永远平安、健康。"

周一,"张教主"布置的惩罚任务正式开始实行。

"你看那谁……"几个女生路过,窃窃私语。

韩梦出来接水,看见走廊上勤恳扫地的人,笑得很大声:"哎哟,刚吃完饭就劳动啊,真勤快。"

蒋尧一手拿着扫把,一手拿着簸箕,冲他勾唇一笑:"信不信我喂你吃垃圾?"

韩梦一抖,往后退了两步,正好撞上从教室后门出来的尹澈,赶紧抱大腿:"救我!你同桌欺负同学了!"

尹澈漠然与他擦肩而过。

蒋尧哈哈大笑,扔了扫帚簸箕,展开双臂迎接:"他怎么可能帮你?也不看看他是谁的同桌,他肯定偏心——"

尹澈背一弯,头一低,从他手臂下方穿了过去:"无聊。"

蒋尧:"……"

运动会后的高三学生,彻底失去了校内娱乐活动,进入备考状态。

吴国钟特意抽了一节课,给这群已经成年和即将成年的学生灌输心灵鸡汤,从近在眼前的期中考,到毕业后的人生规划,深入浅出,讲得颇有水平。

可惜刚上完数学课的学生都困得不行,没几个听得进去。

未来还远,先睡饱眼前的觉再说。

晚上,蒋尧照例拿了本习题,装模作样地去隔壁做作业。

门开着,尹澈坐在床边擦头发,正在打电话,看了他一眼,继续

第十章 危机

对电话里说:"知道了,下次吧。"

蒋尧放下习题,抽出椅子,见他挂了电话,随口问:"跟谁打电话?"

"我妈,问我最近学习压力大不大,她听说你是我好朋友,说等有时间可以带你回去吃饭。"

"哦,这样。"蒋尧坐下,打开习题。

半秒后他猛地一转头:"啊?!"

"你这么激动干什么?"

"我能不激动吗?"蒋尧迅速拖着椅子过来,"那你准备什么时候带你的同桌回家吃饭?"

尹澈看着他满怀期待的眼神,慢慢坐下,打开桌上的练习册。

"等有时间了。"

蒋尧:"……"

气温持续走低,夏日海滩的记忆仿佛还在昨天,一转眼便入了深秋。

周末,尹澈去医院例行检查。这几个月他来的频率越来越少,冯医生说这是好事,再过阵子,可能就彻底不用来了。

期中考前一天,教室课桌要清空。

高三作业多,试卷多,整理起来费时费力,放学后很多学生都没走,留在教室里收拾东西,叫苦连天。

"我可不可以申请不清空啊,反正看了我的书也没用,都是三无产品。"章可抱怨道。

周浩亮:"什么叫'三无产品'?"

"无笔记、无答案、无语。"

蒋尧听乐了:"那我的书就是'三包产品',包全对、包高分、包你看不懂。"

"尧哥,原来你也有自知之明啊?"

"我这是谦虚,我……欸?我校服呢?"蒋尧原地转了圈,椅背上空空如也,他的外套不知所终。

"你是不是上节课忘在操场上了啊?"

"不可能,我记得我课前脱下来挂在椅背上的……算了,懒得找,反正我有十套。"

"不是吧?十套?您隐形富二代啊?"

"低调,低调。"蒋尧笑着搬起书,出了教室,打算先搬一部分到宿舍。

林荫大道两旁的高树遮蔽了夕阳,阳光从树叶缝隙间挤进来,斑斑驳驳地洒在地上,给枯叶镀了一层金灿灿的光。

蒋尧踏着光往前走,心情颇好地哼着歌,忽然瞧见前面不远处走来一位家长,他没在意也没多看,那位家长却朝他走了过来。

"同学,请问高三(1)班教室怎么走?"

这是自家儿子升上高三后乔婉云第一次来学校,教学楼变了,怕走错地方,一进校门便找学生问路。

然而走近一瞧这个学生,她眼睛顿时一亮。个高、脸俊、身体强壮,手里抱着一大摞书,走得还很悠闲。

西城她的朋友圈里也有不少人家里有和自家儿子同龄的孩子,外形条件都很不错,但跟眼前这个一比,就显而易见地逊色了。

这男生不仅长得出众,人也礼貌,见到她,一下子站得笔直,神情严肃:"您好,高三(1)班在那幢楼的五楼,我带您去吧。"

乔婉云见他抱着这么多书,哪儿好意思让他陪着爬五楼:"不用了,我自己去就行,谢谢你了。"

还没迈出一步,那男生又说:"您找尹澈是吗?"

乔婉云惊讶:"你怎么知道?"

"我是他同学,他不在教室,刚刚搬书回宿舍了。"

乔婉云倒没多想,听说儿子在宿舍,便不打算去教室了:"这样啊,谢谢你,还好问了你,不然我要白跑一趟了。"

第十章 危机

"不客气,那我……"蒋尧刚想说那我陪您一起去吧,忽然看见林荫大道尽头,有两个人拐了个弯,似乎要去小树林。是程昊和一个女生。

这家伙消停了几天,又想要干吗?

蒋尧有点在意,于是话锋一转:"那我就先走一步了。"

"好的,再见。"

乔婉云看着男生离开的高大背影,越看越欣赏。

宿舍里。

尹澈把搬回来的书按科目依次摆放好,准备回教室搬剩下的,一出门,恰好遇上乔婉云。

"妈,你怎么来了?"

"你还说呢,你们吴老师找我,说你最近在学校有点闹腾。"乔婉云放下包,找了个椅子坐,"他说要期中考了,让我劝你收收心。"

尹澈坐到她旁边:"我没有,这次成绩出来你们就知道了,我有在好好学习。"

乔婉云微笑:"妈妈相信你,你一向有分寸。不过我真的好奇,你同桌到底是什么人,把我儿子也带调皮了。"

"你去过教室了?见到他了吗?"

"还没,路上遇到了你的同学,说你在宿舍。"乔婉云想起那男生,"小澈啊,我没想到你班上竟然有那么帅的同学。"

尹澈莫名:"我们班上哪儿有其他……哦。"

他瞬间懂了。

"是不是个子很高,眼睛灰褐色的那个?"

"对对对,就他,你那同学的外形真是不错。"

还真是。

尹澈勾唇:"妈,你觉得他好看?"

"当然啦。"

"嗯，我也觉得他挺帅气的。"

蒋尧尾随着程昊一路来到小树林，没进去，藏在一棵粗壮的水杉树后窃听。

"你到底有什么事？"听语气这个女生很不耐烦。

程昊奉承："没什么，我只是觉得学姐身为一个女生，能力却很强呢。"

"有话快说，别拐弯抹角的。"

"干吗这么凶嘛。学姐，我们先随便聊聊，比如……你在这个学校里，有讨厌的人吗？"

女生警觉："你找我到底有什么事？"

程昊："还能有什么事？我欣赏学姐你啊，想跟你交个朋友。"

"我不欣赏你，不好意思。"女生冷冷拒绝。

"别这么冷淡嘛，"程昊笑了，"我刚才是在跟你开玩笑。"

"你有病吧？"女生显然生气了。

确实有病。蒋尧心道，程昊这人怎么看心理都不太正常，言行举止中透出一股偏执、疯狂。他凝神继续听，一抬眼，却见尹澈和他妈妈从宿舍楼里有说有笑地出来了。从他们的角度，很有可能看见自己藏在小树林外鬼鬼祟祟地偷听。

蒋尧权衡了一秒，决定还是少管别人闲事，反正这女生听起来也不怎么待见程昊，估计没什么大事，于是他先行撤退。

小树林内，对话仍在继续。

程昊满不在乎地笑了声："你不喜欢我没关系，只要你也不喜欢尹澈就行了。"

"……你怎么知道我讨厌他？"

"这你就别管了。"

女生看穿他的用意，考虑了几秒："说吧，你到底想干吗？"

森冷的晚风一刮，将剩余的话音卷入了风中，伴随着树叶的沙沙

第十章 危机

声逐渐远去。

期中考仅过去两天,各科成绩就出来了。

蒋尧拿到成绩排名条,横看竖看,眉头深锁,碎碎念着:"不应该啊……"

周浩亮第一次见他这样,幸灾乐祸道:"尧哥,跌下神坛了?这次第几名啊?"

蒋尧:"还是第一,不过我数学明明应该是150啊,怎么扣了2分呢?"

周浩亮吐血:"打扰了,告辞。"

尹澈:"卷面分2分,原因想都不用想。"

"不会吧,以前从来没扣过啊。"

"说明老师对你的字忍无可忍了。"

"不至于吧……"蒋尧凑过去看他的,"你这次第几名?"

尹澈的成绩单末尾,年级排名一栏写着"100"。

"你……你这控分水平有点可怕……"

控自己的分不难,难的是控排名,竟然能通过试卷预测到整个年级的排名分布,每次精准进步五十名,这种事蒋尧都没这个信心做到。尹澈的水平怕是在他之上啊……

不过他突然想起一件事:"我们上次是不是答应老吴要考年级第一第二来着?你没考到他会不会不让我们做同桌了?"

尹澈淡定地收起成绩条:"不会,我妈上次来已经把前因后果跟老吴说了,他表示理解。"

这时,章可从教室门口进来,高喊:"澈哥!老吴让你去一趟办公室!你做好心理准备,他看起来很生气!"

尹澈:"……"

蒋尧:"说好的理解?"

尹澈:"……凡事总有意外。"

高三办公室。

吴国钟拿着成绩单,左看右看,最后目光落到面前人的身上:"尹澈,你这次考试,进步很大。"

"谢谢老师。"

"你先别急着谢,我还没说完。"吴国钟指着年级排名的数字,"从一百五到一百名?这进步有点太大了。"

一中前一百的位子,几乎就是固定一拨学霸在厮杀,除了蒋尧这个例外,很少有人会突然跌出前一百,或者突然冲进前一百。

吴国钟直接说了:"有人看到你作弊。"

尹澈听见这话的第一反应是,又来?是什么魔咒吗?

"我没作弊,老师。"但这话很无力。

吴国钟:"老师也不想没证据就怀疑你,所以和张老师商量下来,这次先不受理,下次考试开监控,你得考出和这次差不多的排名才行,不能落后太多。如果你能做到,也能让举报人心服口服。"

"没问题,谢谢老师。"尹澈说完,问,"老师,我能问下举报人是谁吗?"

"不行,举报人的信息是受保护的。"

"好吧。"

反正他已经锁定嫌疑人了。

出了办公室,尹澈插着兜,貌似漫不经心地路过一班教室,放慢脚步,接着经过二班、三班……

"尹泽,你哥找你。"有人喊。

尹泽抬头,正好看见他哥目不斜视地经过后门,看都没看他一眼。

"……"

方才喊的人疯了:"对不起,搞错了,你哥并不想搭理你。"

"……滚!"

尹澈一直走到五班教室门口。

第十章 危机

停下脚步,转身面朝教室,什么也不做,就面无表情地盯着里面看。特冷、特酷,把整个班的人都盯得心里发毛。

"你干吗?看什么看?"一女生率先站了出来。

尹澈觉得她有点眼熟,想了想,记起来了,是唐莎莎。

"我找那位同学。"尹澈抬手,指向教室中间的前排位置。

唐莎莎顺着他指的方向望过去,喊:"苏琪,有人找你!"

"谢了。"

教室里走出来一个娇小的女生,短发过耳,面容清纯,看起来就很乖巧的那种。

"什么事呀?"

"跟我来。"

尹澈带她走到避人耳目的楼梯口,站定了转身。他比她高很多,垂着眼看她:"是你说看到我作弊了吗?"

苏琪一愣:"你在说什么啊,我听不懂……"

"刚才在办公室,你站在五班老师那儿,假装问问题,实际上一直在偷看我。"

"不是的,我真的在问问题……"

"不好意思,我记性比较好,记得你跟我一个考场,也记得你确实在看我。"尹澈漠然道,"我还记得,上学期,你想让蒋尧帮你打印数学试卷,被他拒绝了。还有暑假前最后一天,你把他叫出教室,想约他出去玩,也被他拒绝了。"

苏琪张了张嘴,话还没说,鼻子一抽,眼泪先掉了下来,尹澈有点措手不及。

语气太重了?他摸了摸口袋,没带纸巾,抬起手想安抚她情绪:"我……"

苏琪吓得一缩:"别打我!对不起,呜呜……"

尹澈皱眉:"我……"

"怎么了?"

蒋尧刚去办公室问清了扣两分的原因，还真是数学老师对他的字忍无可忍了。正想回教室夸他同桌料事如神，却在楼梯口撞见了这一幕。

苏琪哭得很伤心，眼泪像串珠似的掉："蒋尧……呜……他要打我……"

蒋尧特别怕看见女生哭，有点慌，问尹澈："怎么回事？"

尹澈："……"

尹澈放下手："我没打她，找她是因为我怀疑她举报我作弊。"

苏琪哭得更委屈了："我没有举报你，你怀疑我的话，拿出证据来啊……"

还真没证据。尹澈头疼地撑着太阳穴，叹气："算了，当我没问，对不起。"

他懒得再追查，丢下人进了自己班，蒋尧过了半天才跟进来，说："她不哭了，回自己班了，到底怎么回事？"

尹澈挑重点说了大致经过，冷冷看他："果然有人来找我麻烦了。"

蒋尧不以为意，笑着说："怕什么？一个小姑娘而已，真有事哥护着你。"

话音刚落，教室后门传来一声怒喝："尹澈！出来！"

高三（1）班所有人都望了过去，韩梦离后门最近，午觉惊醒，拍着受惊的小心口："谁啊……唐莎莎？你又干吗？"

"你该问问他干吗了？"唐莎莎怒气腾腾，"尹澈，你干吗找我们班同学的碴儿？"

陈莹莹走过去："你胡说八道什么呢？"

"不信你问他，是不是没凭没据就怀疑我们班同学了？是不是刚刚把我们班同学说哭了？"

陈莹莹不信："真有这事？"

一群人齐刷刷地看向尹澈。

第十章 危机

当着这么多人的面,总不能说是苏琪陷害他吧,又没证据。而且小女生脸皮薄,到时候怕是要哭出一条黄河了。

尹澈不想再折腾:"是,对不起,我的错,这事到此为止吧。"

唐莎莎勉强接受他的道歉,不过走的时候语气仍旧不太好:"道个歉还这么不得了,什么人啊……"

高三(1)班同学知道他脾气,人不惹我我不惹人,都认为此事必定有隐情。但尹澈不愿说,他们便没问。然而当晚这事被发到了贴吧上,评论几乎都是支持苏琪的。

陈莹莹在班群里吐槽:"不分青红皂白就知道同情弱者,一群傻瓜。"

蒋尧想发帖澄清,被尹澈拦住:"没必要,我在别人眼里本来就不是什么好人,而且我也确实没证据,可能真不是她做的,是我太冲动了。"

"那总不能由着他们污蔑你吧?你只是问了问她而已,这些人说得像你打了她一样。"

"无所谓,清者自清,你们信我就行。"

"那当然,别人我不好说,但我永远站在你这边。"

出于一中学生长期以来对尹澈的印象,这事的热度不到一天就降了下去。

毕竟,在他们看来,尹澈也不像是什么正常人。

蒋尧看着这些议论帖,害怕尹澈又会被刺激到。

束手无策之下,蒋尧只好紧急寻求场外援助。

"他那是心结还没完全打开。"冯医生在电话里说,"你得帮帮他。"

"您有什么好的建议吗?"

"无非就是从心理和身体两方面嘛,引导他一下,必要的时候,逼一逼他。"

"逼一逼？万一适得其反怎么办？万一他又讨厌我了怎么办？"

"我不是说让你对他凶，让他逼一逼自己。"

话虽这么说，但蒋尧依旧没那个信心。能不被他讨厌就不错了。

周末，蒋尧约了赵诚打球散心。结果赵诚放了他鸽子。

"尧哥，我这次期中考没考好，被我妈拉去补课了，来不了，唉……"赵诚在电话里羞愧难当，"我对不起爸妈，对不起你，对不起兄弟们……"

蒋尧都走到门口了，又折身回去："怎么办？自己说吧。"

"我应该专心学习，不惹是生非，毕竟高三了……"

蒋尧打断："你最近惹事了？"

东城最近按理说应该很太平，以前那些和蒋尧不和的人也都逐渐成熟了，有的忙着升学，有的去外地工作，年少的轻狂热血逐渐退却，只给下一届的学生留下一些传说。等他毕业了，或许也会成为传说之一。

赵诚："不是我惹事，是有人来惹我。"

"嗯？"

"前阵子赵争胜告诉我，有个男的想和他合伙对付你。赵争胜哪儿敢啊，当场拒绝了，回头就告诉了我。我留了个心眼，打听一圈，发现那人还怂恿了好几拨人……"

蒋尧："冲着我来的？"

"谁知道啊？总之你当心一点，保护好自己，还有咱妹妹。"

"谁是你妹妹？"蒋尧笑骂，"你也当心一点，下次排名再下滑我亲自去八中逮你。"

"别啊，给点面子……"

挂了电话，蒋尧把篮球往房里一扔。

这球非要打的话也不是打不成，反正他也喊了尹澈，但如果只有他们俩的话……只怕变成他单方面被打。

离约定的时间还剩下半小时，蒋尧披上外套出门。

第十章 危机

汪小柔刚说去家对面的文具店买几个本子,半天了,还没回来。听完赵诚的话,蒋尧难免有点不放心。文具店离得不远,就在住宅区对面的街上,蒋尧一路小跑,四五分钟便到了。

定睛一看,汪小柔恰好站在文具店门口,手里拎了个袋子,应该是刚买完出来,正在和一个高挑的男生说话。男生垂着眼看她,手插在兜里,冷冷淡淡的样子。两个人都没注意到他。

蒋尧迟疑两秒,选择悄悄靠近,躲到了一个自动贩卖机后面。

汪小柔语调欢快:"尹哥哥,你怎么会在这里呀?"

"你哥喊我来打球。"

"哇,你特意从西城过来的?"

"嗯。"

汪小柔很喜欢这个酷酷的大哥哥,但更关心自家哥哥:"对了对了,我哥说他在学校有一个特别要好的朋友,尹哥哥你见过吗?"

"……见过。"

"啊……"汪小柔激动地说,"那他的性格是不是很好?"

"没有。"

"那是不是成绩很好?"

"目前不是。"

汪小柔疑惑了:"那我哥为什么总愿意和他玩呀?"

蒋尧差点笑出声。

尹澈沉默数秒,说:"我不知道,但你哥就是愿意和他玩。"

"那我哥不是很吃亏嘛……"汪小柔嘟囔。

她哥这么优秀,他交的朋友应该也是才貌双全,怎么会和一个性格不好、成绩不好的人做朋友呢?她单纯的脑袋想不明白。

"他不亏。"蒋尧听见尹澈缓缓地说,"他的那个朋友很在乎他。"

汪小柔似懂非懂地点头。尹澈也没指望她能听懂,抬了抬下巴:"带我去找你哥。"

汪小柔记得出门前她哥说要去打篮球,便领着尹澈去了自家小区里的篮球场。到的时候,蒋尧已经在了。脸色通红,看起来像刚打过一轮。

"哥哥,我能留下看吗?"

蒋尧摸摸她的小脑袋:"你回去写作业,不然让爸知道又要骂我了。"

汪小柔瘪嘴:"好吧……"

尹澈没掺和他们兄妹俩的对话,到场边把背包放好,正准备脱外套,肩膀忽然一重。

"尹澈。"

"干吗?"

"没什么,叫叫你。"

"抽风了?"

"没有……对了,下午我爸不在家。"

"那又怎样?"

"要去我家玩吗?"

尹澈侧头看他:"去干吗?"

蒋尧:"你就一点都不好奇你同桌的日常生活的住所吗?"

"不好奇。"

"哦……"蒋尧耷拉着脑袋,"我以为你会像我一样,好奇同桌私下的生活是什么样子的……行吧,那打球吧。"

尹澈瞥了他一眼,迟疑几秒,决定还是不说出真相了。

免得他太得意。

回到学校,又是无止境的学习。

新课基本都讲完了,进入第一轮复习,各科练习卷轮番轰炸。

章可:"我现在太羡慕高一的学弟学妹了,他们是多么的单纯无知……"

韩梦:"你现在也挺单'蠢'无知的。"

第十章 危机

章可一拍桌子："怎么说话呢老韩？班长替我做主！"

陈莹莹捂着额头："别烦我，我头疼……算了我去趟医务室。"

两节课后，从医务室回来的陈莹莹脸色好了很多，生龙活虎地追着韩梦打。

尹澈看着看着，忽然伸出一条腿，假装一拦，接着迅速收回。韩梦差点被绊倒，愕然转身："你——"

陈莹莹没刹住车，直接扑过去把韩梦撞倒了，尹澈挑了下眉。

下午，大雨忽至。

临冬的雨水饱含寒意，给景物刷上了一层雾蒙蒙的滤镜，仿佛置其于刺骨寒气之中。

郭志雄神色凝重地望着窗外雨幕，一脸忧郁，语调深沉："我隐隐嗅到了一丝体育课被占的气息。"

话音刚落，教数学的马老师就进来了："你们体育老师说体育课不上了，把课让给我了，下节课上数学。"

"啊……"学生哀号。

杨亦乐："太好了，我还以为今天卷子讲不完了。"

郭志雄正抱着章可痛不欲生，谋算着如何解救被绑架的体育老师，听见杨亦乐这句话，差点没背过气去。

然而马老师下一句话又让全班沸腾了："下节我在五班也有课，你们班拖着椅子去和五班的同学一起上，正好进度一样。"

一中有些老师课多，偶尔会有这样的操作，但一班是头一回遇上。

去别的班上课，和陌生的同学挨着坐，新鲜之余，也暗含了一丝青春期的紧张。

刚刚还靠在窗边忧郁悲伤的章可已经拿好数学卷子拖着椅子到门口了："同志们！先走一步！"

郭志雄怒吼："叛徒！你不是真正地爱体育！"

蒋尧和尹澈课间去了趟小卖部，回到教室发现没几个人了，听同学说明情况了之后，也拖着椅子去五班了，他们是最后到的。

"报告。"

整个教室黑压压的一片人同时望向门口。

两个高高大大的男生，一个领子耷拉着，看起来漫不经心的。半边肩膀都湿了，头发也沾了雨水，随手往后一拨，教室里荡漾开好几声"哇……"。

酷得让人脸红心跳。

另一个则规规矩矩地站着，浑身上下一点没被淋湿，校服拉链被拉到最高，露出的俊脸神色冷淡，目光却很锐利，逐一扫过刚才喊"哇"的人。

酷得阴沉可怕。

"安静。"马老师指了指教室过道里仅剩的空位，"你俩快坐下。"

尹澈点头，拖着椅子穿过讲台，坐在了第一列过道的最前面，旁边是唐莎莎。蒋尧跟他隔了两列座位，旁边是苏琪。

高三（5）班的学生已经准备看好戏了。

唐莎莎一年前被撤去了文艺部部长的职务，丢了很长时间的脸，对这两人避之不及，现在坐一起，不知道会发生什么样的化学反应。

上课铃还没响，马老师已经开始争分夺秒地讲题了，背过身在黑板上写第一小题的解题步骤。

一班同学大多都和旁边的五班同学拼了课桌，把试卷摊在课桌上记笔记。尹澈拿了本数学书垫在试卷下面写，字迹没平时工整，看着有点烦。

"你要不要用桌子？"唐莎莎把试卷往旁边一挪，冷冷地问。

尹澈抬头看了她一眼："谢谢。"

"呵，算你欠我的。"

唐莎莎的同桌是苏琪，苏琪见尹澈把试卷放了上来，转头小声问旁边的人:"蒋尧,那个……你要不要用我的桌子?"

"不用,谢谢。"

"可是,这样写字会歪歪扭扭的……"

蒋尧笑笑:"没事,我就算好好写字也难看。"

苏淇:"……"

尹澈没听见他们在说什么,只看见蒋尧冲苏琪笑,笑得还挺开心。

一节课过去,五班的同学虽然没看到任何期待中的画面,但也算吃到了瓜,当晚便去贴吧开了一栋八卦楼:"震惊!尹澈和蒋尧疑似闹掰!"

帖子里描绘得有模有样。下面不少人跟帖:"我就知道他俩不是一路人,他俩都没坐一起。"

"谁能和尹澈真的做朋友啊?整天冷冰冰的。"

……

章可在班级群里说:"一看这标题就知道是我五班的兄弟,我去让他删了!"

尹澈关了群里的帖子链接,把刚折好的星星扔进罐子里,转身上了床。

背靠墙壁,曲着腿,他摸着蒋尧送他的绳子。戴了太久,绳子已经有些毛糙了,摸上去微微扎手。他想让蒋尧重新做一条。其实很多事,他都不知道该怎么开口。躲避社交这么多年,一些很平常的话、很普通的举动,他都没法好好表达出来。

明明有很多想说的话、想做的事。

持续了一天的雨飘进阳台,打在玻璃窗上,噼里啪啦的,吵得人心烦。

尹澈拉过被子罩住了自己。

宿舍门冷不防地被敲响了。

理我一下

尹澈起身去开门。门外是蒋尧，神色担心："你看到那个帖子了吗？他们怎么乱评价你。"

尹澈没多问一个字回道："知道，没事。"

"不生气吗？"

"没有。"

蒋尧听他这么说，把门一关，走进来："我跟可能污蔑你作弊的人说说笑笑，你也无所谓吗？"

"不然？"

"你起码应该生个气吧。"

"哦。"尹澈声调没起伏，"我生气了。"

蒋尧无语："太假了吧。"

怎样才算真呢？尹澈想问，他不是无所谓，只是觉得没必要说。他相信蒋尧。

宿管大爷在广播里喊："还有十分钟熄灯，各位同学抓紧时间洗漱！"各个寝室兵荒马乱、嘈嘈杂杂，唯有他们这间安安静静。

隔壁章可在喊："哎哟，我衣服洗了都没干，明天穿啥呀？"

周浩亮回喊："裸奔吧，哈哈哈。"

男生宿舍的日常拌嘴，透过薄薄的墙壁传过来。

"要不要试试你的应激症恢复得怎么样了？"蒋尧忽然说，"我不会做任何强迫你的事，相信我。"

尹澈安静半晌，点了点头："我一直都相信你。"

隔壁宿舍渐渐没了声音，同学们几乎都熄灯上床了。窗外的雨势也变小了，临冬的后半夜，寒冷又宁静。

"你握住这个。"蒋尧递来一个手电筒，"想象它是用来打你的棍子。"

尹澈起初很平静，渐渐地，额头冒出了虚汗。

"再坚持一下。"蒋尧鼓励他。

尹澈摇头："不行了……"

第十章　危机

蒋尧诚挚地看着他："没事的，我陪着你呢。"

又坚持了一两分钟，尹澈实在受不了了："尧哥……"

蒋尧拿走手电筒，放过了他。

宿舍的顶灯已经熄灭了，室内却很亮堂，窗外雨水已止，乌云散去，皎洁的月光洒在宿舍里，大致能看清彼此的脸庞。

"没想象中那么可怕，对不对？你看，你不是好好的？"蒋尧微笑。

"你也别着急，你今天并没有出现不良反应，我们胜利在望了。

"下次再试一试今天这样的，行吗？如果你不舒服了，随时跟我说，好不好？"

尹澈点了点头："嗯。"

下过雨后的天气，温度急转直下，没几天便正式入冬了。

"张教主"回忆起去年实行得还不错的冬跑项目，一拍脑门——不然咱们今年也跑吧。

不管学生们多不情愿，课间操时还是在寒风凛冽的操场上集合了。

全校一起上阵，场面颇有气势，只不过拉近了看每个学生的脸色，几乎都垂头丧气，要死不活。

跑完步后，学生们陆陆续续往教学楼走。

韩梦腿脚虚软，搭着蒋尧的肩上楼梯。尹澈没管他俩，插着兜率先上了楼梯。刚打算拐进自己教室，发现楼梯口的角落里蹲着一个学生，另一个学生在一旁焦急地转悠，抬眼看见他，立即喊："喂！能不能帮个忙？"

韩梦跟了上来，一看是谁，立马小声说："别理她们。"

尹澈看了看蹲在地上捂着肚子的苏琪，再看了看朝他喊话的唐莎莎，抬步走过去："什么事？"

韩梦："天哪，你可真大度。"

蒋尧笑笑："他就这样。"

尹澈其实没多想，就算他和唐莎莎之间有过节，也早就过去一年了。至于苏琪，虽然嫌疑未消，但那是两码事，没必要见伤不救。

唐莎莎指着苏琪："她刚跑完步，说肚子痛站不起来了，我想带她去医务室，但是我背不动她，你能背她吗？"

蒋尧闻言："我来背吧。"

尹澈回头："这样好吗？"

蒋尧："我力气大，背起来比较轻松，很快就回来。"

尹澈冷冷道："你在说我弱？"

蒋尧："没有没有，我哪里敢。"

唐莎莎："……"

苏琪："……"

韩梦："啊？"

蒋尧妥协了："哦，那你来吧。"

尹澈在苏琪面前蹲下："上来。"

苏琪迟疑着不敢上去，唐莎莎托了她一把："别怕，我跟你一起去。"

三个人一同进了医务室，校医让苏琪躺到床上，给她看病，尹澈和唐莎莎便退到帘子外边等。两个人以前没什么交集，唯一的交集还是上次那件事，气氛跟"融洽"二字沾不上边。

"谢谢你了。"唐莎莎先开口，听着还算友善，但下一句就不对味了，"没想到你会这么好心。"

尹澈含糊地"嗯"了一声，无心搭理。

唐莎莎却不停："你真有应激障碍症？什么时候患上的？"

"你为什么要问这么详细？"尹澈把问题抛回去，"我们好像没那么熟。"

"我好奇而已，全校谁不好奇？只是没人敢来问你。"

"抱歉，不想说。"

第十章 危机

唐莎莎:"不说算了。"

校医过了十分钟出来,说苏琪没什么大碍,估计是体质太弱导致的肚子疼,喝点热水就没事了。回去多锻炼,习惯就好。

苏琪躺了一会儿就能自己下床走了,尹澈便先行回了教室,赶上了后半节的语文课。

中午,苏琪来教室找他,送给他一瓶从小卖部买来的温热奶茶:"尹澈,今天谢谢你……还有,上次真的不是我。"女孩瘪了瘪嘴,眼睛又红了,"我只是比较好奇蒋尧的朋友到底是什么样的人,我很崇拜蒋尧,我想和他成为朋友,所以才对你好奇……"

尹澈不想再背上一次"惹哭女生"的罪名,接过奶茶,自认为平和地安慰道:"不和你做朋友是他眼瞎。"

苏琪一听,直接掉了泪珠子:"你是说,他……他就算瞎了也不会和我成为朋友,是吗……"

尹澈无语:"你爱怎么想怎么想。"

苏琪最后哭着跑开了。

……这罪名看来是背定了。

尹澈拿着奶茶回到座位,随手扔给他同桌:"给,你的崇拜对象送的。"

蒋尧刚接到手,立刻像烫手山芋一样往前扔:"浩亮!一个女同学送的!"

周浩亮震惊加狂喜:"终于有崇拜我的人出现了?"

蒋尧道:"人家送给尹澈的,他送我了,我送你,四舍五入,等于送给你的。"

"……你怎么不说是小卖部老板送我的呢?"周浩亮瞬间蔫了,了无生趣地拧瓶盖,"算你还有点良心,帮我拧开了……"

尹澈闻言抬头,一把夺过他手里的奶茶。

周浩亮:"我已经够惨了,你还反悔?"

"别喝。"尹澈皱眉,"这奶茶可能有问题。"

周浩亮:"不会吧……她是不是帮你事先拧开了啊?"

"我不知道,但谨慎点总是没错的。"

蒋尧正色:"最好查一查里面的成分,如果真有问题,那事情就很严重了。如果没问题,我们也别把人家想得太坏。"

周浩亮点头:"我同意,不能放过坏人,但也不能冤枉好人。"

尹澈看着那瓶普普通通的奶茶,沉思片刻:"我让我爸去查吧。"

尹权泰晚上接到电话后很意外:"难得你让我帮忙。"

他们父子之间单独聊天的机会不多,说完奶茶的事,尹权泰又问:"你在学校里是不是发生什么事了?"

"没……"尹澈顿了顿。虽然这事只跟苏琪有关,但不知为什么,他突然想起了程昊,于是问:"爸,你认识姓程的人吗?"

"不认识,怎么了?"

看来是他想多了。

"没什么,可能是我搞错了。"

到此差不多该挂电话了,尹权泰却冷不防地问:"你现在和同学们相处还融洽吗?"

尹澈一愣。

他爸很久没跟他谈过心了。

他知道他爸不是不在乎他,也不是故意总板起脸对他说教,只是用严肃掩藏内心的愧疚而已,觉得以前那件事是自己没尽到父亲的责任。

"挺好的,同学们都还……挺照顾我的。"

"那就好,小澈,生活上有任何问题,你要和爸爸讲,知道吗?"

"嗯,谢谢爸。"

奶茶的检测结果要过一阵子才能出来,这事便暂时搁到了一边。

十二月的一中,最大的活动莫过于月底的游园会,然而为了不影响学习,高三的学生不能参加。更惨的是,那两天还是高三的第一次

第十章 危机

摸底考试。

摸底考试由一中、八中和市里其他重点高中的老师一起出卷,出分后会有一个全市排名,美其名曰给学生一点紧迫感,实则是为了摸清彼此的实力。

这次全市参加的考试比区统考重要得多,一中在区统考中拿第一轻而易举,但能否在全市学校里拔得头筹实在不好说,万一考试结果不理想,外界对一中的评价会降低,因而一中全体老师这段时间都高度紧张,练习卷成套成套地发,还都是难题。

平时成绩一般的学生做这些试卷都跟看天书似的,更别说成绩垫底的了,章可把英语卷子倒过来:"我怀疑我是不是拿反了,怎么一个字都看不懂?"

许贝妮道:"这次出卷的老师我认识,最喜欢拿外网原文当阅读篇章,你们平均分能及格我就谢天谢地了。"

底下学生唉声叹气。

下课,蒋尧被吴国钟叫去了一会儿,回来的时候手里多了几本书,语数英都有。

韩梦:"哟,连你都要发奋图强了?"

蒋尧笑笑:"老吴给我的,让我考试前做一做。"

"他怎么光给你不给我们呢?"

周浩亮转过来:"那还用说,蒋尧可是我们全校的希望,能不能压过其他学校就看他的了。"

"得了吧。"蒋尧把书塞进课桌。

"你不做吗?"尹澈问。

"会做的,你放心。"蒋尧想了想,"要不我们一起做?晚上来我宿舍?"

"行。"

考试的第一天。

这次座位是按名字顺序排的，尹澈背着书包进考场找位子，不用看考号，寻到他弟的身影就知道自己的位子了。

"听说你找爸检测一瓶饮料？"尹泽不知道哪儿来的消息，"那饮料有问题？谁给的？程昊？"

"不是他，可能是我搞错了，不一定有问题。"

"那可未必，谁知道你又做了什么遭人恨的事了。"

尹澈习以为常，问："你最近跟白语薇还好吗？"

尹泽一愣："你干吗突然问这个？"

"她人挺好的，是个可以交心的朋友。"

"知道，还用你说。"尹泽移开视线，"不过她现在已经快烦死我了，天天说我幼稚，每晚打电话都要被她数落，事情真多，我哪有过这么管东管西的朋友啊？"

尹澈微笑："那她是真心把你当朋友了。"

"……那是我脾气好。"

尹澈没再揭穿他，免得他生气，影响考试时的发挥。

三天的考试一晃而过。这次试卷的难度果真如老师所言，不是来考察学生的，而是来"整死"学生的。

一中的"尖子生"平时考试平均分基本没下过130分，这次考完，深受打击，倍感抑郁，第一次觉得自己在考场里如此弱小可怜且无助。

一时间，一中的图书馆和自习室中午座无虚席，全是奋发图强的学生。

"张教主"路过图书馆，目睹这样励志的场景，相当满意。看来偶尔考得难一点，有利于激发学生的上进心。他随意逛了一圈，忽然看到一排书架后面有两道眼熟的身影，定睛一瞧，其中居然有他们的年级第一。

不错不错，连蒋尧都开始奋发图强了，一中未来可期。

第十章 危机

"张教主"悄悄走过去,想给两人送上一句出其不意的夸奖。走得越近,两人谈论的声音越清晰。

蒋尧:"这本好看,相信我。"

尹澈看了一眼封面,黑漆漆的几道鬼魅人影:"我不看恐怖小说。"

蒋尧:"你害怕啊?没事,我念给你听,晚上来我宿舍我们一起看——啊!张老师?您别吓我啊!"

张胤峰无语至极:"都什么时候了?你俩还在这儿看小说!这次考得很好吗?啊?"

蒋尧笑笑:"刷了一个星期的题呢,保证没问题。"

"张教主"将信将疑,但蒋尧的实力他是知道的,昔日八中的第一,到一中来还是第一,只要发挥正常,"一模考"估计也能在全市前十名。

不过,蒋尧身边这位就差得远了。

"尹澈,人家蒋尧年级第一看点小说也就算了,你怎么也跟着看呢?学学人家的优点,有这时间不如多刷点题。"

尹澈:"嗯,我知道了。"

"张教主"说教了一会儿便走了。

蒋尧下巴垫在桌面的书上,一脸笑意地看着尹澈:"在老师面前装得可真乖,踹我的时候那么凶。"

"你活该。"尹澈继续找自己想看的书。

蒋尧笑笑,不以为意:"欸,这次考试,你估计能排多少?再往前五十名?"

"这次我没控分。"

"嗯?"蒋尧瞬间了然,"你是说……"

"我想让上次举报我的那个人知道。"尹澈的手指划过一本本书,"我没追究,不代表我没脾气。"

尹澈这场脾气发得很大,大到即使蒋尧事先知情,在学校发出"一模"排名后,也有点难以置信,更别提一中的其他同学和老师。

"我没听错吧……谁是咱们班第一?"章可怔怔地问。

陈莹莹恍恍惚惚:"你没听错……就是他……"

吴国钟凝眉看着手里全班同学在全市的排名表。从个位数到五位数的都有,正常,但有两个个位数,很不正常。

他们班能冲进全市前十名的,应该只有蒋尧一个。何况这人还和蒋尧分数一样,并列第二。

吴国钟和张胤峰特意调了考场监控,然而从头看到尾,也没有发现任何作弊的迹象。

尹澈,竟然真的考了全市第二。

放学后,尹澈果不其然地被叫去了办公室,晚自习快开始前才回来。

一回来,便被团团围住。

高三(1)班同学已经震惊一天了,这会儿情绪稍微冷静了些,但依旧觉得不可思议。

郭志雄:"老吴问你什么了?是不是怀疑你也换头了?"

尹澈:"他问我怎么会突然考这么高。"

郭志雄立刻举手:"我也想听!"

"我也是!"

"洗耳恭听!"

在同学眼里,蒋尧成绩好纯属上天"手滑",往他脑子里倒智商的时候不小心倒多了。

但尹澈不一样。尹澈从入学开始就认真学习,有目共睹,最近几次大考都有稳定的进步,说明努力是有回报的,这次能考这么高,一定是掌握了高效的学习技巧。这是天道酬勤!是有志者事竟成!

第十章 危机

郭志雄:"您快说吧,急死我们了。"

蒋尧从校外买了汉堡、可乐和小蛋糕:"先让你们澈哥吃晚饭。"

尹澈咬了一口汉堡,还是热的,边嚼边说:"我就说,好好学习,天天向上。"

杨亦乐认真地把这句话记在了本子上:"原来如此……"

章可若有所思:"好好学成绩真能上去?"

韩梦:"你听他扯,人家一两百名是随便考着玩玩的,你的五千多名是实打实的。"

章可:"是啊……"

韩梦接着问:"澈哥,是不是蒋尧给你传授什么秘籍了?也告诉我们呗。"

蒋尧笑笑:"你们真想听?"

众人一同点头,眼中充满求知欲。

蒋尧:"可惜,这秘籍不能外传——"

尹澈一脚踹断了他没个正经的话:"卷面分能扣6分的人没资格说话。"

提起这事其他人就乐:"尧哥真的绝,语数外每科都被扣了2分卷面分,不然说不定你就是全市第一了啊。"

蒋尧稳住椅子:"不能怪我,谁知道这次阅卷老师对卷面要求这么严格。"

晚自习铃响,其他人只好先回座位。尹澈把吃完的汉堡包装扔掉,有点撑,吃不下小蛋糕了。他想了想:"一会儿给我弟吧。"

"别,你现在去找他,像在跟他耀武扬威。"

尹泽这次全市排名第六,全年级第三,也是很不错的成绩,但对于常年稳居全校第一的学生来说,掉到第二已经很难咽下这口气了,更别说掉到第三。蒋尧几乎能想象尹泽会说出什么嘲讽的话来。

"那给谁吃?你又不爱吃甜的。"

"晚上回去当消夜吧。"蒋尧撑着头看他,忽然勾唇一笑,"你真厉害。"

"还行吧，也有失误，下次再超过你。"

"口气挺狂啊，越来越像个'校霸'了。"

"以前不像吗？"

"不像。以前更像是孤僻小王子，一副什么都不在乎的样子，感觉随时会毫无眷恋地离开。"蒋尧低喃，"现在，终于像个鲜活的人了。"

会高兴，会生气，会大胆地表达自己的想法，会无畏地回击，会高调地展现实力。

"小兔子"不担心被人记住了，前十年蒙尘的人生，正在一点一点，绽放光芒。

未来不知会有多灿烂，多耀眼。

高三（1）班同学缓了一天，勉强能接受他们班尹澈也逆袭成了学霸的事实，但年级里其他学生并不这么认为。贴吧里出现了好几条质疑帖。

"学校都看过监控认可你的成绩了，这些人在质疑什么？"蒋尧看不下去，喊了赵诚等一帮朋友，把这些帖子都刷了下去。

"本来我的风评就不太好，正常。"尹澈没在意，继续做题。

今晚是游园会，高一高二的学生正在校园里狂欢，学校怕打扰到高三的学生学习，取消了晚自习，所有高三住宿生回寝室自习。

听着远处教学楼隐约传来的喧嚣，想起自己也曾是其中的一员，如今却只能听学弟学妹们玩闹，很多学生忽然就有了青春不再的沧桑感。

高三，一只脚已踏入成人世界，却仍觉得自己是个孩子，什么都没准备好，还无力面对这个残酷的世界。

郭志雄叹气："快乐是他们的，我们什么都没有。"

蒋尧："你们回自己宿舍，就有快乐了。"

第十章 危机

韩梦："呵呵，我们一走，你们俩背着我们偷偷传授高分秘籍？想都不要想！"

几个大男生聚在蒋尧宿舍，扯了半天皮，周浩亮实在没心思做作业，拿出手机："兄弟们，看电影不？"

蒋尧战术性后仰："不约。"

郭志雄也后仰："我拒绝。"

韩梦跟着后仰："我没兴趣。"

周浩亮无语了："你们一个个能不能有点激情？是评分很高的动作片！"

大家有了点兴趣，最后周浩亮放电影，大家围坐在一起看。

郭志雄："浩亮，咱们学校网这么差，你费这么大劲下电影？"

蒋尧扫了一圈，问："章可呢？你们没喊他？"

周浩亮："他不在宿舍，可能偷偷溜到高一高二那儿去玩了吧。"

郭志雄："他恢复得可真快，昨天拿到成绩条还一脸抑郁呢。"

"他不是一向这样嘛，乐天派，转头就忘。没事，不用管他，我们继续看。"

一部电影看完，爽是爽了，眼睛也累了。郭志雄揉揉眼睛，定睛一看，尹澈和蒋尧坐在书桌边，不知道在说什么悄悄话。

蒋尧转头："看完了？可以回去了吗？我俩要开始学习了。"

郭志雄："……"

"你学吧，我回去了。"尹澈拿起作业就走。

郭志雄："哈哈哈，翻车了吧。"

"一会儿再找你们算账。"蒋尧追上去，"等等我！"

出了门，发现尹澈压根没走远，站在门口不动。

蒋尧笑着走上前，却发现尹澈眉头拧得很深，目光往上望。

"看什么呢？"蒋尧顺着他的视线望上去，是宿舍楼一侧天台的方向。天台边上有道小小的黑影。

"你看那个人，"尹澈抬起手，指向那道黑影，迟疑再三，问，"像

理我一下

不像章可?"

十二月月末的气温,已经接近零摄氏度,顶楼的寒风刮在脸上像刀片划过。蒋尧和尹澈跑到六楼,发现通往天台的门锁住了。

尹澈抬手想敲,被蒋尧拦住:"别给他反应的时间,你退后,我来。"

尹澈听话地让出位置,蒋尧后退几步,深吸一口气,停顿半秒,猛地冲向天台门。

砰的一声巨响,撞开了门锁。

章可被吓了一跳,呆呆地转头:"尧哥……"

蒋尧迅速冲到他面前,一把抓住他的胳膊,用力将他拖到安全地带后才敢骂:"疯了吧你?有什么想不开的?不能找大家一起解决吗?"

"我没想不开,我就想吹吹风……"

"要吹风你不会去阳台吹?这儿连护栏都没有,你站边上是嫌命长吗?"

章可被他凶狠的语气吓着了,磕磕绊绊了半天,说不出一句完整的话。

尹澈看着他俩,一个在气头上,一个在恐惧中,叹气:"先别骂他,听他说吧。"

三个人在天台上席地而坐。

"我这次总分才三百多。"章可抹了抹发红的眼睛,"被我爸妈一顿骂,说我没救了。"

尹澈思考了一会儿,说:"这次考试难,平均分也就四百出头。"

章可:"可你们俩都考了七百多!"

尹澈:"……"

"我知道你们脑子好,我脑子笨,我也习惯了自己总是垫底,但是……但是……"章可声音低了下去,吸了吸鼻子,"我也不是不在

第十章 危机

乎啊……"

"谁想当差生啊,谁想整天写作业都要问别人啊,可我真的不会写啊。你们做一道题只要五分钟,我想半小时都做不出来,作业总是写不完,又不能交空白的上去,会被老师骂,我能怎么办呢……

"我爸妈花了那么多钱给我补课,还是没效果,他们恨铁不成钢,我懂,可我脑子就是笨啊,高三都快过一半了成绩还是没提高,我再怎么努力都没希望了……"

囤积了近三年的压力,爆发只需一个契机。

夜深,人不静,天台上多了一道压抑的抽噎声,在寒风中更显凄凉。

尹澈张了张嘴,又闭上了。总是给别人带来快乐的人,自己不快乐了,该怎么办?

他无法感同身受,也没有处在同样的境地之中,说出的每一句安慰,都会像是高高在上者对弱者的怜悯。

"你可能是没希望了。"蒋尧突然说。

尹澈诧异地看向他。

蒋尧的头发被风吹乱了,飘散在额前,眼里的光从发丝间透出来。那是一种坚定且执着的光。

"自己都放弃自己,还能有什么希望?"

章可抽噎着:"可……可是,我努力了也没用啊,我又不像你们两个一样是学霸……"

"谁都能成学霸的话,学霸也就不稀奇了。"蒋尧说,"这话由我来说可能有点嘲讽,但我事先声明,绝对没有那个意思。

"这世界上除了一部分佼佼者,大多数人都是普通人,人生有起有落,平平淡淡没什么成就,但普通不等于平庸。

"就算你没有'主角光环'又怎样?普通人也有普通人跳起来、伸长手就能够到的东西,问题是你跳了吗?你去够了吗?

"目标定得比你能力高一点,够到之后再把目标定得更高一点,不断往上跳，直到某一天，你往下看的时候会发现，你已经站得比很多普通人都高了。

"虽然可能永远到不了顶端，但你是想做一个碌碌无为的普通人，还是想做一个能实现一些人生价值的普通人？"

章可听得一愣一愣的，哑口无言。

蒋尧站起来，朝他伸出手："想做后者的话就站起来。站不起来，我现在可以拉你一把，以后还是要靠你自己。"

章可鼻子一酸，泪如泉涌："呜呜呜，我……我……"

"我什么我？听进去了没？"

"听，听进去了！"

"以后还这样吗？"

"不这样了！"

"好，是男人就站起来！"

"嗯！"章可用力抓住他手，站起来紧紧抱住他，"尧哥！啥也别说了，我听你的！定个小目标，下次先进步一名，你要帮我啊！"

"没问题！"蒋尧重重地拍了一下他的后背，朝尹澈眨了眨眼。尹澈低头，勾唇浅笑。

有这人在，好像所有事都能搞定。

蒋尧或许本身就是个奇迹。

一个永远不放弃希望、永远心怀阳光的人的出现，对任何一个陷入黑暗困境的人来说，都是一种奇迹。

章可下楼时仍旧哭哭啼啼的，扒拉着蒋尧不放，被游园会结束回宿舍楼的学弟学妹们盯着看。由于太丢人，他回寝室后哭得更凶了。

郭志雄他们看见他这副样子被吓了一跳，蒋尧没详细解释，就说他心情不好，需要多哄哄。几个平日里五大三粗的男生都手足无措，赶紧把人带回寝室供起来，上交各自所有的零食。

第十章 危机

周浩亮灵机一动:"对了,我下了部电影……"

章可怒斥:"我都这么难过了,你还想着看电影!"

周浩亮:"你们都想到哪儿去了!你们一个个都冤枉我!我才想哭好吗!"

男生的情绪来得快去得也快,尹澈回自己寝室后过了半小时,就听见隔壁传来了一如既往的欢笑声。

"你刚才说的……挺有哲理。"

蒋尧笑笑:"以前总跟八中那帮朋友灌输这些大道理,不然怎么当他们的老大?怎么让他们保持上进心?谁都会有遇到挫折、萎靡不振的时候,可能就缺一个人拉他们一把。"

尹澈看着蒋尧那轮廓愈发俊朗的脸。

用"男生"来称呼他似乎已经略显稚嫩了。

"能继续治病吗?"蒋尧低声问。

"……嗯。"

他没理由拒绝。

可能是因为,他也曾被眼前这人,不惜一切代价地拉过一把。

元旦放假三天,高三学子终于有机会喘口气了。然而当老师们布置完作业后,又觉得,这个假不如不放。

下午放学,尹家的司机早已等候多时,尹澈打开车门坐进去,尹泽瞥他一眼:"我还以为你不回家了。"

"新年总要回家的。"

"你同桌呢?"

"别问我,白语薇呢?"

"我跟她约了1号出去。"

"啊,这样。"他没约蒋尧,也没想过要约同学出去玩。

"最近学校里对你的评价越来越差,你没感觉到吗?"尹泽说,"昨天我还听到别人说,你把你们班的同学拖到天台揍哭了,你同桌出面调停,把人扶了下来。"

尹澈失笑:"那是他们乱传。"与事实严重不符。

"我知道是乱传的,但别人知道吗?他们只会通过谣言来了解你。而且,就算解释了他们也不会听,很多人本来就羡慕嫉恨你。"

"羡慕嫉恨我?因为什么?"

"因为你突然提高的成绩,因为你的家境,因为你轻而易举就得到了他们再努力也得不到的东西。"

"随他们吧,只会嘴上说说,又不能真的把我怎么样。"

尹泽"哧"了声:"随你,反正都是你自己的事。"

晚饭后,尹权泰以有事要说为名,把尹澈单独喊去了书房。

"那瓶饮料的检测报告出来了,你自己看吧。"

尹澈接过报告,翻了翻,成分有白砂糖、牛奶、茶叶……似乎没什么不妥,直到看到一样不常见的物质。

"这是什么?"

"一种致幻剂。"

尹澈心一沉。

"这瓶饮料是谁给你的?"尹权泰严肃地问。

尹澈抬头:"爸,这事先放一放。"

"什么放一放,你没意识到这事有多严重吗?"

"我知道,但我觉得,给我饮料的那个人,不至于这么做,应该有误会。"

"你有什么依据?"

"没有,所以我想先找一找依据。况且这次我也没有证据,不如再观察几天,总会出现线索的。"

尹权泰曾是律师,明白这是目前最佳的方案,只能同意:"你在学校多注意安全,尤其是吃的方面。我再跟你们校长说一声,手机你随身带着,有事马上联系。"

第十章 危机

"嗯。"

尹权泰领首,话题一转:"对了,我听你妈说,这次考试你考得很好?"

"还行吧。"

"你妈在群里和朋友圈里到处夸你,说你的努力终于有回报了。不过……应该不是那么回事吧?"

尹澈不得不佩服他爸敏锐的洞察力,看样子是瞒不过,索性承认:"我以前有点叛逆,故意没好好考。"

尹权泰摇头:"你不是叛逆,你是太懂事了,什么都不想让我们操心,什么都自己一个人扛,唉,说到底都是我当年……"

"爸。"尹澈打断他,"你当年是我心里的英雄,现在依然是。"

尹权泰怔了怔,半晌,转过身去,声音微哑:"唉,不提了,不提了……"

当年的事是他们父子俩之间一直不愿揭开的伤疤,但现在伤已愈合,疤也没必要留着徒增隔阂了。

尹澈想了想,选择开口:"爸,我有话想对你说……"

这一说便说了一个多小时,结束的时候,两个人眼眶都是红的。

他爸说要一个人静静,他便先行离开,出了书房。

时间刚过九点,还来得及回卧室写会儿作业。

今晚跨年,班级群里很热闹,手机振个不停,尹澈干脆把屏幕设为常亮,支在一边,写作业的同时偶尔瞥两眼。

前几天还哭得稀里哗啦的章可又在喋喋不休,但聊天内容从八卦游戏变成了问数学题,逮着杨亦乐问个不停,杨亦乐也是有耐心,一步步地给他讲解。

周浩亮:"你俩能不能私聊啊!看你们这么认真学习我好有罪恶感啊!"

章可:"我今天就是要以一己之力带动全班学习!"

郭志雄："你带不动的，今晚谁还学习？都出去跨年了好吧。"

尹澈正准备翻页的手顿住。

章可："胡说，高三了，咱们班能有几个安心出去玩耍的？亦乐你说是不是？"

杨亦乐："那个……其实我现在也在外面……"

章可："那你还给我讲题？"

杨亦乐："同学之间互帮互助，应该的……"

章可晕了："不不不，我不打扰你了，你赶紧好好玩耍吧，我找韩梦，老韩给我讲题！"

韩梦："不好意思，在陪人逛街。"

章可："你啥时候喜欢上逛街了！"

陈莹莹："他陪我买东西呢，我一个人扛不动，大惊小怪什么。"

章可："……"

章可绝望了："那没人能教我了，尧哥肯定也在外面。"

蒋尧："我没事，什么问题，发过来吧。"

尹澈把书合上。

章可大喜过望："你居然在家？没跟你那一帮兄弟姐妹出去跨年啊？"

蒋尧："天这么冷，出去干什么，在家吹空调不香吗？"

尹澈看见这话，忽然想起今天放学临走前，蒋尧问他："你记得今晚是什么日子吗？"

"跨年，还能是什么？"

他当时没多想，现在忽然回忆了起来。

去年跨年，蒋尧大晚上的来找他，和他一起跨年。

"今年冬天好冷，我晚上开车过来陪你跨年估计要被冻死。"蒋尧笑道，"到时候穿暖点。"

"那就不用来了，在家视频吧。"他当时回。

尹澈套上羽绒服，抓起桌上的钥匙，往楼下跑。出了门，直奔住宅区大门。怕他爸妈发现他半夜出门,他没喊自家司机来,边跑边在手机上寻找打车软件。填完起始地和目的地,正要按下打车键,一抬头,看见了街边停着的醒目机车,和靠着机车的男生。

男生逆着光,周身一圈金灿灿的轮廓,尽管头发被风吹得乱飞,依旧夺目得让人挪不开眼。两个人四目相对,都愣住。

"你怎么出来了?"蒋尧先开口,"我还想零点的时候给你个惊喜……果然还是太老套了,下次换个有创意的惊喜。"

尹澈走近:"不是说不用来了吗?"

"我觉得你应该是想和朋友一起跨年的。"蒋尧微笑,"如果我猜错了,大不了再开回去,但如果我猜对了呢。"

烟花在这时候炸开,绚烂的光彩令清冷月光黯然失色。

新的一年到了。

尹澈闷闷地说:"你说,明年这时候,我能完全恢复了吗?"

蒋尧:"当然,所以你更要加把劲了,我也会帮你的。"

尹澈抿了抿唇,露出一丝笑意。

"别笑,很严肃的事。"

烟花不止,五彩斑斓的光映在蒋尧眼中,每一道光里都有同一道身影。

尹澈心里的某些躁动不安,被这明亮的光芒照得灰飞烟灭。

"好,我会加油的。"

元旦放假回来,尹澈趁他同桌被"张教主"叫去的间隙,去了趟五班。

"苏琪,出来一下。"

五班有几个胆子大的学生,混在人群中喊:"干什么啊,尹少爷?又想欺负我们班同学啊?"

尹澈朝说话的人望了眼,对方缩回头,嘟囔:"不得了个什么劲？真当所有人都怕他……"

苏琪似乎很怕他，拉了同桌唐莎莎一起出来，紧挨在她旁边，战战兢兢地问："什么事呀……"

尹澈把手里的奶茶递过去："还你一瓶。"

也是从小卖部买的，和之前那瓶一样。

苏琪咬了咬唇，攥紧唐莎莎的衣袖："不用了，你自己喝吧。"

"送你了就是你的。"尹澈微微弯腰，直视她的眼睛，"放心，我没往里面加东西。"

唐莎莎眉头一皱："你想干什么？此地无银三百两？"

苏琪似乎也认同这个想法，没接奶茶："真不用了，谢谢你的心意……"

尹澈不动声色地盯着她，忽然勾唇："那就算了。"

他拧开未开封的瓶盖，当着两个人的面喝了一口："请你以后不要送我东西，否则，我原样奉还，谢谢。"

唐莎莎："人家好心送你东西还做错了？你这什么威胁语气？"

苏琪拉了拉她："莎莎，别说了，我……我们回去吧……"

尹澈回到教室刚坐下，蒋尧从办公室回来了："你猜'张教主'找我干什么？"

"什么？"

"他想让我期末开大会的时候给全校做演讲。"

一中每学期期末都会开一次全校大会，基本上是校长讲话，也会有学生代表上台演讲，内容无非就是督促同学们好好学习天天向上，但能上一次台，对任何学生来说都是莫大的荣誉。

"'张教主'说我这学期终于有了点学生样子，所以让我演讲。"

好歹也是年级第一，不上台一次确实说不过去。

"你答应了？"尹澈问。

"我说我不适合在这种严肃场合发言。"

"你之前给章可讲的那些话改一改，就能拿去演讲了。"

第十章 危机

"这我承认,我的演讲水平是不错。"蒋尧笑笑,"不过我不想装那个正经,反正大家都知道我不正经。所以,我给'张教主'推荐了另一位人选。"

尹澈隐隐有一丝不祥的预感。

"就是你了!上吧!尹小澈!"

尹澈:"……"

张胤峰琢磨了半天,还是觉得这事让尹澈来不太合适,于是又跑了趟一班,想再做做蒋尧的思想工作。

一班后门关着,他先朝里面望了一眼,想看蒋尧在不在。人倒是在,但校服领子皱巴巴的,像被人拉扯过,裤子还灰扑扑的。就这么一会儿工夫不见,他是去操场上滚了一圈吗?

关键是还缠着他同桌,嬉皮笑脸,公然打闹,对周遭视若无睹。成何体统。

张胤峰皱眉叹息。

反观尹澈,一点都不为所动,淡定地看着自己的书,自动屏蔽身边的噪音来源。这是何等坚定的意志力!何等端正的学习态度!张胤峰满意地点头,转身离开。

"这机会多好啊,可以让大家更了解你。"

"了解我干什么?都快毕业了。"

蒋尧没否认:"你不觉得学校里最近误会你的人有点多吗?"

这话和尹泽说的差不多。

"误会就误会吧,又能怎样?"

他不觉得那些人能掀起什么风浪,更没必要为了那些人刻意去证明自己。

"总之这个演讲我不会上的。"尹澈斩钉截铁道。

"这次期末演讲就交给你了。"

德育处，张胤峰拍了拍面前学生的肩："尹澈，你这次'一模'考成绩突飞猛进，老师看在眼里，相信你能给所有同学树立一个好榜样。"

在办公室的其他学生满脸震惊，不敢说话。妈呀，"张教主"胆子真大，让尹澈来做全校演讲……

尹澈抿唇："老师我……"

"不必多说。"张胤峰不想被拒绝第二次，直接下达任务，"下周前写个演讲稿给我过目。"

尹澈："……"

蒋尧得知他最后还是接了这个任务，笑得不行，学着他的语气："我，尹澈，决不上这个演讲台。嗯，'真香'。"

尹澈握着笔杆的手一紧。

"哈哈哈哈……哎，你干什么？别！我不说了！手下留情！"

尹澈抓着枕头追着他打："都怪你，你自己上不行吗？"

尹澈取代蒋尧演讲这件事很快传遍了全校。

以前大家虽然听说这人不好惹，但没亲眼见识过他打架生事，只知道他独来独往、孤僻冷漠，看起来很凶，所以有点畏惧。

但是一旦有一个人站出来，后面就会出现一大群"正义之士"。

韩梦翻了一个大白眼，对着一条帖子说："我们澈哥不去演讲难道你去？"

尹澈："别理他们。"

"不行，我咽不下这口气！"韩梦飞速打字回击，"你别看我平时风度翩翩，其实杀伤力很大，交给我吧！"

尹澈："……"

蒋尧想了想："我澄清一下好了，不是他们说的那样，你没要求，是我让出了这次机会，是我自愿的。"

"你解释也没用，他们会认为是我威胁你这么做的。"尹澈继续

第十章 危机

写稿子,把宿舍书桌上的台灯调亮了些,"身正不怕影子歪,随他们去吧。"

周三,晚自习前。

尹澈拿着演讲稿去了德育处,"张教主"正在打电话:"您快到了啊?好的,一会儿直接来办公室找我吧,不用告诉您家孩子。"

看样子是某位学生家长。

尹澈在一旁等他挂了电话之后,把演讲稿呈上去给他过目。

张胤峰扶了扶眼镜,从头到尾看完,用红笔圈了几处地方:"写得不错,比我想象中还好,但这些地方遣词造句再正式些,回去再改改吧。"

"嗯,谢谢老师。"

本来觉得是件挺无聊的事,但看着稿子上认真批阅过的痕迹,似乎也没那么无聊了。

回教室的路上,尹澈借着路灯光看批注,思考着该怎么改。

晚自习已经开始了,路上没有学生,唯有树影在风与夜中摇摆。忽然,清冷的冬日空气中多了一丝若隐若现的甜腻气味。

尹澈停下脚步,仔细闻了闻。好像是血腥味,是有人受伤了?

他没多犹豫,立即循着气味追过去,七拐八弯,最终到了体育器材室,里面一片漆黑。

这地方郭志雄作为高三(1)班的体育委员常来,尹澈从没来过,器材室里面堆满了杂物,不熟悉的人根本找不到电灯开关在哪儿。

"有人吗?"尹澈借着外边照进来的光,勉强看清器材室里的格局,地方不大,目之所及,没看到人影,但那股味道确实源自这里。

他摸索着墙壁往气味最浓的角落走,走到底,终于发现了气味的源头。

是一只黑猫,躺在地上一动不动。

器材室不可能凭空出现这种东西。

尹澈立刻转身,然而瞳孔骤缩。

器材室门口站着一道黑影,身材娇小,短发过耳,像是个女生。黑影一闪而过,他尚未来得及看清那人的其他特征,器材室的门就砰地一声关上了。门外传来钥匙转动的声音,那人锁上了门。

器材室只有一扇门和一扇玻璃窗,窗倒是不高,但太小了,人钻不出去,仅用来通风。

尹澈只能暂且随便找块地坐下。

这人特意把他引到这儿来锁在里面,是为了吓唬他?

蒋尧应该很快就会发现他不见了,整个学校就那么大,总能找到他的。等了许久也没有等到蒋尧。这里太暗,儿时被禁闭的感觉又渐渐涌了上来。尹澈觉得有些呼吸困难。

尹澈退到了门边,用力砸门,大喊:"有没有人!开门!"砸着砸着,渐渐砸不动了,他力气流失的速度不太正常。

离第一节晚自习下课还剩一小时,这一小时内如果他出不去,后果不堪设想。

当务之急,是要吸引人过来。

器材箱里有一堆乒乓球拍,尹澈拿了一个,坐到门边,用球拍砸门,声音比用手拍更大,也更省力气。

砸门砸了几十下,外边依旧安静如初。

体内的野兽闻到了黑暗的气息,蠢蠢欲动,随时有可能破笼而出。尹澈脑子昏昏沉沉的,竭力抛开杂念,专心砸门。

空旷寂静的夜里,一声声咚咚的砸门声不断回荡,越来越轻,越来越无力,球拍啪一声掉在地上。

尹澈缓缓倒下去,并拢腿,蜷缩成一团,紧紧攥着校服。

"蒋尧……"他微弱地喊,慢慢闭上了眼。

咚咚!

敲门声乍响,绝处逢生,尹澈精神一振,睁开眼,撑着最后一丝力气坐起。

"有人在里面吗?"

不是蒋尧的声音,也不是他熟悉的声音,音色沉冷,听起来很成熟,不像个学生。

"有人。"他回应,"我被锁在里面了,能帮我开下门吗?"

"我没钥匙。"对方说。

这下又陷入了困境。体育老师早就走了,如果临时去配一把钥匙,太费时间,他估计撑不到那时候。

正一筹莫展之际,门外人忽然说:"你离门远一点。"

"……什么?"

"我让你离门远一点。"对方语气不太耐烦,甚至有些暴躁。

眼下别无他法,他只能听对方的,退到了离门四五米远的地方:"好了。"

"嗯。"对方简短地回了声,便不说话了。

尹澈等了几秒,门外毫无动静,忍不住问:"喂,你……"

砰!

一声震耳欲聋的巨响,整间器材室都轻微地晃了晃。昏沉的脑子像被重锤砸了一记,尹澈短暂地清醒了一瞬,呆呆地望向门口。

上了锁的器材室门被人踹开,掉了一节门框,摇摇欲坠,像一片要落不落的枯朽树叶。

门外的月光重新照进来,将门口的人的身形拉出一道长长的黑影。对方用脚踢开所有挡道的杂物,径直走到他面前。

尹澈才看清,这人长得很好看。黑发黑眸,薄唇一勾,嚣张又漂亮。而且,这张脸的某些地方,似乎和他熟悉的某人很相像……

"小朋友,迷路了?"对方扶住他,身上传来令人安心的气息,"别怕,你安全了。"

尹澈回神,热度再次涌上:"我有点不舒服……能带我去医务室吗?"

"行,你带路。"对方拉起他的手臂,搭到自己的肩上,架着他往外走,途中多看了他两眼。

"谁把你锁里面的,知道吗?"

尹澈实话实说:"大概知道,但不确定。"

"管他确不确定,先揪出来,语气狠一点,说不定就招了。"

"……"这方法可真够简单粗暴的。

"小朋友,做人呢,有的时候不能太心慈手软,否则会被人欺负的。"对方"哼"了一声,"把你柔软的一面留给对你好的人就行了,别人不配。"

尹澈:"比如……你的家人?"

对方听到这个词,原本冷傲的眼神瞬间变柔:"对,我的家人。"

对方架着他继续往前走,毫不吃力,从容自若,冷不防地说:"你长得真好看。"

"啊?"

"我在夸你长得帅气。"对方自顾自地说,"我有个儿子,跟你一个学校的,长得还行,但是没你好看,智力正常,就是情商太低了,总惹事,都成年了,一点都不让我省心。我就喜欢你这样的孩子,白白嫩嫩的,看着就舒心。"

"……"

"要不你俩拜把子吧,我让你当哥哥,如果你愿意,他愿不愿意不重要。"

尹澈艰难地回:"谢谢,不用了,我有弟弟。"

"这样,可惜了。"对方没再说什么,架着他去了医务室,交给医生后,说,"我还有事,先走一步,对了,小朋友,德育处在哪儿?"

尹澈给他指明了方位。

"谢了。"对方转身离去。

尹澈吁了一口气。

第十章 危机

在医务室吃了药片后，医生建议尹澈睡一觉，于是他和衣躺在了医务室里间的床上。

迷迷糊糊正要睡着的时候，忽然听见有人冲进医务室，大喊："老师！有没有一个男同学来过？长得特别可爱的！"

尹澈："……"

医生："倒是有一个男同学在里面……"

"是不是眼睛大大的，皮肤白白的，虽然可爱但看起来很不好惹的？"

尹澈磨了磨后槽牙："蒋——尧——"

帘子一拉，蒋尧松了口气："总算找到你了。"

在被踹了七八下后，蒋尧顺利背着自己的同桌回了宿舍。

尹澈的力气还没有完全恢复，趴在他背上，把事情经过大致说了，末了道："兄弟，你来得可真快。"

"知错了，对不起。我以为你在'张教主'那儿改稿子，等了半小时才觉得不对劲，我想你应该不至于改这么久。"蒋尧心有余悸，"还好遇见了好心人，不过，你说他不是学生？"

"嗯，应该是家长。"

"可惜，没法当面感谢了。"

……或许你认识也说不定。

尹澈不太确定，把这话咽了回去。

回到宿舍，蒋尧把尹澈放到床上，又给尹澈倒了杯温水。

蒋尧一脸关心地问他："舒服了吗？"

尹澈喘匀了，微微点了点头。

出于安全考虑，蒋尧这几天开始寸步不离地跟着尹澈，课间打个水、上个厕所都要跟着一起。

"你俩现在的关系这么好了吗？"韩梦疑惑。

蒋尧："别嫉妒，嫉妒也嫉妒不来，我和同桌关系比亲兄弟还铁。"

尹澈转着笔，掉了好几次。袖口太长，挡住手了。

昨晚他分析了一下现状，发现近期好像总有一双眼睛在关注他。到底是谁？

"对了，今晚开始我搬到你宿舍住。"蒋尧忽然说。

尹澈一愣："为什么？"

"其他班有同学申请住校要搬到我们宿舍了，和不认识的人同住还不如我们同住呢！而且住一起我还可以保护你，万一有人来宿舍搞偷袭呢？"

蒋尧那天晚上就和宿管老师提交了换宿舍申请，一番流程走下来花了两天的工夫，一经批准，立刻行动，当晚蒋尧便把自己的床铺搬了过来。

一周过去，演讲稿改得差不多了，"张教主"阅后表示没什么问题，就按这个来。

尹澈想了想，还是把那天晚上的事说了，多位老师帮忙，或许会有帮助。

没想到"张教主"听后毫不惊讶："这事蒋尧上周已经跟我说了。"

尹澈一愣："他找过您了？"

"是啊，他还拜托我去门卫那儿查了借钥匙的记录。我也想知道是哪个学生，太过分了，怎么能恶作剧把同学锁在器材室里。"

"后来查到了吗？"

"那晚没有学生借钥匙的记录，蒋尧推测，应该是有人提前借了钥匙，自己去配了一把。这样一来调查的范围就太大了，他说他再想办法。"

那家伙……闷声不响地，居然暗暗做了这么多事。

尹澈从德育处出来，思索着要不要夸夸他的同桌。一进教学楼，

第十章 危机

正巧在楼梯口碰见人。

然而不止蒋尧一个人。

"她说了没有就是没有,你怎么跟你同桌一样,盯着她欺负?"唐莎莎横眉瞪眼。

蒋尧脸色很冷:"我在问她,请你别插嘴。苏琪,我上次怎么跟你说的?"

尹澈第一次听见他语气这么凶地对女生说话。

一旁的苏琪快被吓哭了,泫然欲泣:"我真没有,我没往奶茶里加东西,也没把尹澈锁进器材室……蒋尧,你相信我……"

尹澈走过去:"怎么了?"

蒋尧转头看见他,笑了笑:"没事,走吧。"

苏琪瞧见他的神色变化,鼻子一酸,豆大的泪珠滚落:"呜……尹澈,你不用这样说我,还让你同桌来质问我……"

尹澈:"……"

这女生哭得太夸张了。

尹澈拉住蒋尧的袖子:"走。"赶紧远离这是非之地。

回到教室,总算躲过一劫。

"你跟她说什么了?"

"我问是不是她把你锁在器材室里。"

尹澈凝神:"我听'张教主'说你去查借钥匙的记录了,不是没查到吗?"

"我后来去查了附近配钥匙店的记录。你想,借学校钥匙肯定得用完就还,不可能拖很久,所以如果要配钥匙,只能去学校附近。"

"嗯,所以你查到她了?"

"对,三天前配的,在联系人一栏写了她自己的名字,老板也记得是个一中的女生,短发的。"

证据确凿。

"可我刚才跟她对质,她死不承认,说自己没去配过钥匙。"

"嘴硬?"

"可能是。"蒋尧顿了顿,"但我觉得不是她的主意。"

"什么意思?"

"她应该没有这种胆量。"

尹澈赞同地点点头。

"所以到底是谁?我不记得最近有和谁结下梁子。"

"转换一下你的思路,年级第一。"蒋尧食指在太阳穴旁比画了几圈,"为什么一定是最近?难道就不能是从一开始就不喜欢你的人吗?"

"我觉得这个假设立不住,应该没有那么讨厌我的人。"

在蒋尧转学来一中之前,他几乎没跟别人讲过几句话,也没惹过事,顶多开学那天踹了韩梦一脚而已。

正在梳头发的韩梦背后突然一凉,缓缓转头:"澈哥……你的眼神让我有点发毛……"

尹澈摇头:"没事,梳你的毛吧。"

韩梦:"……"

蒋尧稍稍靠近,悄声说:"倒过来想。你猜,他们的目的是什么?"

尹澈颦眉,思考片刻,脑子里突然一念闪过,顿时豁然开朗。

"想让我回到之前的状态。"

回到没有朋友、被人孤立的状态。

"聪明,不愧是我同桌。"

尹澈:"正经点。"

说完看了一圈周围,还好,同学们都没朝他们的方向看。

蒋尧拿了本书挡住脸,接着说:"由此我们可以得知,这个人,对你非常了解,知道你的过往,知道你的现状。在你的印象里,有这样的人吗?"

第十章 危机

尹澈想了想:"暂时没想到。"

他的过去,尹家瞒得很好,知道的人寥寥无几,除了至亲就是医生,这些人都不可能害他。

"没事,你慢慢想,我也再查一查。"

尹澈抬起眼,眼仁乌黑,抿了抿唇:"嗯,谢谢尧哥。"

第十一章
奇迹

两三天一小考、每周一大考的日子过惯了,当期末考来临时,高三学生们已经毫无高一第一次期末考时的那种紧张感了。

但不紧张不代表不关心成绩。

"天灵灵地灵灵,佛祖保佑我进步一名……"章可双手合十闭着眼祈祷。

蒋尧路过,在胸前画了个十字:"祝你好运,阿门。"

尹澈在后面踹了他一脚:"人家拜佛祖,你拜上帝?"

"双份祈祷,双倍祝福。"

蒋尧的歪理还真应验了,成绩发下来,章可进步了六十多名。虽然在年级里排名仍旧不高,但也算是有了质的飞跃。

"啊!我第一次考这么高,呜呜呜……"章可像搂宝贝一样搂着成绩单,"数学居然及格了,史上头一次,呜呜呜,谢谢尧哥的鼓励,谢谢亦乐教我题目,谢谢老师耐心教导,谢谢学校给我的认可……"

陈莹莹:"停停停,你这是发表获奖感言啊?"

吴国钟在班会课上也特意表扬了章可,他激动得又想起立感谢全班,陈莹莹及时出手把他按住了。

"还有,这次我们班的第一以及年级第一变了,恭喜尹澈,成功把你同桌挤了下去。"吴国钟开玩笑,"是该给他点教训,每次都不要卷面分,终于被人超了吧?心里不是滋味吧?"

下了课,韩梦学着吴国钟的语气:"蒋尧,难受吧?不甘心吧?下次还敢不敢掉以轻心啦?"

第十一章 奇迹

蒋尧手臂枕在脑后，悠然自得："唉，对啊，难受啊，我应该跟我同桌一起当年级第一的。"

"……"韩梦骂骂咧咧地退出聊天界面。

期末考试考完，下周讲两天的试卷，周三便是全校大会，然后放寒假。

周末，尹澈把演讲稿又润色了一遍。

乔婉云进门送夜宵，见他仍在写写画画，心疼了："小澈，考试都考完了，稍微放松一下吧。"

自从上次联考得知自家儿子实力惊人后，她在开心之余也有点担心。担心尹澈在学校废寝忘食学习才取得这么好的成绩。

"你以后想考哪所大学都行，妈妈都支持你，别累着自己。"

尹澈接过碗："嗯，不累，挺轻松的。"

"哥，我问你……"尹泽推门进来，看见他俩，愣了愣，"没事，我走了。"

乔婉云叫住他："别走，过来坐会儿，好久没和你俩单独聊过了，让妈关心关心你们。"

尹泽只好关上门，不情不愿地走过来，看见桌上的银耳汤，轻哼："妈，你关心他就行了，他身体刚好，金贵得很。"

乔婉云拉他坐下："厨房还有，一会儿给你盛一碗。"

"我才不要，我马上要睡觉了，有话快说吧。"

"哎，你这孩子。"乔婉云拍了拍他的手背，"长大是长大了，但还跟小时候一样任性。"

"我哪儿任性了？"

"你还说呢，以前就是，一会儿想要这个，一会儿想要那个，得不到就哭，就缠着你哥，让他想办法。"

"有吗？我怎么不记得了……"尹泽嘟哝。

乔婉云左右手各牵住一人的手，将两只手交叠在一起："忘了就

理我一下

忘了吧,以前的事,反正都过去了。你俩现在都长大了,爸妈也老了,以后你们要互相扶持,别再计较小时候的事了,知道吗?"

尹泽抽回手:"妈,有些事,不是我想忘就能忘的,您也别劝了。"

乔婉云无奈,又数落了他几句,下楼盛汤去了。

"妈还是偏心你,你有什么好?"尹泽不屑。

尹澈不跟他计较:"什么事,说吧。"

"看最近的贴吧了吗?我早就说让你当心点,现在议论你的帖子越来越多了。"

"不管我做什么,他们都会说的。"

"那你也确实该收敛点。"

尹泽冷哼:"我看再这样下去,你都快成全校公敌了。"

尹澈微笑:"我也能保护自己,你别担心。"

"我有什么可担心的,我当然知道我聪明的哥哥有多会'自保',但你也别太自信,忘记当年的事了?你自以为藏得好,还不是被抓走了。"

尹澈很久没回忆起这件事了,听他一提,脑海里又瞬间闪过当时绑匪们的一张张脸:"那是因为……"

突然,某张脸在脑海中定格。

熟悉的、阴鸷的眼睛。

尹澈噌地一下站起来。

"你干吗?"尹泽疑惑,"突然魂不守舍的。"

"原来是他……"尹澈喃喃着。

难怪如此。这样一来,这一学期发生的所有事都有了解释。他根本就是被对方牵着鼻子走,这么显而易见的线索,居然到现在才发现。

"他?你指谁?"尹泽追问。

尹澈回神:"没事,我想一个人待会儿,你先去睡吧。"

尹泽转身就走:"行,我不配听你的秘密,以后你的事,我统统

第十一章 奇迹

不管了行吧？"

他摔门而去，尹澈一时半会儿没法跟他解释，只好由他去。

夜已深，但这件事，必须即刻搞明白。

所幸证据并不难查，上网搜索了半小时，基本上所有线索都印证了，他猜得没错。

一切都是计划好的。

桌上的手机骤响，蒋尧打来电话。仿佛心有灵犀一般，蒋尧开口第一句就是："我回去想了想，对方这么讨厌你，会不会是你以前那件事的相关者？"

"我正要告诉你，我……"

蒋尧等了几秒："告诉我什么？"

尹澈摸了摸自己的额头："我去找你，当面说更清楚一点。"

"不用，你在家待着。"蒋尧起身穿衣，"我四十分钟后到。"

"好。"

蒋尧拿上钥匙往楼下走，路过客厅，被叫住了："这么晚去哪儿？"

"同学有事，我去帮忙。"

"你同桌？"

"……嗯。"

"行，去吧。"

到达西城时，恰好四十分钟过去。蒋尧停好车，想打电话喊人出来，手机刚拿起，看见人已经在住宅区大门口等着他了。

"等多久了，冷不冷？"

尹澈脸色发红，神色却有点异常，看着他，没说话，像刚哭过，鼻尖都是红的。

蒋尧快步上前："怎么了？别慌，出什么事情了？"

尹澈深吸一口气："蒋尧。"

"嗯?"

"陪我演出戏。"

周一一大早,一个劲爆的消息就像严冬的狂风一样席卷了整个一中——"双煞"终于闹掰了。

消息的一手来源是有人在周日晚上,听到306宿舍传来激烈的争吵,又是摔东西又是怒吼。

高三(1)班同学闻声赶到现场时,看到宿舍里满地狼藉。尹澈站在蒋尧对面,一如既往地神色冷淡,而蒋尧明显是在气头上,脸色涨红,青筋暴起。

郭志雄等人扒着门,小心翼翼地试探:"咋啦?发这么大火?"

"你们自己问他!"蒋尧转身离开,留下一行人在306宿舍门口瑟瑟发抖。

周一一天学校里都在传这事。

期末考刚结束,学生都无事可做,八卦之火如同燎原一般,迅速扩散出去。谁都不知道具体原因,直到有人发现了一个细节——蒋尧的下巴处多了道伤痕,众人猜测蒋尧挨揍破相了。

这么一看,两个人的绝交就十分合情合理了。

章可不信,找蒋尧求证:"蒋尧,他们说的是假的吧?"

蒋尧不耐烦道:"别问了,不想提。"

于是这个"谣传"又坐实了几分。

一整天过去,有人又去问尹泽:"听说你哥把他同桌揍破相了,是真的吗?"

"你才——"尹泽一顿,憋回去,"谁知道,他怎样关我什么事?"

试卷讲评课。老师在讲台上讲题,底下的同学却忍不住往最后排偷瞄。

曾经好得像亲兄弟的两人,一个翘着椅子,笔都不拿一支,眼神

第十一章 奇迹

冷得盯谁谁发怵，另一个倒是和往常无异，只顾自己听课，丝毫不往旁边看。两天下来，两个人一句话都没说过。

昔日好友反目成仇几乎是板上钉钉的事。

下了课，韩梦鼓起勇气，拦住蒋尧："没必要吧，这么点小事。我知道你心里不舒服，但他也不想发生这种事啊……想想你俩以前多要好。"

"不是小事，对我来说，是不能忍的事。"蒋尧撞开他的肩，"反正我也早就受够他的脾气了。"

确实，尹澈平时对蒋尧有多冷淡，所有同学都看在眼里。

韩梦拦不住这位，只能去拦另一位："蒋尧他肯定是在气头上，你别见怪，过两天就好了！"

"你们别管了。"尹澈与韩梦擦肩而过，"也别再提这事了，我不想回忆。"

韩梦愣住，脑子里浮现出了很多可怕的画面。

周三下午，年级大会。校长讲了一个多小时的学期总结，礼堂里的学生昏昏欲睡。

"下面有请学生代表上台演讲。"

所有人顿时精神一振。

尹澈拿着演讲稿走上台，下边窃窃私语不断，"张教主"不得不出来维持秩序："安静！本次大会学生代表尹澈同学，来自高三（1）班，在近两次重要大考中均取得了好成绩，品学兼优……"

台下嘘声一片，连"张教主"的威压都没能镇住上千号学生。

尹澈说到一半，有人喊："下去吧你！"

尹澈今天穿了校服正装，白衬衫外面打了领带，身姿笔挺，站在台上，像一棵挺拔的白杨树，灯光在他身后拉出一道孤零零的阴影。

他垂着眼，继续他的演讲。目光偶尔抬起，扫过台下，似乎在寻找某道身影。然而底下黑压压的一片，根本无从找起。他演讲完走进后台时,坐在侧面的学生中有人看见他抹了一下眼睛。

刚发出嘘声的人群里有学生迟疑:"我们会不会太过分了?"

其他人回:"过分什么?他欺负同学的时候就不过分了?"

"可我没亲眼见过他欺负人……"

"大家都这么说,还能有假?"

……

高三只放十天,过完年就差不多要返校了。就这么短短的十天,作业量却堪比暑假的一半。

同学们一个个离开,教室里叫苦连天的声音渐渐稀疏。

韩梦背起书包,看向教室角落里那个安安静静坐着的身影,犹豫着要不要上前。

陈莹莹拉走他:"该安慰的我刚刚都安慰了,让他自己静一静吧。"

夕阳西沉,直到楼下的林荫大道上再也见不到一个学生,尹澈收回视线,拎着书包走出教室。

教学楼里空空荡荡,走到楼梯口,一道脚步声迎面而来。

"你怎么还没走?"唐莎莎问。

尹澈目不斜视地路过,没说话。

唐莎莎拉住他:"喂,跟你说话呢。"

尹澈站定回头:"有事吗?"

唐莎莎咬唇,似乎很难开口,但终究说了:"能帮个忙吗?苏琪刚被一个低年级的男生喊走了,我等了她半天还没回来,我怕她出事,你陪我一起去看看行吗?"

尹澈看了她一会儿:"走吧。"

唐莎莎带着他走到了小树林,然而里面空无一人,夕阳的几缕残光从光秃秃的树枝间漏进来,越来越微弱。

"奇怪,我记得那个男生说是来这儿的啊。"唐莎莎疑惑,"难道

第十一章 奇迹

他俩已经走了？"

尹澈一声不响地看着她。

唐莎莎长得娇蛮，眉眼间总有股掩饰不住的骄傲，短发更显干练。一年过去，她无论是样貌还是性格，依然如此。

有些人，确实永远不会变好。

"你盯着我看干什么？"

尹澈轻轻叹气："人没走。"

"什么？你看见他们了？"

"没看见，但是……"他的声音夹着寒风，"我猜，应该在我身后吧。"

唐莎莎愣住。

"咔嚓"，枯萎薄脆的落叶被人踩住，碎裂成泥前发出了轻微的警告音。

有人来了。

"学长，好久不见。"

"嗯，好久不见。"

身后的人绕到他面前，笑眯眯地说："你们来找苏琪吗？她刚回教室，你们大概错过了。"

唐莎莎回神："啊，这样，好的，那我去找她。"

"说实话，"尹澈的眼神始终没离开她，"我原本没想到是你。"

"……你说什么？"唐莎莎迟疑了半秒。

这半秒，足以证明所有的猜测了。

"还好我忍住了，否则，就真的错怪别人了。"尹澈一步步走向她。

"仔细一想，从杨亦乐那一次，到我这一次，你一直心有不甘。

"想让我被排挤的人是你，往奶茶里加东西的是你，去配钥匙的是你，把我锁在器材室里的人，也是你。"

唐莎莎每听他说一句，脸色就差一分："我听不懂你在说什么。"

"要我去找苏琪来当面对质吗？还是说，你想再被学校记处分？"

后半句话彻底撕开了唐莎莎的伤疤，也撕下了她的面具。

"你在威胁我？"她怒而扬眉，"因为你和蒋尧，我被学校处分，被撤除三好学生荣誉。都是因为你们。"

"难道不是你自作自受吗？"

"你！"唐莎莎忍无可忍，冲旁边人吼，"喂！人我都带过来了，你在磨蹭什么？不是要教训他吗？"

程昊没搭理她，玩味地笑看尹澈："学长真沉得住气，我还以为你不在乎那些非议呢，原来在心里暗暗计较啊。可惜，你发现得太晚了，刚才礼堂里大家对你的态度你都看到了吧？你已经孤立无援了哦。"

尹澈转眼："这就是你的目的？"

"对啊，本来以为孤立你很难，尤其是你那个难对付的同桌。没想到这么顺利，你揍伤了你的同桌。"

尹澈神色忧郁，仿佛沉浸在与蒋尧闹掰的痛苦里："恭喜你，你的目的达成了，还有其他什么目的，一起说了吧。"

"这就说来话……"

尹澈注视着那双熟悉的眼睛："你是程锋的儿子，对吗？"

程昊一愣，眼神渐渐冷却："你怎么知道？"

"你的眼神，和你爸一样。"

当年他被绑架，为首的绑匪叫程锋，被判得最重，无期徒刑。尹澈隐约记得听尹泽骂过，说对方也有个儿子，还做绑架儿童这种丧尽天良的事，真是人渣败类。

眼下看来，这个儿子也近墨者黑了。

"都一样的聪明吗？"程昊笑问。

"不。"尹澈缓缓道，"都一样的坏。"

程昊的脸色一下子变得很难看。

"呵，没错，我从小就被人骂是杀人犯的儿子。"他嗤道，"可我爸明明没杀人啊，他只不过是奉老板的命令办事而已，不然他哪儿来

第十一章 奇迹

的钱养家糊口呢？

"就因为他欺负了一个小男孩，就要被判那么重吗？我就要从小遭那么多白眼、挨那么多唾骂吗？"

尹澈淡漠道："哦，你管那叫'欺负'？九年制义务教育竟然教出一个法盲。"

程昊听出了他的嘲讽，语气逐渐激动："都怪你，我们家本来幸福美满，一夜之间什么都没了。我从小过着怎样的生活，你根本无法体会！

"我拼命学习考上一中，就是为了看看，你是不是也过得跟我一样苦，这样我爸在狱里受的苦、我这些年受的苦也算平衡了。

"可你现在过得那么幸福，被那么多人喜欢，被那么多人维护，凭什么？法官说我爸对你造成了严重的伤害，才判了无期，可你受的伤明明一点也不严重，凭什么我爸要为莫须有的罪名坐那么多年牢？凭什么我要因为你的轻伤受这么多苦？"

尹澈听完，很平静："所以你想像你爸一样，把我变回原来的模样，让我后半生都痛苦不堪，这样你心里才平衡，是吗？"

"没错。"程昊狞笑着走近，"我要让你也失去一切，让你也尝尝被所有人鄙视、唾弃的滋味。"

尹澈侧身，躲开他抓过来的手："不好意思，我尝不了，我还有亲人，还有朋友。不像你，在一个三观扭曲的家庭里长大，没有一个朋友。程昊，你好可怜。"

程昊笑容一滞，周身的气息裹挟着强烈的恨与怒。尹澈身形晃了晃，后退两步，勉强站稳。

"这种时候你还激怒我，学长，你真是什么都不怕。"程昊从衣服里掏出棍子，只是未等他说完，他便扑通一声跪倒在了尹澈跟前。

蒋尧活动了一下脖子，攥着程昊的后衣领。

"小弟弟，谢谢你这么沉不住气，一听说我们闹掰就行动了，不然我还得多演几天的戏。你知道演这种戏有多难受吗？哦，对不起，我忘了,你体会不到,因为你没有朋友。"

程昊试图挣脱:"蒋尧……你……"

蒋尧晃了晃手中的摄像机:"证据确凿。"

尹澈却没回话,眉头紧皱。

"怎么了?"

没等他说话,程昊突然不知道哪儿来的力气,原地暴起,就要扑向蒋尧。蒋尧也没想到他还能爬起来,立刻抬手格挡。就在这千钧一发之际,程昊手里的东西突然脱手飞出,一起飞出的还有程昊本人。

"真菜。"从树林外冲进来的男生一脸不屑,放下腿,冷眼看着蒋尧,"就你这样还保护我哥?"

"你怎么来了?"尹澈诧异,"我不是让你先回去吗?"

"我忘了,在门口等你半天。还好我回来找你,不然你这没用的同桌也帮不上什么忙。"

蒋尧笑笑:"嗯,你再晚来一秒,我都处理好了。"

两个人眼神对撞几个来回,电花迸发,谁也不退让。

尹澈:"……你们两个够了。"

这两个幼稚鬼,在哪里都能斗嘴。

尹泽"哼"了一声:"到底怎么回事?这家伙什么来头?跟你们有什么深仇大恨啊?"

"想知道的话就自己问吧。"蒋尧抛出摄像机,"顺便麻烦你把他带到派出所去,证据在这儿。"

尹泽抬手接住:"凭什么我去?"

"因为你是弟弟。"

蒋尧不理他,走到树林边,走到尹澈的身边:"感觉怎么样?"

"……"

尹澈心道:感觉很丢人。

在弟弟面前被弟弟讨厌的人扶着,人间"修罗场"。

但尹澈现在没力气拒绝,他因为情绪激动身体有些不适,现在双

第十一章 奇迹

腿发软,只能说:"带我去医院。"

"好。"

蒋尧扶着尹澈:"啧,你还是吃太少。我们先去医院,然后带你吃顿好的,庆祝我们消灭坏人。"

尹泽在一旁脸都绿了:"那我呢?"

"你?你今天可能吃不上饭了,审讯应该要挺久的。"

"……"

"对了。"蒋尧扶着人走出小树林前,回头,"多和这家伙聊聊你哥,或许会有意外发现。"

晚风寒凉,热度却不断攀升。蒋尧招了辆出租车,车里空调打得很高,尹澈额头冒出细汗,昏昏沉沉的。

"师傅,去市医院,还有空调麻烦关了行吗?我同学在发热。"

"这么冷的天……"司机不情不愿地关了空调。

蒋尧没拿袖子给尹澈擦汗,边擦边说:"再坚持一下,马上就到。"

尹澈热得发虚。

蒋尧问:"害怕吗?"

害怕?大概是害怕的,只是他不想承认。蒋尧却总能一眼看穿他,就像当初撑着他的宿舍门、为他挡住窗外闪电时一样。

"害怕吗?怕就说,没什么丢脸的,谁都有怕的东西。"

"不知道。"他抬眼,注视着眼前的人,忽然想问一个奇怪的问题,"你怕吗?"

蒋尧一愣,浅浅地笑了:"怕啊。"

"我怕你……自己逞能,陷入危险。

"现在事情解决了,等你过了这个坎儿,我就不用再帮助你治病,你和我说不定会像我和以前的朋友那样,交集变少,友谊变淡。"

尹澈垂眸:"可能会吧。"

蒋尧笑容一滞，很快恢复："我想也是，毕竟你从前那么看不上我。"

车里安静了下来。

司机的导航显示，离医院还有三公里。

车窗外，繁华的商业街灯光璀璨，却照不进车里。

商业街过去，已经能远远地看到医院建筑的轮廓。

到医院后，医生给尹澈做了检查，确认并无大碍后，便让其回家休息。二人出了医院，尹澈说程昊的事让他又想起那些不开心的回忆了，现在还不想回家。蒋尧说带他去一个清静又适合休养的地方，尹澈没想到蒋尧会直接把他带回家。

"我家人跟去年一样，寒假出国去看我外婆，前两天就走了，我开学前都不一定回来。"蒋尧用指纹开锁，手心出了汗，试了好几次才成功，"进来吧。"

半夜，尹家来了个电话。

"我哥在哪里？！"电话一接通就传来尹泽的怒吼，"他手机打不通，你是不是把他拐走了！"

"你哥没事，困了在睡觉呢，你那边审得怎么样，那家伙招了吗？"

尹泽没好气："招了，我已经把这事告诉我爸了，后续他和警察会处理。"

尹大律师出手，这事自然能搞定。蒋尧安心了。

尹泽又炸了："我爸问我哥去哪儿了，你明天让他赶紧回家。"

"这么急干什么？反正危险解除了，晚几天回家不要紧吧？"

"不行，他必须回家。"

"为什么？"

尹泽迟疑一瞬："我有事问他。"

"哦……"蒋尧拖长了音，"是不是从程昊那儿知道什么了？想跟

第十一章 奇迹

你哥道歉？"

"……你都知道？"

"早就知道了。"

"那你不告诉我？"

"凭什么告诉你？我们很熟吗？"蒋尧不多废话，"你要见他，自己去找他。"

翌日，尹泽约尹澈在东城的一家咖啡厅见面。蒋尧把人送到，在咖啡店外面等。

"你不进去？"尹澈问。

"不了，你们好好聊。"蒋尧说，"你弟应该不会想让我看到他那痛哭流涕、道歉忏悔的模样。"

"……"

尹泽放下咖啡杯，余光瞥见外边好像有两个人在打架。

"……"

蒋尧目送尹澈进了咖啡店，自己在外面靠着车等，透过玻璃窗光明正大地看着里面人的一举一动。

尹泽："……你能让他走开吗？"

尹澈："……当他是空气吧。"

被当作空气的蒋尧在外面呼吸冷空气，百无聊赖地在班级群里瞎扯，但其实心思也不在这上边儿。

"是……蒋尧吗？"忽然有人问。

蒋尧转头，看着面前的女生："我是，你哪位？"

女生羞赧道："我是八中的，你隔壁班的。之前你在篮球队打比赛，我当啦啦队队员来着。"

蒋尧有了点印象："啊……赵倩？"

他高一时关系比较好的一个女生。

"你还记得我名字呀。"赵倩很高兴，"你一个人？正好我也一个人，要不要一起走走？自从你转学，好久没见到你了。"

蒋尧摆手："不，我在等人，他在……"

回头一看，咖啡厅里只剩下尹澈一个人，扒着玻璃，死死盯着他。

蒋尧："……"

尹澈呢？

"我在这儿。"声音从身后响起。

蒋尧转身，尹澈已经走到他身旁，对赵倩说："他在等我，有事吗？"

赵倩没多想："你好，你是蒋尧的同学？我是他在八中的一个朋友，不介意的话我们一起逛逛？"

"介意。"尹澈声音微冷，"我不习惯和陌生人待在一起。"

赵倩脸色顿时爆红，尴尬得手足无措："啊，这样，不好意思，那我先走了。"

"嗯，再见。"

待她走了，尹澈转过头，盯着面前的人。

蒋尧靠着机车，长腿撑地，一身黑衣酷得没边，正一脸笑意地盯着自己："谢谢你帮我拒绝她，真不愧是好兄弟。"

尹澈瞪他一眼，转身回咖啡店。

蒋尧目送尹澈重新落座咖啡店，心情愉悦地继续低头刷手机。群里聊天的人比以前少了，估计都在忙着补课做作业。

于是他开了个头："有人吗？"

章可第一个冒出来："什么事？"

蒋尧："还有人吗？起码来十个吧。"

韩梦："干吗？你要打群架啊？这种时候倒是想起我了。"

陈莹莹："你少往自己脸上贴金。蒋尧，你找那么多人干什么？"

郭志雄："你还用找吗？去贴吧吼一声，能来一百个。"

章可："你们别刷屏了，先听尧哥说，肯定是有什么大事才需要这么多人。"

高三（1）班同学心道也是，连蒋尧都需要求助于人的事，肯定是很棘手、很重要的大事。于是所有忙的不忙的都暂时放下手头的事，凝神盯着班级群消息。

"是这样，"只见一条信息弹出来，"我叫你们来是想告诉各位，之前我跟我同桌吵架是假的，我们的关系还是一如既往的好。"

"……"

"当然，我们以后也会继续做好兄弟。

"考虑到我们还有几个月就要毕业分道扬镳了，所以趁今天，诚邀各位录一段祝福我与尹澈友谊天长地久的视频，在我的毕业典礼上播放。"

"……"

"每人十秒钟就行，不用太长，太长了放不完，祝福我的人太多了，不好意思。"

"……"

蒋尧还想再发一条祝福语建议，忽然发现发不出去了。

系统提示：您已被移出群聊。

蒋尧："怎么回事？"

在询问陈莹莹被踢原因未果后，蒋尧放弃说服这群无情无义的家伙了。

收起手机，他随意地往咖啡店瞥了一眼，这一眼，视线瞬间定格。

尹泽抽了一张纸巾，按在眼睛上，吸着鼻子："哥，对不起……我一直以为……一直以为……"

尹澈坐到他那边的沙发椅上，轻拍他的肩："没事的，是我一直瞒着你，是我不对。"

"哥你别安慰我了，我就是个傻子，想也知道你怎么可能会做那种事，我真的没脑子，我……"尹泽控制不住情绪，一把抱住面前人，"哥，都是我的错，我以后一定听你话，一定保护好你。"

"嗯，你能这样说我就很开心了。"

"我不光说，还会拿出实际行动的，哥你相信我，从今天开始，我——"

咚咚！玻璃震了震。

尹泽疑惑转头，玻璃外面扒着个人，大笑着盯着他，朝他做口型："你，哭，得，好，丑。"

尹泽："……"

尹澈："……"

路过这一桌的客人目光诡异地看着店内外的三个男生。

"哥，有一说一。"尹泽擦干了泪，"我们和解了，但我跟你同桌，这辈子都是仇敌。"

"……理解。"

这地方是待不下去了。

临走时，尹泽想说服他一起回家，尹澈看了眼外边的人："不了，我这几天想散散心，你替我跟爸妈说一声，不回去了。"

今天风不大，但气温很低，蒋尧在店外等了近一小时，冻得手脚冰凉，见他出来，先搓暖了手："怎么眼睛红了？臭弟弟惹哭你了？"

"没哭。"

这么多年的误会一朝解开，不仅尹泽情绪激动，他也有点情不自禁。

"没哭就好。"蒋尧说，"身体舒服吗？要回去还是再逛逛？"

尹澈想了想："去海边吧。"

蒋尧二话不说跨上机车："上来。"

风驰电掣，一往无前。

这是尹澈第三次来东城这片海。前两次都是盛夏，碧海金沙，烈日炎炎，游客众多。这次是严冬，海水墨蓝深邃，天边巨浪翻涌，海风刮过，脸颊刺痛，沙滩上空无一人。

蒋尧在路边停了车，两人穿着鞋踏在沙滩上，和去年夏天赤脚走

第十一章 奇迹

在沙上，是截然不同的感觉。

半年……一眨眼就这么过去了。

"尧哥。"

"嗯？"

呼出一口白雾，尹澈忽然很想问："你说，如果没有发生过那些事，我会是怎样的一个人？"

蒋尧思考了一会儿："可能会是只软萌的小兔子。"随后又笑了，"其实现在也差不多。"

喜欢做手工、喜欢折星星、喜欢吃甜品……如果没发生过那些事，尹澈应该和大多数人一样，可爱活泼、乖巧懂事，会是一个爱照顾人的好哥哥，也会是一个大家都喜欢都想要去认识的人。

现在，只不过将这些特质藏起来了而已，他的本性其实一直是小兔子。

"软……萌？算是你对我的评价？"尹澈问。

"当然，我从刚开始见到你的时候，就觉得你是只软萌的小兔子。"

"那你觉得是现在的我好，还是从前的我？"

蒋尧深思熟虑后，选择了最保守的回答："都好。"

"敷衍。"

蒋尧："……"

冬日的海滩实在太冷，天空还不作美，下起了细雨。他们俩没走出多远，便原路折返，沿着原来的足迹回到停车处。

回头眺望这片海，远方波涛汹涌，怒海狂浪，尹澈却不觉得可怕。

以后对大海的回忆，或许只剩下家人的温馨陪伴，同学们的打闹嬉笑，以及此刻，友人传递而来的温暖。

一切确实都过去了。

回到别墅,才想起明晚便是除夕。

今年的除夕和情人节刚好撞上,中西合璧,大街上都是人。

考虑到外边的人太多,再加上尹澈的身体才好,两人决定就在家跨年了。

"想吃巧克力吗?"蒋尧忽然来了个甜点提议。

尹澈:"随你。"

"你看我做。"

"不去。"

"去吧,顺便跟我拍张合照发朋友圈。"

"拍照干什么?"

"留作纪念啊,顺便让你看看你同桌我高超的厨艺。"

尹澈坐在料理台上,晃着腿,看着声称自己厨艺高超的某人煮煳了第二锅可可粉。一共就几个步骤的简单东西,居然能翻车成这副样子,堪称奇迹。

"就这么拍吧,拍完我去补觉了。"

蒋尧正在很严肃地鼓捣第三锅:"不行,再来一次,这次一定行。"

尹澈拿起手机拍了一张:"放弃吧,你的动手能力大家又不是不知道。"

写字惨不忍睹,画画惨不忍睹,手工惨不忍睹,连厨艺也惨不忍睹,蒋尧这双手真的是被诅咒过吧?

蒋尧很执着,盯着第三锅巧克力,专心致志,绝不言败。尹澈随手把照片发到了班级群里。

厨房的温暖灯光下,系着围裙的高个男生正弯腰看着锅子,眼神专注,轮廓俊朗,认真的模样,很迷人。

照片里的蒋尧一派岁月静好的样子,但班级群里并不"静好"。

韩梦:"尹澈帮蒋尧发照片了?"

第十一章 奇迹

郭志雄:"是不是蒋尧偷偷用尹澈的手机来秀自己的照片?"

陈莹莹:"那脸皮也是太厚了,被踢了还敢回来继续秀。"

被踢了?尹澈看了眼群成员,真的少了一个。

章可:"发照片的!我叫你一声你敢答应吗?"

尹澈直接发了一条语音:"怎么不敢?"

章可吓得屁滚尿流:"对不起对不起,原来是本尊,失敬失敬!"

蒋尧听见了,问:"给谁发语音?"

"章可。"尹澈好心提醒,"你被踢出群了,要我拉你吗?"

"好啊。"

于是尹澈低头看手机,这时,韩梦刚好发来几张聊天截图,他顺手点开看了一眼。

蒋尧把火调小,随口问:"拉好了吗?"

"嗯,拉好了。"

"我进群了?怎么手机没提醒?"

"拉黑没提醒。"

"哦,原来是拉黑……啊?"蒋尧回头,看见尹澈的脸冷得像冰山,手机屏幕上显示着他前两天求祝福视频的聊天记录。

"你也太臭美了。"

蒋尧手撑上料理台:"把我放出来。"

"不放。"

"不想再被拉黑了。"蒋尧笑笑,"我在一中最好的朋友就是你了。"

尹澈合理怀疑这是卖惨,但不得不承认,很有效果。

"没拉黑。"他放下手机,"警告你一下而已。"

蒋尧笑了,纯粹干净,一副阳光少年的样子。

尹澈跳下料理台:"照拍完了,我去睡了。"

这一觉睡了一个多小时,很安稳,醒来时体力恢复不少。

尹澈揉着眼拿过手机,显示晚上九点。班级群里已经开始发红包刷屏,平日里很少参与聊天的同学也都加入进来了。

理我一下

这是一年中最热闹的时刻。

白天给家里打电话的时候,他爸难得埋怨:"过年怎么不回家?有朋友就不要爸妈了?"

"明天回。"

班级群里抢红包的同学正在刷"谢谢",忽然有人插了句:"快看蒋尧朋友圈,他自恋死了。"

有人去看了,回来说:"可恶,好想骂他,但还真是帅。"

"尹澈,你同桌'搔首弄姿'呢,快管管他!"

尹澈眉头微微一皱,手机界面切换到朋友圈,往下翻,看见了蒋尧十分钟前刚发的内容:

亲自做的巧克力。

照片里的男生很惹眼,姿态嚣张,身上的黑T恤松松垮垮,袖子卷到肩,露出好看的手臂肌肉线条。脸上勾起的一抹笑有点坏,轻咬着一块白巧克力。

这人自恋是真的自恋,帅也是真的帅。

照片下面很多共同好友留言:

白语薇:"哇哦,很帅哦。"

尹泽:"恶不恶心?给我删了!"

能看见的评论点赞就有二三十个,看不见的估计更多。

尹澈起身往楼下走。到厨房的时候,发现玻璃门被关上了。蒋尧在跟人视频,听不见声音,只看见手上拿着块巧克力,不知在展示给谁看。

尹澈哗啦一声拉开厨房的门,蒋尧迅速对手机里的人说:"我挂了啊。"

手机那头却冷声质问:"谁在你旁边?"

尹澈刚好走过去。

第十一章 奇迹

对方挑眉，一双凌厉又漂亮的眼睛染着醉意："你是？小朋友……我怎么看你有点眼熟？"

尹澈悄悄咽了咽口水，垂下眼，再抬起时，眼里只剩下清澈的眸光："您好，我是蒋尧的同桌。"

蒋尧诧异转头，尹澈突然乖得仿佛从来不会踹人："这几天暂住在您家，打扰了。"

……变脸速度惊人。

"同桌？就是蒋尧总说起的那个同桌？"那头笑了，"你帮我看看他好看吗？我看着怎么重影……"

"少琰，你喝太多了。"

视频里又传出一道声音，紧接着，屏幕稍稍转了个向，出现了另一个人。

尹澈愣了愣，压低声音："我的天，他好帅。"

蒋尧皱眉："他有我帅？"

尹澈："……"

屏幕里的男人明显是混血，瞳色透出一丝绿，眉眼深邃，微笑迷人，一看脾气就很好。

"你好啊，小朋友，下次有空一起吃饭。"那人简单问候完，便低头对刚刚出现的那个男人说，"好看的，我困了，要回家休息了。"

刚刚那人埋怨："休息什么？游戏还没通关呢！"

屏幕里的人只好匆匆说："先挂了，你好好招待你同学吧。"

说完真的挂了。

蒋尧长舒一口气："大意了，发朋友圈忘了屏蔽我爸，还好他醉了没多问。"

尹澈："怎么，不想让你家里人看见？"

"不是，你不知道他这人有多心狠手辣，从小到大专注诋毁我的名声。"蒋尧转身，继续把模具里剩下的巧克力倒出来，"我幼儿园的时候，有次我找干爹帮我做巧克力，我爸居然往里头倒了一整瓶醋，后来我带到学校去,送给我关系好的八个同学,他们……"

尹澈挑眉:"然后呢?"

"我在幼儿园人气就很高了。"

"八个,厉害。"尹澈懒得听他吹牛摆手准备离开。

"不是……"

"我睡了。"

"不是刚睡醒吗?欸,等等,起码吃块我做的巧克力……"

"滚。"

一夜安眠。

春节第一天,尹澈带着蒋尧回家玩。

乔婉云一早就让帮佣彻底打扫了一遍宅子,一尘不染。儿子的同学头一回上门,该有的礼数得有。

"一会儿你坐这儿,小泽坐这儿,你俩一边一个。"乔婉云安排着沙发席位。

"妈,你别折腾了。"尹泽还在一旁浇油,"一会儿哥带他回来,你直接把他赶出去,别让他进我们家的门,不然他能气死你们。"

尹权泰颦眉:"小澈的朋友有那么差?"

"差到你们无法想象。"

夫妻俩都开始焦虑了。

这时,外边传来了开门声。

乔婉云猝不及防:"啊,怎么这就进来了?管家没通报啊?"

"妈,哥又不是外人,谁会通报?"

"哦哦,对,瞧我慌得……那赶紧去门口,别让人家觉得我们没礼貌。"

尹澈解了最后一道密码锁,进门前回头叮嘱:"别跟我弟吵起来。"

"放心,我有分寸。"

第十一章 奇迹

尹澈忍不住多看了身后人两眼。

蒋尧笑笑:"怎么,被我今天的打扮帅到了?"

"……挺人模狗样的。"

一进门,尹澈和蒋尧就见他们家三口人并排站在门口,面容严肃,严阵以待,不知道的还以为是来指认犯罪分子的。

尹澈往旁侧让了让:"爸、妈,这是蒋尧。"

蒋尧上前一步:"叔叔阿姨你们好,打扰了。第一次拜访,给你们带了点礼物。"

乔婉云的脸色从诧异到惊喜到怀疑,精彩纷呈:"小澈……这是你同桌?你什么时候换了同桌,没听你说起过啊……"

尹澈:"没换,还是那个。"

蒋尧微笑:"阿姨,我们见过两次的,叔叔,我们也见过。"

尹权泰莫名:"我们在哪儿见过?"

蒋尧掏出一副黑框眼镜戴上:"现在有印象了吗?"

夫妻俩直到进客厅还在震惊,盯着蒋尧的脸目不转睛。

尹泽率先坐下,冷哼:"我告诉你,进了我家的门,就得……"

"就得守规矩、懂礼貌,弟弟,这些我都知道,不过也欢迎你的监督。"

尹泽一脸难以言状的表情。

尹权泰到底是见过大场面的,先从震惊中缓过来,喝了口茶,说:"我有印象,小伙子挺聪明,上次那案子破得很活络,换了个造型帅多了。"

"叔叔过奖。"

气氛还算融洽。尹澈悄悄瞥了眼身旁人。

尹权泰平和地聊了几句,话锋一转:"你应该知道,我儿子从小的经历就很特殊,所以我们对他没什么要求,只要他快乐。"

蒋尧正色:"尹澈是我最重要的朋友,您说的那些也是我的心愿。"

尹泽凉飕飕道："呵，还重要的朋友呢，都打过几次架了。"

尹权泰神色一凝："什么？"

乔婉云也从喜悦中清醒："打架？小澈，他欺负你？"

夫妻俩看蒋尧的眼神又变了，仿佛在看不良少年。

"叔叔阿姨，是这样的……"蒋尧说到一半，突然意识到，要解释清楚，就得把尹澈故作孤僻、很少回家以及他之前瞒着父母的心事都说出来。他应该不想让父母知道。

"我……"

"他没有和我打架。"

蒋尧一愣。

"剩下的，我来说吧。"

半小时后，这场家庭见面会彻底变了味。尹家三口人，两位男士红着眼保持沉默，一位女士哭得泣不成声。

尹澈分别安慰了他们几句，没什么效果，最后不得不强行转移话题："妈，我饿了。"

午餐的餐桌上，蒋尧在尹家的家庭地位明显提升了一大截。

尹澈无奈地看着妈妈不停给蒋尧夹菜，转头给他弟夹了一筷子："阿泽，多吃点。"

尹家父母看着大儿子终于敞开心扉，交了一个这么好的朋友，嘴上说不出来的高兴，考虑到这个年纪的孩子正是爱玩的时候，便没有强行留他们在家，允许他们这段时间外宿，缓解学业的压力。

开学在即，班级群里的气氛逐渐焦虑。

郭志雄："十张数学卷子我才做了七张，怎么办啊？这次作业好难。"

周浩亮："你这还算好的，我还有半本文言文书的翻译作业没做，就算抄也来不及抄这么多字啊。"

章可："我就交我做完的作业吧，我已经尽力做了，总比抄作业强。"

郭志雄:"士别三日刮目相看啊!"

周浩亮:"这觉悟,我自愧不如。"

章可:"唉,谁让我脑子笨呢,假如像咱们澈哥和尧哥那样,这么点作业几分钟就写完了。"

众人深表赞同。

"作业?没做啊。"

杨亦乐呆住,结结巴巴地问:"没……没做是什么意思?"

蒋尧从书包里拿出一打数学卷,平铺摊开,一片空白。

"如你所见,一个字都没写。"

"你……你这是……"

"你这是要造反啊?"韩梦替杨亦乐说了,"年级第二,你也不必因为澈哥抢了你的第一的位子就这么自暴自弃吧?"

"笑话。"蒋尧哼道,"我寒假有事没来得及写而已,再说了,作业没写完也不影响我考第二啊!"

尹澈:"……"

韩梦:"我忍!还有一学期就不用看见你了,我忍!"

杨亦乐无奈,收不成这份作业,只好去收另一人的:"尹澈……你的作业?"

"没做。"还很礼貌地加了句,"不好意思。"

"……"

开学第一天,各科课代表把所有学科的作业收齐后,统统发现,少了两个人的作业。瞒也瞒不住,课代表们只好如实报给老师。于是办公室里站了两个挨训的人。

"你俩搞什么?都高三下学期了,作业一个字都不写?"吴国钟难得发火,"这个寒假干什么去了?打游戏?还要不要考大学啦?你们俩以前不是这样的啊。"

在他印象里,尹澈向来认认真真学习不用他操心,蒋尧虽然平时看着吊儿郎当了点,但作业也都会交,从来没出现过全科不做的情况。

吴国钟真的担心这两个好苗子的思想走了歪路,自毁前途。

"老师,我做了一点。"尹澈翻开英语阅读书,上面笔记工工整整,答案几乎全对,但只做了不到半本。

寒假一共才十天,他跟蒋尧玩了七天,只能趁最后三天尽量补了些作业。蒋尧则是完全放弃,说反正也做不完了,不如好好休息几天。

"你们俩到底怎么了?"吴国钟简直迷惑,"骄傲膨胀了?虽然你俩上学期的成绩都能上顶尖大学,但如果这学期是这种状态,也有可能考不上好学校,懂吗?"

尹澈点头:"懂,对不起老师,我会改正的。"

吴国钟稍感欣慰,看向另一人:"你呢?懂了没?"

蒋尧还想辩驳两句:"老师,我觉得……"

尹澈按下他的脑袋:"不需要你觉得。"

"……懂了,对不起,老师。"

念在他们两个是初犯,吴国钟暂且放了他们一马,但交换条件是下次"二模"考试要进入全市前五名。

晚自习,章可得知这件事,痛心疾首:"蒋尧!我一直把你当偶像!寒假做作业做不下去的时候脑子里都是你对我的鼓励!而你!居然不做作业!你怎么能辜负我对你的崇拜?"

蒋尧摇晃着椅子:"你不想知道我寒假做了什么吗?"

章可的表情立马切换八卦模式,道:"您请说。"

其他人也来凑热闹:"你们到底干吗去了?"

蒋尧微笑:"我跟你们澈哥,去了一个神秘的地方。"

众人露出好奇的神色:"哦?"

"那就是——"蒋尧压低声音。

众人竖起耳朵靠近:"嗯?"

第十一章 奇迹

蒋尧突然怒喝:"活腻了?澈哥的八卦都敢打听!"

章可捂住耳朵:"要聋了!你好狠的心!"

尹澈回教室之后,发现大家的目光似乎都有点奇怪。好像很想看他,但又很怕对上他的视线。他没多想,坐到自己座位上,提笔写作业。

"怎么去那么久?你弟是不是缠着你不放?"某位同桌让他不得安宁。

"才十分钟而已,没聊几句。"

"课间休息一共就十分钟。"

"他跟我说了程昊的处理结果。"

蒋尧神色一凝:"已经出结果了?"

"嗯,我弟和我爸在寒假里把这事处理完了,程昊被学校开除,等候庭审。唐莎莎也被开除了,但她主动坦白了经过,我就没起诉她。"

"你太善良了。"蒋尧叹息,"完全可以起诉她对你造成的名誉伤害,现在学校里很多人还在误会你。"

尹澈垂眸:"嗯,但就算我解释了,他们也未必信。实在不行就算了,反正过几个月就毕业了。"

"不行,我不能让你以这样的状态毕业。"蒋尧沉思片刻,"我有个办法,不过……"

"不过什么?"

"需要你的臭弟弟配合。"

"那你还是放弃吧。"尹澈继续做作业,"刚刚程昊的事他只说了三分钟,剩下七分钟都在骂你。"

"……"

程昊和唐莎莎的处理结果第二天就传遍了学校。

意料之中地引起了剧烈轰动。其中详情涉及学生隐私,学校没有多加说明,导致很多学生开始乱猜前因后果。而且这些毫无证据的猜测居然很多人都信了。

"三人成虎啊。"章可刷着贴吧,简直无语,"一个个都说得有板有眼,好像他们在现场一样。澈哥你说……你怎么还有心情折星星啊?"

尹澈把折好的星星扔进罐子,装星星的罐子差不多快满了:"随他们去吧,不影响我。"

"你可真淡定……"

蒋尧起身:"好了,茶话会到此结束,你们可以退安了。"

周三下午,体育课。

这学期课表变了,高三(1)班到高三(5)班一起上体育课。高三学习压力大,老师呼吁他们多做些休闲运动放松放松,比如打羽毛球、跳绳。然而一群男生还是像疯狗一样冲向了篮球场。

"跑快点儿啊!就剩一个架子了!"郭志雄高喊。

韩梦站在树荫下:"走好。"

蒋尧坐在长椅上:"不送。"

郭志雄:"……"

郭志雄最终含泪和其他班的学生拼了场子。

冬季未过,阳光朦朦胧胧,并不炎热,操场边的树下却站了一圈人,互相使眼色,窃窃私语。

尹澈安安静静地看着书,没去管。

书上忽然投下一片阴影。他抬头,便看见了一位"老朋友":"什么事?"

荣炜脸色迟疑,看了眼一旁的蒋尧,鼓起勇气问:"唐莎莎退学了,和你有关吗?"

此话一出,周围鸦雀无声,都等着听一个回答。

第十一章 奇迹

尹澈尚未开口，又来了一个人。

"尹澈……我知道你和莎莎关系不太好，但你也不能……"苏琪紧张地攥着手，胆怯却坚定地质问，"你这不是欺负人吗？"

高三（1）班几个在附近的同学围了过来，据理反驳："你们凭什么这么说？你们亲眼看到了？"

"就是，麻烦带点脑子。"

尹澈忽然发现，蒋尧什么都没说。他的脸上也没什么笑意，冷冷地盯着荣炜，硬是把后者盯得往后退了一步，气势一下子弱了。

苏琪仍旧不服："我是没证据，但我只能想到你了……莎莎是我最好的朋友，我不能这么眼睁睁地看着她……"

她个子矮，跟荣炜比起来很小一只，却一步也没退缩。

尹澈微微出神。

这个世界上，有时候眼见的真不一定为实。看似洗心革面的人或许恶性难改，看似伪善虚假的人或许也有重情重义的一面。太难分辨了。

他自己亲眼所见都被迷惑双眼，又怎么能怪别人通过流言蜚语误解他？

苏琪咬唇："你能给我一个解释吗？"

尹澈想了想："她什么都没跟你说吗？"

"没有，我打她电话她也不接，去她家也不让我进，根本不知道发生了什么……"

"既然她不想让你知道，你就别问了。再问下去，你可能会受伤。我不是指身体上的受伤，我……"

"我这儿有份录音。"蒋尧忽然开口，"你们想知道她做了什么，放学去小树林找我。"

尹澈看向他，蒋尧抢在他前面说："我知道你大度，但我不大度，不想让你继续被误会，不想让你受这份委屈。"

尹澈："不是，我是想说，我跟你一起去。"

蒋尧一愣，继而笑了："这才对。"

荣炜仍有顾虑："你们真有录音？不会是想把我们骗过去吧？"

人群忽然让开一条道，尹泽插着兜走进包围中心："你们根本不知道那两个人对我哥做了什么，我哥还维护他们的名誉不解释，到底谁是好人谁是坏人，等案子开庭你们就知道了。"

"开庭？"苏琪被吓到了，"怎么会这么严重？不就是同学之间有矛盾吗……"

"你以为普通的小打小闹至于让她退学？"蒋尧站起来，"他们做的事，可比你们想象的过分多了，已经足够构成刑事案件了。"

其余学生都呆住："案……案件？"

"不信的话，欢迎晚上来小树林一起听录音。还有，贴吧之前那些造谣的信息，我已经上报学校，这几天会陆续清理，再有造谣的，一并清理。"蒋尧的目光扫过每个人的脸，"劝各位别乱说话。"

这个年纪的学生日常议论的八卦无非就是谁和谁吵架了、谁和谁闹掰了、谁欺负同学了，认知中第一次出现"案件"两个字，心头都是一跳，再被这一一扫视，吓得不敢再妄加议论。

苏琪和荣炜也傻眼了，半天说不出话来，最终没再追问什么，只说了放学后来听录音。

围观群众陆续散了，高三（1）班同学稍稍解气："可算是把他们的嘴堵回去了。"

"等证据放出来看他们还有什么话说。"

"太便宜他们了，应该让他们道歉！"

尹澈皱眉："对了，录音不是交给警察了吗？你哪儿来的录音？"

蒋尧搭上尹泽的肩："当然是你的好弟弟咯，他去警察那儿说明缘由拷贝了一份，这事我不适合去，毕竟录音是他交上去的。"

尹泽整张脸都黑了："你活腻了？松手。"

蒋尧放开他，转而搂住尹澈的肩："夸你呢，凶什么？还是你哥哥可爱。"

第十一章 奇迹

尹澈："……"

尹泽捋起袖子："我这就废了你——"

冲到一半被高三（1）班学生拦住。

郭志雄："干吗呢？干吗呢？欺负我们班同学啊？"

韩梦："你怎么突然对你哥这么好？是不是有什么目的？"

尹泽气极："我能有什么目的？保护我哥不是天经地义？"

韩梦："也不知道是谁一天到晚说'我才没你这种哥哥'。"

陈莹莹："还三天两头和哥哥吵架。"

章可："还天天装酷。"

尹泽："……"

"行了你们别说他了，好歹帮上忙了。"蒋尧替他解围，"弟弟，干得不错。"

尹泽得意得不行，当晚便拉了尹澈去自己宿舍，聊到快熄灯了才恋恋不舍地道别："哥！晚安！"

同寝的高三（3）班人都很意外尹泽的变化。

这是谁？这是哪儿？这是在做什么？

夜深灯熄，走廊里静悄悄的。尹澈回到自己宿舍，发现门锁了，于是敲了敲门。

里面传来声音："谁啊？"

"我。"

"你是谁啊？"

尹澈笑了声："你同桌。"

蒋尧这才开门。

"不小心忘了时间。"

"哦，跟弟弟有这么多话聊？"

"要你管？"

"看来你很开心啊……"蒋尧咧嘴一笑，"恭喜你们兄弟和好了。"

二月月末的夜晚,在逐渐升温的空气中,冬天悄悄离开了。

万物复苏,一切走向新生。

一个星期过去,一中学子对尹澈有了全新的认识。

先是苏琪在贴吧声泪俱下地道歉,再是荣炜扬言不再提关于唐莎莎的任何事。这两个唐莎莎最好的朋友听完那份录音后都这样了,"吃瓜"群众心里大概也明白究竟是谁对谁错了。

有几个学生课间特意来高三(1)班,为上学期期末在全校大会上喝倒彩的事道歉,呈上小零食若干:"澈哥,多有得罪,请您笑纳。"

这样的只是少数,其余大多数学生只在心里默默地把这事划了过去,当作无事发生。愧疚或许有点儿,但要道歉,不是人人都能拉下这个脸。

总之,这事算是翻篇了。

蒋尧感叹:"他们根本不知道自己的言行有问题,要不是你心理素质强,估计要抑郁。"

说这话的时候,他们俩坐在宿舍楼的天台吹晚风。天空很暗,也很开阔,一望无际。尹澈望着底下缩小的教学楼,闭上眼,感受风。

其实他的心理素质也没多好。只不过是知道,他的朋友永远会无条件地相信他、接纳他而已。他永远有退路,自然也就不怕往前。

校园新闻热度升得快降得也快,没多久,贴吧里又换了一个新的热议话题:一中的七十周年校庆。

但在校庆之前,高三学生更期待另一个活动:成人礼。

一中的成人仪式就在本校举行,"张教主"抠得一点上课时间都不肯占用,非得挑在周末办。于是周五晚上,多数住宿生都没回家。

尹澈跟家里打电话说完这事,还被乔婉云怀疑了:"小澈,真有成人仪式?你不会只是单纯地不想回家吧?"

"……妈,真的有,不信你问我们班主任。"

第十一章 奇迹

乔婉云这才信了,又叮嘱了几句,这才挂断电话。

尹澈瞥了书桌前的人一眼,蒋尧正老老实实地看着手机。

"章可他们在群里说,明晚出去吃,班长请客,去吗?"蒋尧问。

尹澈打开群聊,正好看到群里在报名,已经有十几个人参加了。

"去吧。"

这种活动,去一次少一次,再不去,以后想去也没机会了。

周六一早,住宿生从自己寝室出发,下楼到达操场,参加学校举办的成人仪式。

"不是吧,这么简陋啊?"章可大失所望。

主席台上摆放着一排校领导坐的桌椅,铺着红布,摆着鲜花,上方拉着一条长长的横幅,上面写着:

我们成年了!

除此之外,啥都没有。

章可:"好歹送我们点成年礼物吧?"

韩梦:"你当是结婚仪式啊?还给你发喜糖?"

蒋尧:"说到结婚……"

章可、韩梦:"你闭嘴!"

蒋尧:"……"

仪式流程没什么花头,先是校长讲话,然后是学生代表讲话。蒋尧会上台是所有人都没想到的。

"啊?我说尧哥今天怎么突然穿了正装,瞒得够严啊。"

"不得不说人靠衣装,看着还挺人模狗样。"

"这是我尧哥吗?我都认不出来了。"

尹澈越过人群,越过这些声音,望着主席台上的男生。高大、挺拔,服帖的西装外套下是干净的白衬衫和一丝不苟的领带。演讲时的声音有些低沉,给人很稳重的感觉,偶尔露出一个微笑,阳光灿烂、温暖无边。

台下很多学生在兴奋地低语,也有不少人望向高三(1)班队列末尾的那个男生。神色冷淡、一声不响、目光专注地落在主席台上的人身上。

他们一个像夏天,一个像冬天。

明明应该相斥,却奇妙地成了好友。

蒋尧演讲完下台,底下的掌声比校长讲话时还热烈,甚至有人欢呼喝彩:"帅呆了!"引来一阵哄笑。

他们的十八岁,高中生涯的最后一年,同时也是迈向崭新人生的起点,正如这个春日,充满无限生机。

很多年后,这次成人礼上官方、枯燥的演讲内容已无人记得,但鲜红的横幅上"我们成年了"那五个大字,却依然鲜亮醒目地印在脑海里。

正如他们闪闪发光的青春。

晚上,一中附近的小饭店被高三学生包了场。

陈莹莹:"幸亏我有先见之明,昨天就订好了。"

韩梦:"那是,先敬我们机智的班长一杯!"

郭志雄大笑:"老韩,厉害啊,喝可乐都能喝出啤酒的感觉啊!"

高三(1)班几十号人坐满了小饭店的五六张桌子,几乎把店里的菜点了个遍,男生女生都吵吵闹闹的,洋溢着他们这个年纪应该有的青春的气息。

章可越过桌子问:"澈哥,你喝什么?"

"他喝橙汁。"蒋尧坐在吵闹的男生堆里,也不知道怎么听见的,替他回了。

尹澈站起来,自己拿了罐可乐,朝章可扬手:"我喝这个。"

坐下没一分钟,手机就来了条消息:

"你身体刚恢复,别喝碳酸饮料了。"

第十一章 奇迹

尹澈单手拉开可乐罐的拉环，朝另一桌看过来的某人挑眉。

章可："澈哥，我敬你一杯！没有你的笔记，就没有我章可今天！"

陈莹莹乐了："喝可乐算什么敬酒？"

章可："我以可乐代酒，这叫仪式感。"

一伙男生吵嚷着叫嚣着，店里闹腾得不行，倒是平时最嚣张的那个安安静静。

"顶多喝一罐啊。"

尹澈看见消息，朝另一桌瞥了眼。

"管好你自己。"

饭吃到一半，陈莹莹出去接了个电话，回来带回一个噩耗："老吴要来。"

周浩亮吓得差点从椅子上摔下去："他来干吗？给我们点自由吧！"

郭志雄："他今天已经给我们灌了那么多'鸡汤'了，还没说够啊？"

连杨亦乐都说："这不太合适吧……"

但再不情愿，也不能真的打电话去回绝老师，于是吴国钟进店时，只看到满桌子的菜和饮料，几十号学生在小饭店里安安静静地吃饭，吃出了西餐厅的优雅氛围。

吴国钟也是过来人，哪儿能不知道这些孩子到底在做什么想什么，直白地说："别慌，我给你们准备了礼物，听说你们都在这儿就过来了。给完就走，不耽误你们年轻人继续玩。"

众人暗暗松了口气，一一接过吴国钟给的信封。里面没有信，只有几张照片。

从高一到高三，运动会的、游园会的、春游的……还有今早成人礼的。有的是自己的单独特写，有的是集体大合照，每个人拿到的都不一样。

吴国钟:"多数是陈莹莹拍的,也有我拍的,可能有些拍糊了,大家体谅一下,老师年纪大了手抖。"

和刚才故作安静不一样,店里彻底安静了下来。薄薄的几张照片,分量却很沉,承载着三年的回忆。没人开口,有的人看了一会儿,眼眶便红了。

为了缓解现在的氛围,章可举杯:"别感伤了,我们不是还没毕业嘛!来!老吴!咱哥俩喝一杯!"

"……"

店里瞬间寂静得落针可闻。

"噗。"有人忍不住笑出了声。

紧接着,笑声越来越多,大家都笑得停不下来,吴国钟也无奈地笑:"你们这些孩子……"

最后,章可如愿以偿地跟他的"好哥俩"碰了杯,吴国钟离开时,他还高声喊:"老吴!以后少默写!知道吗?对你的学生好一点!一天不默写不会死!"

吴国钟出饭店的脚步踉跄了一下。

郭志雄:"不默写会不会死我不知道,但章可过完今晚一定会'死'。"

周浩亮:"很难不赞同。"

饭吃得差不多了,到了最后的收尾环节,韩梦忽然坐到陈莹莹旁边:"你……"

陈莹莹没听清:"啥?"

韩梦趴在桌上:"你要考哪所大学啊……"

"我考哪所关你什么事?"

"你考哪所我也考哪所……"

陈莹莹愣住,脸色慢慢变红。

周围人有的继续闲聊吹牛,有的看着照片感慨,很多平日里不好意思说的话、没胆量说的话,都趁着今天,趁着兴奋,不吐不快。

第十一章 奇迹

都想做点大胆放肆的事。

在这个特殊的日子里,借着特殊情绪的掩饰。

可乐罐举到一半,尹澈的手腕被人扣住,罐口洒出了几滴。

蒋尧手撑着桌子:"少喝点,回去看书吧。"

有人看见了他俩的动作:"尧哥干吗呀?欺负我们澈哥?"

蒋尧笑了笑:"你们吃着,我先带他回去。"

"再多待一会儿呗!"

蒋尧拉起尹澈,向着同学们摆了摆手:"走了。"

周末夜晚的校园不怎么宁静。

外出的学生陆陆续续回校,寝室楼里逐渐嘈杂。

高三(1)班的聚餐也结束了,郭志雄扶着章可,大嗓门老远就能听见:"我警告你别吐啊!我这双球鞋新买的!"

本来大家都没喝酒,章可和班长说了几句话后,就死缠烂打地非要喝啤酒,大家拗不过他,就给他要了一罐酒精浓度为3%的果饮,结果就变成了现在这样。

章可嗓门比他还大:"你是谁?为什么要劫持我?准备问我家里要多少钱?少于五百万我不回去,我告诉你!"

郭志雄:"我真拿你没办法!"

章可被他拖到宿舍门口,扒着门死活不进:"你们是不是要撕票,我还不想死啊!呜呜呜呜……"

郭志雄一身武力也制不住这"小疯子",无奈之下,只好去其他寝室喊帮手,走之前恶狠狠地叮嘱章可:"好好待着!别乱跑!"

宿舍楼里已经过了熄灯的点,还是很吵,兴许是今晚难得的放松时光让高三学生得以喘口气,燃起了倾诉欲。

夜深月悬,兴奋聒噪的学生终于累了,宿舍楼逐渐恢复宁静。凉凉的月光照进306宿舍里。

"睡吧,明天周日,可以睡个懒觉。"

"晚安。"

成人礼上校长枯燥的讲话没能唤起的离别情绪,到了校庆那天,反而开始咕噜咕噜冒出来。

高三依然是被"特别优待"的年级,什么都不用准备,干看着高一高二的学弟学妹们热火朝天地准备校庆布置、校庆义卖、校庆节目。

"为什么我们去年校庆没这么多活动啊?"章可酸得不行。

陈莹莹:"今年是七十周年,当然要大张旗鼓地办。"

"唉,我们怎么这么惨……"

明明仍身在学校,学校却仿佛已经将他们视作了外人,也确实马上就要告别学校了。

少年人还不擅长面对离别,借着抱怨,借着牢骚,抒发一些不知该如何纾解的情绪。

好在学校留了半分仁慈,允许高三的学生参与校庆当天下午的义卖会。于是学生们纷纷趁机清"库存",将自己不需要的东西捐出来义卖。多数是些买了但一个字都没写的全新习题书,也有一些堆放在教室和宿舍里不知道该如何处理的小玩意儿。

每个高三班级的摊位上都摆了一大堆东西,都是沉甸甸的回忆。

高三(1)班同学早早在林荫大道旁占好了优势地理位置,义卖一开始,立马吆喝揽客,吸引了不少人来围观。

"这条裙子好漂亮啊。"一女生拿起桌上的裙子,往自己身上比画,"嗯?怎么尺码这么大……"

"不好意思,这是我的。"郭志雄尴尬地挠头。

女生默默放下了裙子。

韩梦掏出一条一模一样的:"我的尺码比他小,要不要拿我的?当长裙穿应该没问题。"

女生默默后退一步。

第十一章 奇迹

"不是你想的那样……这是我们班去年游园会活动的衣服。"韩梦解释。

陈莹莹："你吓到人家了。"

"……好吧，哎不是，班长你那条怎么不拿出来卖？难道你想留着自己穿？"

陈莹莹昂首："不行吗？你不是说过我穿得好看？"

韩梦愣了愣："你还记得啊？"

"我记性好着呢，不像某些人。"陈莹莹嘟哝，"还说要跟我考一所大学，结果到今天也不来问我……"

蒋尧抱了一袋子书过来，扔到摊位桌子上，拎起领子扇风："收拾了半天，我都不知道我有这么多乱七八糟的书，真够沉的，老韩，你……你怎么了？脸这么红？"

韩梦一扭头："讨厌，别看我。"接着咬咬牙，"帮忙看一下摊位。"

"行，你干什么去？"

"我跟班长有事要说。"韩梦拉着陈莹莹就走，陈莹莹什么都没说，就跟着走了。

"他们俩怎么怪怪的？"郭志雄疑惑。

"不该问的别问。"蒋尧将自己的书一本本拿出来摆好，抓起袋子转身往回走，冷不防地，撞上一个人。

尹澈揉揉自己的额头，瞪他一眼。

蒋尧接过他手里的东西："不是说了我回来帮你拿吗？你在寝室等我就行。"

"没多少东西，我拿得动。"

尹澈的袋子里装的不是书，而是他做的一些小手工，谈不上多精美，但在义卖展上也算稀罕物了。他一边往桌上摆，一边就有路过的学生惊叹："这是……尹澈做的？"

蒋尧笑着推销："是啊，我同桌心灵手巧吧？要不要买一个？给你们打折。"

路过的学生连连点头,仔细看着尹澈做的每一件手工品。

这时,尹泽和白语薇刚好走过来,白语薇弯腰看桌上的手工小玩意儿:"哇,做得好好。"

尹澈:"你要哪个?我送你。"

"不用不用,我买吧,反正这钱要捐出去的,就当做好事了。让我看看……欸,这条手绳编得不错,我戴戴看。"

尹澈拿起来递给她,却被尹泽先一步抢走:"换个别的。"

白语薇皱眉:"又不用你买,为什么不让我试?"

尹澈有点意外,白语薇平时看起来温温柔柔的,原来也有这样强势的一面。

尹泽纠结了一会儿,在要面子和不惹朋友生气之间选择了后者,小声咕哝:"姓蒋的手上也有一条,你……别跟他同款。"

白语薇了然:"你早说嘛,我刚没注意,那就算啦。"

尹泽又高兴了:"不过我哥做得确实好看,你再看看其他的,要什么我给你买。"

白语薇最后挑了一个羊毛毡小猫和一个木头笔筒,坚持自己付,给了五十块。

"你弟还挺听她话。"等他们俩走了,蒋尧笑道,"这才像一个男人的样子。"

尹澈:"什么样子?"

蒋尧:"跟我一样,很帅的样子。"

尹澈刚抬起腿,郭志雄和章可立刻用身躯护住摊位上的若干物件:"澈哥!要打请走远点打!不要伤及无辜!"

"……"

义卖时间过半,高三(1)班摊位上的东西也卖出了大半,不只在校学生来买,很多返校参加校庆的校友也买了不少,带回家当作纪念。

第十一章 奇迹

"八百六……八百八……"章可清点着盒子里的现金,"赚好多啊,可惜不能当作班费。"

尹澈:"这是要捐出去的,不能拿。"

"我知道,开玩笑嘛。"

"嗯。"尹澈收回目光,看着桌上的东西皱眉。

蒋尧注意到了:"怎么了?"

"这些卖不出的……是不是做得太难看了?"

蒋尧点头:"确实比不上卖出去的那些。"

章可:"……尧哥,你能和澈哥成为朋友可真是一个奇迹。"

"那当然,你不知道我吃了多少苦。"蒋尧浑然不觉,接着说,"别担心,我有办法把这些卖出去。"

尹澈:"什么办法?"

蒋尧:"我去把我做的那些拿过来一起卖,对比之下,你这些就显得好看多了。"

"……"

章可竖起大拇指:"这主意真妙。"

"我马上回来。"蒋尧拿起袋子就往宿舍楼走。

林荫大道离宿舍楼不远,他步子大,很快将喧嚣甩在了身后。

回到宿舍,他从自己书架上随便拿了些以前做的手工小玩意儿,扔进袋子里,也不管会不会砸坏。

——反正原本就破破烂烂的。

扎好袋子,转身正要走,余光忽然瞥见尹澈床底下散落着一些小东西。

蒋尧蹲下去看,原来是尹澈装星星的罐子,上次不小心被打翻了掉出来的星星,零零散散的几颗,小巧可爱。还以为全都装回罐子里去了,没想到仍有漏网之鱼。

蒋尧趴下,伸长手将那几颗星星扒拉了出来,星星基本完好无损,只有一颗凹进去了一块,应该是掉下书桌的时候撞了角。他试图

理我一下

把那个角复原,然而越弄越凹,最后整颗星星都扁了。

……他这手怕不是真的被诅咒过。

没办法,只好拆开重新折。

好在他虽然动手能力差,但记性不差,仍记得之前尹澈教的星星折法。于是先找到头,拆开星星,一点点展开长条纸——

一个字忽然跃入眼帘。

然后是两个、三个……直到句号出现。

蒋尧愣了愣。

里面居然藏着一句话。

他以前猜过这些星星里会不会藏着尹澈的小心愿,但从这句话看来,似乎不是心愿:

最后一次期末考,没考成,不知道有没有下次了。

字迹清秀,落笔稳当,但光看这句话,有点莫名其妙。

蒋尧好奇心直往上蹿,特别想把剩下的都拆开,然而这么做需要先征求许可,于是发了条信息:"我好像知道你星星里的小秘密了。"用了略微狡猾的措辞。

尹澈过了一分钟才回:"知道就知道了。"

意思是,没关系,可以看?

蒋尧立刻放心大胆地取下对面书架上的星星罐子,拧开盖,一股脑儿地往桌上一倒,星星哗啦啦散开一大片。

他从最底下的开始拆,果然,每颗星星里都藏着一句话——

最后一次给阿泽送生日礼物,他不要。

最后一个同桌了吧,他也讨厌我。

最后一年参加社团,总算不是一个人了。

最后一年陪爸妈,想每周都回家,但阿泽会生气。

第十一章 奇迹

最后一次参加运动会,想拿个第一。

…………

根据时间线,最早的星星折于高一下学期的期末考之后。

蒋尧稍微捋一捋,就明白怎么回事了。

他那年考试晕倒被送医院之后,知道自己的生命大概只剩下一年了,于是用折星星的方式,记录人生中的种种"最后一次"。

真是个把所有遗憾难过都藏在心里的小兔子。

星星太多,一时半会儿拆不完,蒋尧抹了把脸,打算再看几颗最近折的就走。

又一颗星星被拆开,然而这次,却和之前的都不一样。

高三(1)班的摊位只剩下一些被挑剩的东西,客人越来越少,章可急了:"尧哥怎么还不回来?班长和老韩也不知道去哪儿了,半天不回来……澈哥,只剩我们几个相依为命了。"

尹澈没怎么听他的话,微微出神。

蒋尧似乎看到他星星里的那些内容了……有点尴尬。会不会觉得他很矫情?没事记录这么多琐碎的东西……正胡思乱想着,面前投下一片阴影。

章可一愣:"尧哥,你打哪儿冒出来的?瞬间移动吗?"

蒋尧没答话,将手里攥着的一把长条纸啪地一下拍在桌上,字面朝下。

尹澈被这动静震了震,回神看他。蒋尧没笑,抿着唇,脸色冷峻,看起来好像不太高兴。

尹澈想起来,自己曾写过一些关于蒋尧的不太好听的话,在他们吵架期间。虽然只有一两条,但也挺伤人的,蒋尧可能是看到了,所以不高兴。

"这些,我拆开的,重新折。"蒋尧沉声说。

尹澈一怔，不明白为什么因这点小事搞得杀气腾腾的："哦……"

蒋尧还没说完，俯身凑近他，直视着他的双眼，说："折一颗，把上面的话念一遍。"

尹澈愣了愣，随即意识到这些字条上写的可能不全是关于蒋尧的坏话。

"……不要。"

蒋尧盯得更紧，语气更狠："敢写不敢念？"

尹澈扭头："别逼我踹你。"

章可就听见了这句，立刻往旁边一闪，躲进郭志雄怀里："腿下留情！别踹到我们！"

郭志雄一听尹澈要踹人，吓得也往旁边一跳，差点把刚回摊位的韩梦撞飞。

"离我远一点啦！"

郭志雄："对不起对不起！"

章可："你俩干什么去了？半天都没人影，班长，你不以身作则啊。"

陈莹莹一开口，霸气依旧："都别给我闲着啊，一会儿老吴来视察。"

说是视察，吴国钟拿了个保温杯和小相机就过来了，笑呵呵地说："来，去林荫大道口给你们拍一张，其他同学都等着了，把你们找齐可真不容易。"

反正摊位上也没什么值钱的东西，章可喊隔壁班的帮忙看一会儿，一伙人就跟着老吴走了。

尹澈被某人缠住，低着头往前走。

"先念这一条，行吗？"蒋尧硬的不行来软的，摊开手心，将星星纸上的内容展示在他眼前。

"自己看。"尹澈混入班级拍照的队伍里，站到最后一排的最右侧，目不斜视。蒋尧站到他旁边。

第十一章 奇迹

"其实你念不念都行,我就是太开心了。"蒋尧望着前方的镜头,微笑,"感觉很不真实,这里面好多话,我从来没听你对我说过,想确认自己不是在做梦。"

尹澈侧目看他,正好对上同样投过来的目光。

春风微暖,吹起发丝,大道两旁的梧桐树叶沙沙作响,他们身处的空地一片阳光。

忽略了身后的教学楼,校园的喧嚣,同学嘻嘻哈哈的笑声,以及老师的高喊"三!二!一!"

咔嚓!

一切灿烂美好都被定格在这个瞬间。

"……你没有做梦。"

他也没有做梦,他抓住了一个奇迹,这个奇迹也留住了他。

蒋尧的手中攥着那几条星星纸,上面没有"最后",只有"第一次"。

  第一次觉得过年这么开心。
  第一次感受到友谊的温暖。
  第一次这么想活下去。
  …………

所有的"第一次",都始于某一天。

他第一次这么相信一个奇迹。

这个奇迹,叫蒋尧。

——正文完——

番外一
毕业旅行

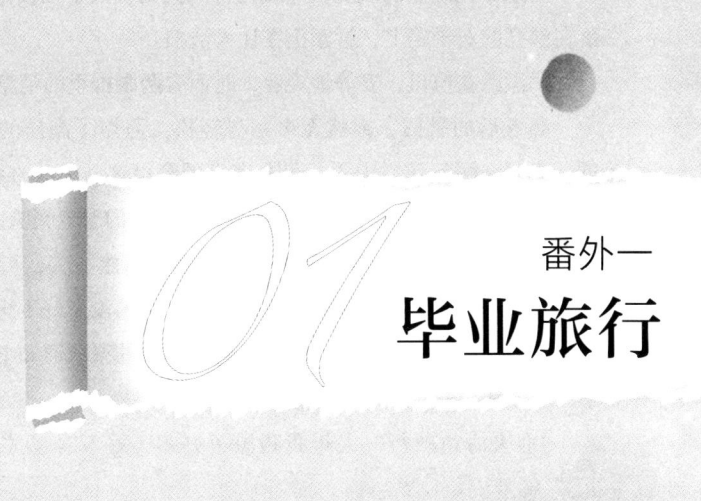

六月末。

一场小台风登陆了东城沿海地区，带着天空中的云转了几个圈儿，将海水刮起一层层翻涌的浪花，下了大半夜雷雨，第二天日出后，气温陡然增高了不少。

尹家小花园里的玫瑰被昨夜的台风大雨摧残了几枝，惨兮兮地滚落在湿亮的石子路上，管家正在让人清扫。

尹澈趴在窗口，安静地观看，时而看两眼群里的消息。

高考后的暑假，突然无事一身轻松，习惯了高压的学生闲散了近一个月，耐不住空虚了，最会来事的章可这几天一直在群里呐喊："我们去毕业旅行吧！"像一个只会重复话语的录音喇叭。

高考前，大家确实约定了考完试后一起旅行去，可惜计划赶不上变化，一考完，有的跟家人去旅行了，有的没考好不想出门了，各种各样的原因，一拖再拖，眼看着各个院校的录取通知书都快寄出来了，他们还没商量好去哪儿旅行。

"别去海边就行，去年我晒黑了好多，好不容易才白回来一点儿。"韩梦说。

郭志雄："那去爬山？"

陈莹莹："就他那体力，爬山？"

韩梦："就是，还是莹莹懂我。"

陈莹莹："嗯？"

章可："自从你俩毕业了决定要在一起之后，我已经对'秀恩爱'

这件事免疫了。"

蒋尧不知打哪儿冒出来:"就是。"

尹澈看见他回话,点击头像私戳他:"不是说睡了吗?"

发出去的消息的上一条,是蒋尧半小时前说的"晚安",附带一个小表情。

毕业后,他们已经一个多月没见过面了。

考完一放假,蒋尧就被他爸带去了德国看望爷爷奶奶,根据他爸的意思,这三年为了不打扰他学习,一直没让他寒暑假一起去德国,现在考完试有时间了,于情于理都该回去一趟。

根据蒋尧的意思,他爸纯粹是想让他去干苦力。

"一定是我爷爷奶奶花园的地又要翻新了,他故意把我绑走!我就是他廉价的劳动力!尹澈,你要等我回来!"

尹澈收到这条消息后,给蒋尧打了个电话,显示已关机,十二个小时后才打通,也没多说什么,就问了哪天回来。

原本说是两个星期,结果爷爷奶奶太久没见孙子,硬是拉着蒋尧多住了几天,盛情难却。德国与国内有七个小时时差,彼此又有各自的家人要陪,他们能聊天的时间很有限,不过昨晚打雷下雨,蒋尧开着视频陪他聊了一晚上,直到他睡着。

"刚被我家猫吵醒了,非要钻我被窝里睡。"蒋尧发了一个无奈的表情。

"哦。"尹澈回完,看了会儿那个略显冷淡的字,追加道,"下周五,我去机场接你。"

蒋尧立刻回:"别,你会撞见我爸的。"

"那又怎样?"

"我怕他抖出我以前的黑历史!"

"你本来也不完美。"

"哪里不完美?你说。"

尹澈的手指在键盘上停顿半天,动起来:"你快睡,已经一点了。"

结束了聊天,切回班级群,章可已不再是孤军奋战,拥有了好几位盟友,在群里继续游说大家一块儿去毕业旅行。

该项计划宣传了多日,直到不得不订机票那天,章可一共说服了十来位同学参与。某人明面上没怎么吭声,私底下却相当关注支持。私信不断,尹澈不胜其烦,回:"知道了,本来就打算去的。"

蒋尧:"真好,又可以一起玩了。"

尹澈收到这条消息时,正准备关灯睡觉。尹澈盯着蒋尧最后发来的消息。

半个字都没提月末他的生日,估计是忘得一干二净了。

也好,尹澈心道,下次可以拿这件事说说他。

周五,乔婉云亲自送自家儿子去机场。

尹澈坐在后排,有一搭没一搭地跟他妈聊天,主要是他妈妈在絮絮叨叨:"我跟你爸商量了一下,学校的宿舍还是太简陋,打算在学校边上买套房,再请个阿姨,给你做饭、打扫家务,你就安安心心读书吧。"

尹澈无奈:"妈,我没那么娇气,以前在高中住宿舍不也好好的。"

"不一样,我打听过了,你们大学的食堂饭菜口味比较重,万一吃不惯怎么办?宿舍也是随机分的,万一分到不好相处的同学怎么办?"

"那就租房吧,阿姨不用请了,我和蒋尧会照顾好自己的。"

"你俩关系好我知道,但他那做饭水平……"乔婉云欲言又止。

尹澈也不知道该怎么接。过年那次之后,蒋尧又来他家登门造访过几次,某天晚上兴致勃勃地说要露一手,乔婉云和尹权泰都颇感惊喜,这年头会做饭的男生可不多,在餐厅静等晚餐端上桌。

后来的事就不必再提了,用尹泽的话来说就是:"我是看在我哥的面子上才没当场吐出来,懂?"

连尹澈的爸妈都露出一言难尽的表情,蒋尧再自信也不至于如此盲目,很是沮丧了一阵,信誓旦旦地扬言要提升厨艺,至今仍未看到成效。

"没关系,我可以自己做。"尹澈道,"别折腾,只是读个书而已。"

乔婉云只得作罢。

去机场的路上稍微堵了一会儿,到的时候刚好赶上航班,尹澈没来得及跟他妈妈道别太久,匆忙进了安检。反正只去五天,航程也就三个小时,相比起从德国直飞旅行目的地的蒋尧,他的飞行时间几乎就是一场午憩的事。

飞机起降平稳,一部电影看完,飞机准时到达了目的地。

尹澈摘下耳机,跟着人流往外走,他一身轻便,没带多余的行李,径直前往出口。如果蒋尧的航班没有晚点,一个小时后就能见到他那阔别一个月的前同桌了。

机场大厅内人群来往,没有一处安静的地方,尹澈默默穿行其中,走到标记国外到达的出口,看了一眼航班时刻表,没想到德国来的航班不仅没晚点,还提前了半小时。于是他打消了找个餐厅坐一坐的念头,和其他来接亲属朋友的人一起,趴在出口处的栏杆边上,等待着磨砂玻璃后走出一道熟悉的身影。

飞机落地后乘客大约仍需要半小时才能出来,尹澈等得发起了呆,抬头望过去——

刚走出的蒋尧的视线也精准无误地一下锁定了他。

尹澈忍不住笑了,蒋尧的眼睛一亮,迅速上前一步,却被人攥着后衣领拽了回去。

尹澈看清蒋尧身后的人,立即敛笑放下手,毕恭毕敬地站直了。

"看见谁了啊……哦,原来是你的同桌。"

汪小柔惊呼:"什么!哥哥,来接你的人是尹哥哥啊!"

另一位推着行李车出来的高大男人摸了摸她的脑袋:"小柔,你也认识？"

"认识啊，以前见过的！"

蒋尧已经挣脱束缚，飞奔向了他的同桌："尹澈！"

尹澈无视蒋尧，仍旧保持一副严肃的模样，朝走到自己面前的两人鞠了个躬："您好，我叫尹澈。"

稳重礼貌，不冷淡也不过度热情，把握在长辈最喜欢的分寸上。

蒋尧揽住他的肩："我爸非要跟我一起来，还不让我告诉你。"

两人做了个简单的自我介绍，蒋尧的爸爸叫蒋少琰，也就是上次在体育器材室踹开门救了尹澈的那位，长得很惹眼，气场嚣张，过目难忘。旁边站着的是蒋尧的干爹。

尹澈忍不住多看了两眼。

汪哲注意到他的视线，微笑："怎么了，小澈？"

语气亲切温柔，尹澈心里一暖，真诚道："没什么，您本人比上次电话视频里更帅。"

蒋尧："嗯？"

"哎……"汪哲微微红了脸，"没想到被个小朋友夸了。"

蒋少琰："别得意忘形。"

"我哪有……"

两人在前方开路，汪小柔跟在她哥身旁边走边聊，对他们俩成为好友的经历十分好奇。尹澈听着蒋尧夸大其词的描述，没怎么进耳朵，低头往前走。

"你尹哥哥那次摔得好惨，手心都破皮了，我背他去医务室的时候看到他手在流血，我——"

汪小柔："然后呢然后呢？"

"……然后，我就帮他消毒……"

一路回酒店，大抵是一个月没见了，蒋尧兴奋得一路上嘴就没停过，反观尹澈，安安静静地坐着，只听，不说话。

下车时，蒋尧拉着尹澈就走："爸，我们先上去了。"

蒋少琰笑着："小朋友，要不要来我房间听听这臭小子小时候的事？"

尹澈眼里露出好奇，可蒋尧迅速将他拉进了电梯，狂按关门键。

"他们只跟我们住一晚，明天我们去跟章可他们会合，我爸和我干爹有其他行程，我们各玩各的，不用管他们。"

尹澈："这样不太好吧。"

蒋尧："我爸想找个地方度假，我干爹恰好到这里出差就一起来了。"

尹澈："他俩看着好年轻，好像就二三十岁。"

蒋尧："……本来也不老。"

尹澈："你爸……"

"打住！"蒋尧道，"我们已经一个月没见面了，你就没有什么话想问我吗？"

尹澈想了想，摇头。

电梯门叮的一声开了，蒋尧推着行李出去，来到房门口，用密码解锁，推门进去。

尹澈笑了："你长得好像你爸。"

蒋尧挑眉："他有我帅？"

"不是，我只是觉得，看到你爹，好像就能预见你十几年后的样子。"

彻底褪去少年气，轮廓变得硬朗，长相愈发成熟英俊，气质愈发沉稳有担当，青年时代的蒋尧大概就是这样了……

"是不是很帅气？"蒋少琰倚靠在门框上，玩味地笑。

突如其来的一声，吓到了尹澈。

"你们在说什么？门都不关。"

蒋尧："……没什么。爸，你有事吗？没事我关门了。"

"有事，小柔吵着要睡你们房间，和你们玩，你把她领过去吧。"

"行吧。"蒋尧毕竟是个妹控,汪小柔提出的要求,他基本有求必应。

"委屈你了,尹澈,我妹话有点多。明天我妹就跟着我爸走了!"

汪小柔一见她哥就扒着不肯放。十二三岁正是懵懂又对未来充满幻想的年纪,非要八卦他们上学时候的事情。蒋尧带她回房,尹澈跟着他走,忽然被叫住:"小澈留下。"

蒋尧唰地转身,高度紧张:"爸,你想干吗?"

"随便聊聊而已。"

"……"

汪哲笑道:"真的就聊聊,一会儿就让他回去。"

有他干爹在,蒋尧稍稍安心,拉着汪小柔一步三回头,千叮咛万嘱咐:"爸,嘴下留情。"

蒋少琰郑重点头:"放心吧,你好歹是我亲生的。"

蒋尧感动万分:"我长这么大第一次觉得这句话是真的。"

门关上,房内剩余三人。

蒋少琰坐到床边,开口:"小朋友,我跟你说,我这儿子,幼儿园的时候就非常调皮……"

尹澈"扑哧"笑出来:"我知道。"

蒋少琰扬眉:"哦?你居然知道这个,那你知不知道,他初中……"

蒋少琰一口气将自家儿子从幼儿园到高二转学前的事都说了,接过汪哲适时递来的一杯温水,一饮而尽。

"以上,就是他全部的糗事。"

尹澈一看表,一个小时过去了。

"说这些不是为了挖他黑历史,你毕竟是他最好的朋友,所以我觉得,作为朋友,你有权知道这些。"蒋少琰闲散地靠在沙发上,"其次吧,这小子随我的缺点……"

"脾气太躁,性子又直,还很固执。我以前总被老师叫到学校去教育，看到他就想揍他。

"还好，他现在总算没那么浑了。看到他现在终于有点稳重的样子了，我当然高兴，你们以后还要一起上大学，应该会成为一辈子好友，多了解一些对方的事会比较好。"

尹澈沉默片刻，微皱着眉，开口："嗯，谢谢您。我对他这些过往确实了解得不多，但是，我觉得有一点您说错了……"

隔壁房间。

蒋尧叫酒店客服送来了一份果盘，躺到床上，汪小柔则盘腿窝在沙发里，用叉子叉起一块菠萝送进嘴里，鼓着腮帮子问："然后尹哥哥就和你一起把坏人送进警察局了？"

"对，你哥我还有你尹哥哥是不是特厉害？"

"对，超级厉害！"汪小柔放下叉子，激动地从沙发跳到床上，"哥哥，你太帅了……咦，哥哥你在看什么呀？蛋糕制作……"

蒋尧迅速按了锁屏，用胳膊肘推她："问这么多干什么？总之你哥最终和你尹哥哥成了最好的哥们，还一起惩治了坏人，好了，故事到此结束。你赶紧去洗澡，早点睡。"

汪小柔嘟嘴："小气……"不情不愿地下床拿起自己的衣服，进了浴室。

这时恰好房门打开，尹澈回来了。蒋尧朝他苦笑："我妹好像进入青春期了，越来越大没小。"

尹澈看他一眼，走到自己的行李箱旁，翻找了一会儿，问："我的睡衣呢？"

"浴室里，给你挂着了，我妹在洗，你等会儿吧。"

"嗯。"尹澈倒了杯水，咕咚咕咚喝完。

空气寂静了三秒。

蒋尧脑中敏锐的危机雷达突然发出警报，噌地坐直："我爸是不是跟你说我坏话了？"

咚！尹澈放下空杯子，玻璃敲在实木桌上，一声重响，蒋尧的身形跟着一震。

"没什么，就一些家常和叮嘱。"尹澈坐下，看着两张床，冷不防地问，"你妹今晚跟谁睡？"

蒋尧暂时把疑虑搁一边，回："让她一个人睡一张床吧，都这么大了，和我睡也不方便。"

"那我们两个睡一张？"

"单人床太挤，不舒服，你睡吧，我刚看到橱柜里还有一床被子，一会儿铺地上，将就一晚。"

"你还不如再开一间，应该还有空房。"

"不用了，就不折腾了。"

尹澈听后"嗯"了一声，垂着眼不知道在想什么。

蒋尧把果盘端过去："怎么了……心情不好？要吃点水果吗？"

尹澈看了看："葡萄。"

"好。"蒋尧立即把葡萄递过去。

"挺甜的。"

这时，浴室里传来汪小柔的声音："哥！我洗好啦！你们洗吧！"

"知道了，马上来。"

汪小柔出来后，他们俩也先后洗了澡。蒋尧在两床之间的地板上铺了层被子，一折为二，一半垫在身下，一半盖在身上。

"我关灯了哦，给你们留个夜灯。"他关完灯躺下，对两人说，"晚安。"

次日清晨。

天刚蒙蒙亮，一阵催命似的铃声骤然炸响，房间里三个人都瞬间惊醒。

"哥，关闹铃……"汪小柔迷迷糊糊地喊。

蒋尧眯着眼抓抓凌乱的头发，拿起床头柜上的手机："不是闹铃，是我同学。"

番外一 毕业旅行

他起床轻手轻脚地拉开落地玻璃门，去阳台接了。章可在电话那头嚷嚷说自己正准备登机，三小时后到，问他在哪儿碰头。

"你直接去酒店吧，班长他们已经到了，我们现在在机场附近的商务酒店，等退房之后去找你们。"

章可："你和澈哥提早一天到了？你怎么声音这么哑？生病了？"

"没睡好而已。"

酒店退房时间是中午十一点，汪小柔昨天倒了时差，作息不规律，睡到十点才起，打着哈欠洗漱去了。

尹澈坐在床边，端着温热的牛奶杯小口小口地喝，看着蒋尧加热汪小柔那份凉掉的早餐，接着翻找汪小柔的行李箱，拿出今天去游玩要穿的白色纱裙，甚至搭配好了鞋子和头绳。

不得不说，蒋尧给妹妹挑衣服的品位还不错。

"你对你妹真贴心。"尹澈稍稍反省，同样身为哥哥，他好像还不够关心尹泽，心想不然一会儿去景点买些礼物带回去……

蒋尧关上汪小柔的行李箱，蹲着收拾自己的行李。

尹澈没听见回复，略感不对劲："喂。"

蒋尧继续埋头收拾，侧面看过去，眼皮垂着，神色冷淡。

"……喂。"尹澈抬脚轻踢他后背，"生气了？"

蒋尧："你昨晚不理我，我也不理你。"

尹澈一愣，笑了："幼不幼稚啊。"

蒋尧绷着脸："还嘲笑我，跟你没完，今天一天都不理你，从现在开始。"

"你认真的？"

蒋尧不说话，狠狠瞪他一眼。

大概意思是：我要报复你，但我没真生气。

奇怪的游戏。

汪小柔洗漱完出来神清气爽，想起昨晚未得到解答的困惑，吃早餐时好奇地问另一位当事人："尹哥哥，我哥说他第一次见到你的时候就被你踹了，为什么呀？"

尹澈瞥向某位正在折衣服的哥哥，似乎没注意这边的谈话，手里折着一件T恤，动作慢条斯理，仿佛一台迟缓的机器人。

"没有。"他回答，"因为我自己的一些原因，我当时不太喜欢被陌生人碰。"

蒋尧把T恤折成了方正的豆腐干，高高兴兴地随手扔进行李箱里，散作一团，和叠之前毫无区别。

退房时，前台帮忙叫了两辆车，顺便帮他们把行李箱抬进了后备厢。

汪哲拎着随身物品，笑笑："祝你们和同学玩得愉快，小澈，有空了再来找我们玩呀。"

尹澈点头，挥手道别："一定会的。"

蒋少琰若有所思地看着他："你昨晚说的话，认真的？"

"嗯。"

"啧，这小子走了什么狗屎运。"蒋少琰连连称奇，继而转身，潇洒离去，"走了，他欺负你的话，直接来找我，给你撑腰。"

三人先行上车，司机问清了目的地，朝着郊区的度假酒店驶去。

尹澈打开后一辆车的车门，往里坐，蒋尧坐到了副驾驶的位置，开着导航软件："师傅，去这个酒店，走高架，谢谢。"接着居然戴上了耳机。

尹澈缓缓眯起眼，膝盖狠狠顶了前座靠背一下。

蒋尧不为所动，甚至悠然自得地边听歌边刷手机。

尹澈伸手夺过他的手机，忽然发现，手机没连耳机。

倒是司机被他突如其来的举动吓了一跳，惊惶地透过后视镜打量他："怎……怎么了？"

"……没事。"

再看亮着的手机界面，是蛋糕的制作步骤。

"……"

番外一　毕业旅行

前座蒋尧的肩膀在抖,咳了两声:"唉,今天天气真好,想要一个夸奖。"

司机:"……你真棒?"

蒋尧:"……"

尹澈扔回手机,拿出自己的耳机,连上听歌,转头望向车窗外的郁郁葱葱。

六月末的阳光灿烂而不热烈,照在脸上刚刚好的温暖,不经意间眼睛被晃了一下,视线偏移,落到前方,只见车子右侧的后视镜里映着前座人的笑脸,冲他扬眉。

尹澈闭上眼,假装没看见,于是也没看见,后视镜里自己的嘴角翘得有多傻气。

从机场到度假酒店,刚好一小时车程。

他们订的这家酒店在市中心,普通的三星级,蒋少琰和乔婉云都提议过给他们升级五星级,但被自家孩子拒绝了,他们觉得自己毕竟是学生,花家里的钱出来玩,没必要搞得太铺张。

名为"毕业旅行小分队"的群里的同学已经差不多到齐了,正在叽叽喳喳地聊中午去哪儿吃饭。

蒋尧提着行李办好了入住手续,去房间放下行李,接着敲响了隔壁的门。

郭志雄的脚步声由远及近,一开门便献上一个大大的熊抱:"尧哥!好久不……天啊,你这黑眼圈怎么回事?抹的眼影啊?"

"你见过眼影抹下面的?"蒋尧看了一圈房间,"你说你跟浩亮住?你喜欢的女生呢?没有一起来吗?"

"她说她不是我们班的,毕业旅行就不凑热闹了……"

"真可怜。"

郭志雄:"尧哥,你和澈哥今天没吵架吧?"

说完,他看见尹澈手插兜,不置可否地冲着蒋尧"哼"了一声,然后离开了。

郭志雄瞬间懂了。等两人走后，迅速给群里人一个个私发消息："那两位吵架了！你们一会儿吃饭说话当心点！"

韩梦回："你怎么知道他们吵架了？亲眼看见的？"

郭志雄："不是！刚才澈哥在我们面前走过去，尧哥竟然没跟他打招呼！"

韩梦："那绝对是吵架了！而且肯定很严重！"

订的餐厅就在酒店五百米内，走路便到，路上有足够的余裕欣赏沿途景色。

这座沿海小城，以风景优美闻名全国，自然生态和老式建筑保护得很好，比起东城的现代化，这里更偏复古文艺，美食玩乐也堪称一绝，随便步入一条老巷就能发现多家十年以上的老店，走两步就是一家网红打卡店，游客一年四季都很多。

他们挑的餐厅在网上人气颇高，到了得先排队，前面还有三个大桌。店家为了缓解客人不耐烦的情绪，在店外摆了小桌，放了水果、花生和零食，可以随便吃。

"啊哈哈，大家先垫垫肚子吧。"韩梦道，"出来玩，放轻松一点嘛。"

对面两位"大佬"纹丝不动，从出门到现在一句话都没说过。

韩梦想退缩了，陈莹莹用力拧他胳膊，他只得硬着头皮继续上："那个……尧哥，吃水果？"

在他印象中，蒋尧是比较好搞定的那位，果然，蒋尧冷脸归冷脸，还是很给面子地拿了两粒葡萄，耐心地剥去皮。

自己吃了一颗，给身边人一颗。

众人屏息以待。

吃还是不吃？这是一个问题。如果吃，说明这两人和好了，如果不吃……

尹澈垂着眼，似乎在审视，也像在思索，半晌后，选择了伸手去接。

他接受了！众人内心欢呼，气氛终于要活跃起来了！不用提心吊胆了！愉悦的情绪在空气中流窜，彼此之间都从各自眼里看见了劫后余生般的喜悦。

——直到那粒葡萄突然转了个弯，进了蒋尧嘴里。

"不会吧，不会还有人不会自己剥葡萄吧？"

四周死一般的寂静。

章可已经做出随时准备逃跑的姿势，杨亦乐抱着书包瑟瑟发抖，郭志雄估算着自己的武力值是否足够劝架，韩梦则思考着掀翻桌子要不要赔钱的问题，并捂住了陈莹莹欲发声劝和的嘴。

蒋尧又剥了一粒葡萄扔进自己嘴里，优哉地说："让我帮人剥也不是不行，只要某位——"

"谢谢尧哥，"尹澈轻声道，"请帮我剥。"

"……"

这顿午饭吃得很满足。

直到走出店门，陈莹莹才惊觉："忘了拍照打卡！"

"算了算了，一会儿去景点拍吧。"韩梦说。

一行人商量下来，打算先去离酒店最近的一处古镇，坐公交二十分钟到。虽然还没开始放暑假，不是旅游旺季，但前往热门景点的公交车上的游客依然不少，他们在最后几站上车，只能摇摇晃晃地站着前往。

途中司机一个转弯，一群人东倒西歪，尹澈不小心被郭志雄撞了一肘子，踉跄后退，撞到身后的人。

郭志雄回头道歉，只见蒋尧一手拉着拉环，一手扶了一把尹澈，但是他们谁都没讲话。

气氛诡异得难以形容。

公交到站，游客陆陆续续下车，他们一行人随着大流，走两分钟便到了古镇的入口,放眼望去,建筑依然保留着传统样式,但内里都改造成了各种商铺,土特产店和工艺品店是最多的,另外还有跟古镇毫无关系的咖啡店和甜品店等等,纯粹是为了满足游客需求。

陈莹莹在入口的门楼下招呼大家一起合了张影,说:"咱们人太多了,各逛各的吧,四点回到这儿来集合,一起吃晚饭去。"

章可笑道:"班长,你这指挥的习惯改不掉啊。"

陈莹莹:"这叫一日为班长,终身为班长。"

于是大家就地解散,分成了几拨,迅速融入了熙熙攘攘的人群里。

尹澈谢绝了韩梦和章可等人的邀请,独自离开,想找家有沙发的咖啡店小憩一会儿,刚要拐进一条小巷,背包忽然被人一拽。

回头,蒋尧站在他面前,冲他抬抬下巴,转身朝另一个方向走。

尹澈跟在后头,困意烟消云散。

四周人来人往,都是模糊的背景板,视野中,只有那道背影是清晰的。

蒋尧带着他七拐八弯,最后进了一家蛋糕店。店内装修得很文艺,奶白色的墙纸与桌椅,仿佛钻进了牛奶盒里,也有点像婚礼现场。

蒋尧找了一处空的位子,安顿好尹澈,走向收银台。尹澈以为他要点蛋糕,不承想,交谈几句后,蒋尧竟被收银员带了进去。

里边是做蛋糕的后厨,只隔着一层玻璃,制作过程全透明化。原本在做蛋糕的老师傅往旁边让了让,腾出一半案板,还拿来了一套工作服。

蒋尧直接将工作服套在了T恤外面,纯白色的糕点师制服干净服帖,单排斜扣整齐利落,小立领显得脖子修长,宽肩窄腰,挺拔英气。

蒋尧将袖子翻上去两折,戴上手套,朝玻璃外的店内望了一眼。

来店的多数是结伴而来的女生,站在展示柜前挑蛋糕,结账时偶然抬起头，发现了玻璃后的男生，立即跟同伴咬耳朵，说话声音不算小，离得近的几桌都听见了，于是议论越传越远，越来越多的人注意到了正在搅拌鸡蛋与面粉的年轻学徒。有个女生拿起手机想要偷拍，视线却突然被一道人影挡住。

女生疑惑地抬头，看见面前站着一个男生，相当好看，只是神色冷漠，看起来不太好惹。

"偷拍不好。"男生说。

女生尴尬答应，老老实实地收起手机。

玻璃后的蒋尧不知是否听见了，抬头冲外面一笑。

周围传来几声兴奋的低呼声，尹澈依旧冷着脸，站在玻璃前寸步不让，注视着蒋尧打蛋白、将面糊倒入模具、放入烤箱设定时间，同时洗切水果、打淡奶油。

做完这一切后，蛋糕也烤好了，蒋尧接着涂抹奶油，装点水果，最后捧着成品蛋糕走出后厨，摆在桌上。

前前后后总共只花了两个小时左右，动作熟练得仿佛做了无数次，一个步骤都没有错，堪称奇迹。

蒋尧的眉毛几乎扬到天上，满脸写着"快夸我"，但就是不说话。

尹澈站得腿酸，坐下，仰头看他："我明天才生日，你是不是记错了？"

"怎么可能记错，我特意——"蒋尧话音卡住，"好啊，你居然给我下套。"

尹澈忍不住笑："是你意志不坚定。"

蒋尧笑笑："闭上眼睛。"

"你还没说为什么提前过。"

"你先闭上。"

尹澈审视了他一会儿，乖乖闭上："你最好有一个合理的解释，不然……"

店里正播放的英文歌忽然停了，继而曲风一变，响起了欢快的曲调。

尹澈皱眉，隐约意识到这似乎不是蒋尧的一时兴起："可以睁开了吗？"

"再等一会儿，别着急……好了，睁开吧。"

尹澈缓缓睁开眼，蛋糕依旧是那个蛋糕，上头多了两根蜡烛，一个"1"，一个"8"，周围还多了一圈人。

"澈哥！生日快乐！"

原本应该在逛街的几人统统出现在了眼前，手里拿着或大或小的礼盒，笑嘻嘻地看着他。

"你们怎么会……"

"别问我们，我们也不知道。"韩梦摊手，"蒋尧非说要在今天给你过十八岁生日，明天再给你过十九岁生日。"

章可："要不是看在澈哥你的面子上，我们都懒得理他。"

尹澈此刻真的困惑了，搞得这么隆重，也不是记错了日期，这也太欠打了吧？

"你到底在搞什么？"

蒋尧从他睁眼后一直没吭声，专心折生日帽，折好往他头上一戴，说："补去年的。"

尹澈怔住。

韩梦："去年不也过了吗？我们一起给澈哥过的生日，你不记得啦？"

"那次不算数，忘了吧。"蒋尧蹲下，对尹澈说，"我们忘掉那次，记得这次就行了，好不好？"

尹澈微微恍神，脑海中浮现出了那个在路边抱头蹲下的身形。那确实是很想忘记的一个生日，对他们两个来说都是。

"……早就记不清了。"他弯腰，对上那双眼睛，"就记得你送了我花，给我切了蛋糕，后来你说去见你爸……结果没去成，不过昨天已经见到了，一样的，我没觉得遗憾。"

蒋尧微笑:"嗯……那就好。"

章可迷惑:"那次不也挺开心的吗?为什么要忘掉啊?"

韩梦隐约想起曾经那通不太对劲的电话,踹他一脚:"不该问的别多问。"

一群人送完礼物,拼了三张桌子,围着坐下。店员送来打火机,点燃了蜡烛,尹澈直接一口气吹灭了。

章可问:"你不许愿啊?"

尹澈从蒋尧手里接过切蛋糕的刀:"十八岁的愿望已经全部实现了,十九岁的愿望留着明天许。"

正要切第一刀,突然被横插一手。

"等等!"蒋尧对着蛋糕左右端详,"我就说怎么好像缺了点什么,原来是少了'生日快乐'四个字。"

店员一听,立即拿来装饰用的巧克力酱:"用这个写吧。"

众人惊恐:"别让他写!"

蒋尧:"我不写谁写?"

好像确实应该让做蛋糕的人写,总不能叫寿星自己来写。

尹澈:"没事,你写吧。"

韩梦:"澈哥,你确定?"

章可:"本来今天高高兴兴……"

郭志雄:"写完你可能连这个生日也想忘了。"

尹澈:"应该不至于。"

蒋尧:"听听!"

尹澈心想。既然蛋糕做得这么好,想必字也提前练过,应该不会很难看……

这个想法在蒋尧写下第一个"生"字后,咔嚓裂成两半,在蒋尧写完全部四个字后,这个想法噼里啪啦,碎得稀巴烂。

"怎么样?"蒋尧直起腰,"有点难操控,稍微歪了点。"

周浩亮:"这叫'有点'?我用脚都写得比这好。"

蒋尧："啧，恶不恶心？尹澈，你觉得呢？"

尹澈默默拿起塑料勺，仔仔细细地刮掉了那层巧克力酱，一点痕迹都没留下，仿佛那四个字从未写上去过，接着切蛋糕："大家吃吧。"

蒋尧："嗯？"

其他人："好咧！"

蒋尧大受打击，在众人切分蛋糕时，一个人默默地坐到角落的位子去了。

尹澈拿着蛋糕，坐到他对面："喏，第一块。"

蒋尧食之无味："真有那么难看？早知道不写了，本来挺完美的……"

"是难看。"尹澈举起刚才的勺子，含入嘴里，舔去上面的巧克力酱，将"生日快乐"四个字全部吞下了肚，"但是……也很甜。"

两磅的蛋糕被迅速瓜分完，以至于晚饭时，大家都不怎么饿，草草点了几个当地特色菜，吃完便打道回府了。

所有人的房间都在一层，晚上串个门就像以前在宿舍一样，章可带了扑克牌来，提议去他房间打斗地主，其他人想想反正也没事做，约定了洗完澡就来。

蒋尧："我就不凑热闹了，今天做蛋糕累死我了，腰酸背痛的。尹澈说要帮我贴膏药。"

尹澈："我没说。"

蒋尧："记错了，是我拜托你帮我贴。"

尹澈递去一个"这还差不多"的眼神。

其他同学没多加挽留，蒋尧笑着跟大家说晚安，便和尹澈一起回了房间。

一进门，他立马变了一副面孔。

"为什么和我冷战，嗯？"语气凶神恶煞的。

尹澈冷声反问："你说呢？"

"我爸昨晚跟你说了我过去的事情？"他爸肯定把他说得很差劲。

"嗯。"

"我就知道。"蒋尧头疼地摁着眉心，"你听我说……"

"没什么可说的，不是因为这个。"

"那还能是因为什么？"

"我以为……你忘了我的生日，然后就想起了去年的事。"尹澈顿了顿，"对不起。"

蒋尧明明给他准备了一个这么美好的生日，他自己想太多了，现在说出来都觉得丢脸。

"你现在坦诚多了。"

尹澈皱眉："我认真的。"

"我也认真告诉你，之后心里有什么事直接跟我说，做朋友不允许冷战！"

尹澈眨了眨眼："知道了，尧哥。"

到了晚上，尹澈已经睡着了，蒋尧却辗转难眠，左思右想，觉得自己的名誉应当自己捍卫，于是冒着生命危险，发了一条义正词严的消息给他爸。

半小时后才收到他爸的回复，语气暴躁："谁说我破坏你人设了？我只是告诉他实情而已，再说了，你知道他当时回了我什么吗？"

"什么？"

轮到他爸发了一长串消息给他，末了道："珍惜这个朋友吧，你打着灯笼都找不到第二个了。"

蒋尧将那条消息反反复复看了数十遍，看到眼睛发酸，才放下手机。

第二天的安排是去市中心购物逛街。

陈莹莹一大早就起了，拖着韩梦挨个儿敲门，敲到最后一间，被前来开门的人吓了一跳:"蒋尧,你怎么黑眼圈比昨天还严重啊?又没睡好?"

蒋尧倚着门:"有点啊,今天不跟你们出去了。"

"你们去哪玩?"

"我们要谈未来,聊理想,规划大学生活。"

"得了吧你。"韩梦笑骂,拉着陈莹莹走了,"别管他们俩。"

蒋尧关了门,回房看见尹澈已经醒了,坐在床上,头发蓬松凌乱,揉着惺忪的眼:"谁敲门?"

"班长。"蒋尧坐到另一张床上,"我跟他们说我们不出去了,今天一天陪你过生日。"

尹澈起床刷牙洗脸,用的冷水,脑子稍微清醒了些,一出浴室看见早餐堆满了窗前的小桌,还有餐后水果。

早餐吃完,便无事可做了,房间里除了电视没有多少娱乐设施,尹澈窝在沙发里,松松散散地:"你是不是有事要说?"

"有,别着急。"蒋尧笑笑,右手伸进口袋,摸出一样东西,握在手心里,"猜猜哪只手?猜对了告诉你。"

"你当我瞎吗?"

"要有点仪式感。"

尹澈无语,故意指左手:"这个。"

蒋尧迅速将右手的东西换到了左手,摊开掌心:"猜对咯!"

"神经。"尹澈笑骂,看向他手里——

是一把钥匙。

"哪里的钥匙?"

"学校旁边的公寓,我租的。"

"都毕业了你租房子干什么?"

"我是说大学。"

尹澈一愣:"大学?"

"是啊。"蒋尧笑道,"和学校就隔一条街,特别方便,两室一厅。"

"你等等。"尹澈打断,"你不会已经付钱了吧?"

"当然,那个地段很抢手的,我付了一个月的房租当定金。"

"多少?"

"三千。"

尹澈刚想说你这样花你爸的钱是不是不太好,蒋尧已经读懂了他的表情,说:"你放心,这钱是我自己的。"

"你哪儿来的钱?"

"你当我这一个月在国外就只是陪家人啊?我还去我干爹的公司打工了,翻译文件,一份文件七八千字,千字只给五十,他纯粹是压榨劳动力……"蒋尧不忍回首往事,"这三千块都是我的血汗钱,我才知道赚钱这么难,社会这么险恶。"

尹澈笑了:"你可以问你干爹先借着,以后再还。"

"那不行,都大学了,得自己赚钱。"

尹澈看着那把崭新光亮的金属钥匙,在阳光下金灿灿的,仿佛能打开宝藏。

他没多犹豫,拿走了钥匙:"谢谢。"

蒋尧没推拒:"喜欢这个惊喜吗?你会和我一起合租的吧?"

尹澈轻轻点头:"我很期待一起学习的合租生活。"

"那么请用一段话来夸一夸你的同桌。"

"……得意忘形。"

蒋尧不依不饶地追问:"没有其他词了?"

"没了。"

"真的吗?那让我看看是谁在我爸面前夸了我那么一大段,"蒋尧拿出手机,高声朗读昨晚收到的信息,"我认为有一点您说错了,他虽然有时候挺吊儿郎当的,但我认为蒋尧与同龄人相比,更加稳重,更加有担当,他会考虑很多人的感受,他会把朋友放在第一位,讲义气,重感情,如果没有他,我不可能还在这儿,所以,他是奇迹……"

尹澈反应了一秒，唰地起身，冲向蒋尧怒夺手机："别念！"

"其实我俩之间，我才是有问题的那个，我因为一些原因，封闭自己，无视所有关爱，放弃自己的同时也放弃了周围所有对我好的人。除此之外，我这个人身上还有很多缺点，比如有些事情，我想想就算了，懒得去理，但蒋尧不是，他每一件事情都全力以赴。他让我意识到，原来世界上有这么多东西可以去争取，有这么多人值得结识。"

蒋尧念完，将手机递给尹澈："我最喜欢最后这段，真是你说的？"

尹澈看了一眼，极力维持冷静："……嗯。"

"复述一遍呗。"

"不要。"

那天晚上，尹澈和蒋少琰说了很多，不用看手机，他也记得自己说了些什么，因为全部发自肺腑。

"哪怕您说了这么多，也不会改变我对他的看法。他在我心里，起码到目前为止，没有什么缺点。

"我的过去比他糟糕得多，他从来没有视之为缺点，我又怎么可能介意他的过去呢？

"对我来说，他就是最好的朋友。"

番外二
大学生活

理我一下

高中老师说的都是骗人的。尹澈在一周内写完三篇期末结课论文后得出了这个结论。

大学根本不轻松。以前在高中,知识无非就是课本上那些内容,融会贯通就能运用自如。然而到了大学,什么都要靠自己揣摩、自己询问,要学的知识永无止境。

他已经一个星期睡眠时间少于六小时了。

蒋尧比他稍微轻松点儿,法律专业结课早几天,期末考试是笔试形式,几乎全科满分通过。最近他相当清闲,于是主动承担起了家里的所有家务。

他们俩住在学校附近租的公寓里,面积自然不如自己家大,但胜在上学方便,条件比学校宿舍好多了。

敲完最后一个字,尹澈从头到尾检查了一遍论文初稿,点击保存键,合上笔记本,从旋转椅上站起来,脑袋昏昏沉沉的,转身扑到床上。

随口问蒋尧:"在看什么?"

"研究菜谱,想学着炖点养生汤,安神助眠的那种。"

"你上个星期煲汤把厨房炸了的事忘了?"

"那次是个意外,这次我请教了我们系的同学,他刚跟我说了好多有用的建议,一定能成功。"

尹澈睁开眼:"哦,所以你是在聊天。"

蒋尧长吁一口气:"我发现你读了心理专业以后越来越会玩弄人

心了。"

"那也没你厉害,'男神'。"

两个月前,法律系举办了一年一度的辩论赛,蒋尧以大一新生的身份舌战大二学长,逻辑缜密无懈可击,将对方杀得片甲不留,不仅本系老师交口称赞,在整个精英云集的大学校园里也名声大噪,现在走到哪儿都有人认识,他成功荣升本校新晋"男神"。

优秀的人在哪里都闪闪发光。

"我的论文就剩最后一篇了,明天再去图书馆找本文献,修改一下就可以交了。"尹澈说,"话说,你今年生日想怎么过?"

蒋尧的胸膛震了震,笑他:"怎么还要我自己想啊?作为好兄弟,你不应该为我准备个惊喜吗?"

尹澈如实回答:"我想不出。"

他有很努力地想过,但他或许天生缺乏这方面的细胞,实在没什么好主意,想出来的那些又怕蒋尧不喜欢,干脆来问本人。

"让我想可以啊,但问题是你答应吗?"

尹澈点头:"什么都答应。"

"如果我让你冲到学校广播站对全校的人大喊两遍'蒋尧!我崇拜你!'呢?"

尹澈沉默了。

蒋尧笑得身体颤抖:"愿不愿意啊,澈哥?你又不是没干过这档子事,应该驾轻就熟吧?"

……总拿这件事来逗他,欠打。

"蒋尧。"尹澈嘴唇微张,"我崇拜你。"

蒋尧半截笑声卡在喉咙里。

"像这样吗?"尹澈抬眼问。

"澈哥,我错了。"

理我一下

期末的图书馆人满为患，还有不少人用书本占座位，半天不见人影。

尹澈抱着笔记本电脑兜了两个圈子，没找到空位，正想着要不还是回公寓算了，这时，瞥见一个男生在对他招手。

是同系的同学，叫许威，好像原本跟他是一个宿舍的，但他没去住宿舍，开学就住校外公寓了，平时只在上课的时候有过交流，不算很熟。

许威长得阳光，人挺亲和，招呼他过去坐："我旁边人刚走，正好抬头看见你。"

尹澈道了声"谢谢"，拉开椅子，放下笔记本和刚借的书，打开论文开始修改。这处位子不错，靠近落地窗，光线充足，很适合学习。

他改了一会儿，余光忽然察觉右侧有人靠近。

许威脑袋凑过来，自然而然地问："你社会心理学的论文写得怎么样啦？"

尹澈不动声色地往左侧避了避："快写完了，下午能交。"

"这么快？不是大后天截止吗？"

"大后天有事，这两天要准备。"

"什么事啊？"

许威似乎没什么眼力见儿，或者性格就爱刨根问底，不回答清楚估计还会继续追问。

"朋友生日。"尹澈回他。

许威一愣，脑袋凑得更近了，神神秘秘地小声问："……是那个法律系的蒋尧？"

尹澈点头："嗯。"

尹澈和蒋尧经常一起出入校园，大家也都知道，尹澈有个关系很好的法律系的朋友，叫蒋尧。

许威便没再多问，转了个话题："你知不知道刚开学那会儿，有好多人来我们系打听你。"

尹澈坐直了，继续敲键盘："是吗？我不知道。"

"你当然不知道,你每次一下课就走了,也不住宿舍,别人逮都逮不到你,只能找我们打听咯……

"哎?尹澈,你看那是不是蒋尧?"

尹澈顺着他手指的方向望过去,透过落地窗,看见楼下图书馆和教学楼之间的夹道上,站着蒋尧和另一个男生。

那男生的个子比蒋尧矮不少,皮肤很白,眼睛大大的,长得乖巧可爱,手里拎了个手提袋,没有商标,像是礼品袋,看不清里头装的东西。

"那男生我认识,也是法律系的,叫周锦。"许威道。

只见周锦踮起脚朝蒋尧招招手,蒋尧弯腰低头,周锦便对着他的耳朵说了句话,蒋尧容光焕发精神奕奕,似乎十分高兴又有几分迟疑,可最终还是伸手接过了手提袋,看嘴型好像说了句"谢谢,我很喜欢"。

"你到底收了他什么东西?"

伴随着扑通一声巨响,蒋尧翻滚一圈稳住身形,揉着肩龇牙咧嘴地站起来:"疼……好像脱臼了。"

尹澈放下脚:"都没碰到你,再装真踹了,快说。"

蒋尧今天很不对劲,做晚饭的时候,一个人在厨房不知道傻笑什么,炖着的鸡汤差点溢出锅。

尹澈回公寓后粗略地扫了一圈,没发现那个礼品袋,似乎被藏起来了,于是直截了当地问蒋尧周锦送了什么东西,蒋尧脸色一变,居然没立马坦白,支支吾吾地说:"没什么,就一些小东西……"

绝对有鬼。

"真没什么。"蒋尧仍在辩解,"这不是我快生日了嘛,他送了我礼物,放起来了。"

……有点古怪。

理我一下

尹澈这几天都心神不宁，所幸最后一篇论文交上去了，老师很满意，给了个优秀的等第，大一第一学期顺利结束，后边两天就是收拾行李准备回家了。

他和蒋尧商量了一下，生日就在学校里过，一来方便，二来据蒋尧称，反正回去也没有什么生日惊喜，说不定还有惊吓，在学校过为妙。

于是尹澈费心费力地安排好了当天一整天的计划，早上先亲自煮一碗长寿面，上午去滑冰场玩，中午订了一家上榜的餐厅，下午去看一场电影，晚上回家吃饭，食材都提前准备好了，在冰箱里冻着。

至于生日礼物，他准备了一支价值不菲的金尖钢笔，以后蒋尧打辩论赛或者打官司的时候，可以别在西装前的口袋里。

其实原本要读法律系的人是他。

当初填报专业，他在法律系和心理系之间犹豫过，尹权泰建议他选前者，毕竟家里有资源有人脉，子承父业，很不错的选择。

但蒋尧说："干这行要和人在明面上唇枪舌剑，据理力争，你性格不强硬，可能会是一股阻力，再好好想想。我是觉得你脑子聪明，又沉得下心，适合做研究，心理系或许更适合你。反正你就是想帮助那些和你有类似经历的人嘛，选哪个其实都可以，你撇开这一点，仔细想想自己更喜欢哪个？"

蒋尧的话一针见血，令他豁然开朗，想清楚之后，便选择了心理系，然而蒋尧却出乎意料地填了法律系。

"你不想去你干爹的公司工作了？"

"本来就对那个工作不感兴趣。"蒋尧是这么回的，"我更想做像你爸一样的英雄。"

事实证明，蒋尧确实很适合法律系，在气场这一方面，同龄人里没几个比得过他，外加一张不笑就特酷的脸，盯谁谁发怵。最关键的是思维灵活，大胆敢言的同时不失谨慎细心，连尹权泰都夸他是个好苗子，大有将来把蒋尧招进自家事务所的意向。

尹澈很清楚，以蒋尧的智商和能力，学什么专业其实都适合，若他选其他专业甚至可能更轻松，更容易获得成就，偏偏选这条颇为艰苦的路，他很佩服他。

所以他也想给蒋尧一些力所能及的鼓励。

一切准备妥当，只待生日到来。

寒假开始的前一晚，心理系的同学组了个聚餐，许威负责喊人，尹澈原本不想去，但同学把主修科目的一位老师也请来了，这位老师解答了他很多困惑，想着应该正式道个谢，便随同学一起去了。

聚餐订在学校附近的一家餐馆大堂，年轻人没那么多讲究，一行二三十个人拼了桌子随便坐，尹澈坐在偏中间的位子，左边是许威，右边是一位相熟的同学。

很多人行李都收拾好了，明天要早起坐飞机或火车回家，就没点高度数的酒，点了几扎热饮和冰镇果味酒。

店里空调温度打得似乎有点高，尹澈脱了羽绒外套，只穿一件毛衣还是觉得热，要了一杯冰酒，尝了一口，很浓郁的白桃味，几乎尝不出酒味，便放心地继续喝了。

心理系人数不多，同系的同学彼此之间基本都听说过名字，名气最大的必然要数那位全校闻名的"冰山系草"，走在路上无论男女都会瞅两眼，而本人似乎沉迷学习，毫无察觉。

很多心理系的同学想不通这么一个人怎么会来读这个专业，将来从业了，别人往咨询者面前一坐是和蔼可亲循循善诱的模样，尹澈往咨询者面前一坐，画面大概等同于严刑逼供。

不过此时此刻，"冰山系草"穿着白色毛衣，脸颊微红，坐在他们当中，默默地吃菜喝酒，偶尔回应两句，看起来似乎也没那么不食人间烟火，还挺……可爱的。

尹澈不知道今天自己怎么了，喝了几口酒就开始头晕，对面老师在跟他说下学期的课程学习内容安排，建议他寒假提前预习，他本该认真听的，可注意力总是飘散出去，只能嘴上先答应着。

许威要跟他碰杯，他摆手拒绝："我可能得提前走，有点不舒服。"

许威关切地问："要不要我送你？"

"不用，我喊我舍友来。"

不知是否声音大了些，他突然感觉周围一片人的视线都射了过来。

"尹澈，你舍友，是蒋尧吧？"

"蒋尧？那个法律系的蒋尧？"

尹澈头晕，微微皱眉："嗯，对。"

众人"哇"声一片。

"你们俩平时怎么相处的？有点好奇。"

"我也好奇，感觉你俩都是那种很高冷的人，是不是平时也不怎么聊天？"

尹澈："……"

这都什么跟什么。

蒋尧的朋友圈专门设了一个除大学同学以外可见的分组，在那个分组里，蒋尧的朋友圈可谓是热闹非凡，往往是貌似不经意中透露出极其欠打的内容，因此也充满骂战。

而在大学同学眼中，蒋尧的朋友圈永远空空如也，于是他"高冷男神"的绰号又坐实了几分。

尹澈没心思多解释，只觉得自己越来越不舒服，立即给蒋尧拨了个电话。

蒋尧接得很快，但不巧的是他不在学校附近，在几公里外的大商场采购。

"我看冰箱里准备的菜都是我爱吃的，我再买些你爱吃的。你那边聚餐怎么样，有没有喝酒？"

尹澈如实说："嗯，可能太久没喝了，有一点头晕，问题不大，还要吃一会儿，你逛完再来接我好了。"

"我回去网上订菜,你等我二十分钟。"蒋尧不容拒绝地说。

尹澈挂了电话,对同学们说:"我舍友一会儿要过来,不好意思。"

"没事没事,我们巴不得见见他!"

尹澈思考片刻,趁蒋尧还没到,发了条信息过去。

一刻钟后,餐馆大门推开,蒋尧提前到了,呵着白汽站在门口,目光扫视一圈,迅速定位到尹澈的脸上,冲他一笑,大步走来,随手拉开他右边的空椅,大大方方地坐下:"不好意思,我有点不放心我朋友,你们继续,不用管我。"

话虽这么说,但稀客来了,谁还有心情吃饭?除了老师去旁边一桌拉了个同学聊学术话题,其余人几乎都明里暗里关注着蒋尧和尹澈。

尹澈问:"吃过晚饭了吗?"

蒋尧回:"吃过了。"

尹澈问:"吃的什么?"

蒋尧回:"商场里随便找的一家咖喱饭,味道还行。"

尹澈说:"哦。"

果然他们关系也很冷淡。众人心道。

"头还晕吗?"

"好一些了。"

蒋尧又问:"吃饱了吗?"

尹澈:"差不多了吧。"

蒋尧变戏法似的掏出一个蛋糕盒子:"还塞得下一个小蛋糕吗?"

此情此景,分外熟悉,尹澈忍不住笑:"一个估计不行,你先吃,给我留点就行。"

蒋尧拆开盒子,是一块三角形的乳酪蛋糕:"你先尝尝味道。"

蛋糕入口即化,香软浓郁,舌尖萦绕着甜蜜的奶味。

"好吃吗?"

"嗯。"

"再吃一块。"

蛋糕不大，尹澈几口吃完了，蒋尧："早知道你这么能吃，应该买两块。"

尹澈笑骂："谁叫你刚才不先吃。"

同学见他俩完全不像想象中那么高冷，胆子大了些，迫不及待地问："男……男……啊不，蒋尧，你们俩怎么认识的啊？"

"高二我转学到他学校，当了他同桌。"

"哦……"怪不得关系这么好，原来认识了这么长时间了。

他们俩继续陪同学们坐了一会儿，便一起提前告辞回家了。

回到家后，尹澈解了围巾，蒋尧将手背放在尹澈的额头上："还是有点烫，我来之前喝了多少酒？"

"没多少，就一小杯，度数也不高。"

"那是不是发烧了？"

"可能是。"

"先洗个澡好好睡一觉，如果严重的话就去医院。"

尹澈想了想："再说吧。"

他不想耽误明天的安排。

尹澈最近都忙着写期末论文，好不容易松懈下来，这一觉睡得昏昏沉沉，什么梦都没有做，完全睡死过去。

被蒋尧喊醒的时候，尹澈感觉仿佛才刚睡着十分钟，意识游离在困意中，眼睛聚不上焦，就觉得浑身没力气，抬不起一根手指，耳朵里能听见蒋尧在喊他，但嗓子里却发不出声音。

"你发烧了，应该是近期压力过大导致的。"

"嗯……"

尹澈缓过来了一些，转头望向窗外，晨光熹微，已经过去一夜了。

"生日快乐……"

蒋尧笑了："这时候说这个？"

"不然说什么……"

"说说今天原本的安排是什么？"

尹澈一愣。确实，照自己现在这副样子，肯定是出不了门了，精心安排的生日行程只能作废。

"对不起……"

"说什么呢，开个玩笑别当真。"

尹澈在床上休息了一个清晨，所幸是低烧，吃了点退烧药，体温便恢复正常了。

"有力气起来吗？"

"嗯。"

"那……能不能给我煮碗面？"

蒋尧难得主动提出请求，那必然要满足。

于是尹澈下了床，去到厨房，亲自开火烧水煮面。蒋尧站在他身后，看着他，防止他摔倒。

"不用这么当心，我现在不晕。"

"万一突然晕了呢？"蒋尧替他把锅子摆正了些，"其实不该让你这时候下床的，但我实在想吃……唉，从小到大没人给我煮过面。"

"你爸没给你煮过吗？"

"我家过生日偏西式，一般都吃蛋糕，我爹厨艺不错，但他太忙，平时都是阿姨做饭。"

难怪。尹澈似乎明白了蒋尧"诅咒之手"的来源。

煮面不难，而且煮的是素面，清水过一遍再放蔬菜鸡蛋就行了，尹澈拿了一个碗准备出锅，蒋尧又拿了一个："一起长寿。"

于是这锅量并不多的面最后进了两个人的肚子。

蒋尧笑着说："这个生日礼物我很满意。"

"……那还有个生日礼物就不给你了。"

"还有？"蒋尧惊喜万分，"在哪儿？"

尹澈伸手拉开床头抽屉，取出礼盒包装的钢笔："喏，生日礼物。"

蒋尧对这份礼物爱不释手，拿出手机拍个没完，各个角度来一张。

"我还有个生日心愿，你能满足我吗？"

"别得寸进尺。"

"就一个小小的心愿。"

尹澈拿他没辙："你先说。"

蒋尧晃了晃手机："我想发朋友圈，显摆一下，行吗？"

尹澈抓住他的手机，看了眼编辑好的文案："你要脸吗？我没说过这话。"

"我知道你心里就是这么想的。"

"不行，删了。"

"哎，别……"

尹澈奋力去抓手机，蒋尧抬手躲开，终于，尹澈抢占了上风，一掌拍落了手机。

然而一不小心，同时拍到了发送键。

蒋尧迅速抓起手机扔出老远，大有一副"这手机我不要了也不能让你撤回"的架势。

尹澈哭笑不得，抬腿踹他："有必要吗？你到底多爱显摆啊。"

"你就满足我这个心愿吧！"

手机质量不错，被扔到地上屏幕也没碎，依旧亮着，显示着刚发出的那条朋友圈："尹澈送我的生日礼物。"

短短数十秒，底下已经有了一串回复。

汪小柔："哥，生日快乐！我给你发了好几条消息怎么都不回我！"

白语薇："哇哦，祝福。"

韩梦："尧哥生日快乐！"

陈莹莹："一大早的什么辣眼睛的玩意儿？"

章可："我猜这条肯定屏蔽澈哥了，我这就去打小报告！"

尹泽："呵，挺适合你，就是为了证明你那一手的破字和用的笔无关。"

爸："哦，这个牌子我前几年买过，小朋友眼光跟我一样好，不错，就是送你有点浪费，记得好好练字。"

……

底下还有许多第一次见蒋尧发朋友圈的大学同学的评论，其大惊失色程度不亚于看到太阳从西边出来。至于蒋尧在校内的外号是如何从"高冷男神"逐渐变为"那个总爱碎碎念的那男的"的，这些都是后话了。

此时此刻，窗外阴云散尽，阳光正灿，他只想安静地睡上一个长长的觉，醒来时，像过往和未来的每一天一样，睁眼即是希望。

那便是最大的心愿了。

番外三
学厨日常

蒋尧近期为了提升实在惨不忍睹的厨艺，报了个短期的培训班，打算每周末去上课。

尹澈起初不愿陪他去，理由很充分："万一你炸了培训班，我要负连带责任怎么办？"

蒋尧打包票说："肯定不会，我已经不是从前的我了，现在做出来的东西起码能吃了。"

"起码能吃？"尹澈冷笑，"是啊，只要我不想活了，确实能吃。"

蒋尧哈哈一笑，折腰低头，星眸明亮："那为了让我们澈澈长命百岁，我必须要提升厨艺啊，你监督我呗。"

"……"

眼神还挺真诚。

尹澈缓缓移开视线，若无其事地开始收拾背包："……先说好，如果我进医院了，你要付全部医药费。"

蒋尧握住他的手腕举起来，擅自与他击了个掌，以示交易达成："放心。"

培训班开在繁华路段，报名的学生有二十多个人，绝大部分是有职业需求的，少部分是出于兴趣爱好。

尹澈到了那儿才发现，蒋尧报的还不是普通的家常菜培训班，而是初级烹调师培训班，结课后能考证的那种水平。

充分展示了什么叫"人菜瘾大"。

好在第一堂课是基本功培训，练刀工，用不着开火，教室暂时躲过爆炸危机。

师傅先演示了一遍，把土豆切成薄片，然后让学生自己试试。

蒋尧选了把刀，像模像样地比画了两下："不错，称手。"

尹澈抱胸后仰，冷眼旁观："你拿水果刀切菜？"

蒋尧："你不懂，小刀容易操控，下刀更精准。"

尹澈扯了扯嘴角："行，我不懂，你懂。"

天气热，他有点口渴，于是暂时离开教室，去楼下便利店买了瓶汽水，顺便给楼上那位厨房白痴也带了一瓶。

回到教室，只见砧板上的土豆切得比手指还粗，蒋尧把小刀放回去，换了把大的菜刀："那刀不行，太轻了，切起来不利落。"

尹澈懒得说他，自己搬了个椅子坐下，把汽水放到桌上，自己拧开一瓶灌了两口，接着百无聊赖地看他与土豆争斗。

该说不说，虽然刀工惨不忍睹，但人还是挺赏心悦目的。

蒋尧认真做事的时候一向很帅，此刻系着淡蓝色的格纹围裙，给人感觉特别居家好男人，教室里不少人暗戳戳地瞄过来，只是这傻子没注意到而已。

"诶，你为什么想到来报班啊？"尹澈随口问。

蒋尧家里条件很好，根本用不着亲自下厨的，请人来做饭也未尝不可。

有了锋利菜刀的加持，切下来的土豆片薄了许多，导致蒋尧有点小骄傲，竟敢边切边抬头说话："因为你不爱吃我做的菜，这也就算了，你还硬吃，每次都吃完，我可不想让好兄弟受苦。"

尹澈微愣，喝着冰汽水，慢吞吞地说："你做都做了，我总不能浪费……你看着刀，当心别切到手。"

蒋尧很自信："不会的，你少喝点汽水，一会儿喝饱了，晚上还怎么帮我试吃——啊！"

得，说什么来什么。

理我一下

尹澈无奈地放下汽水,抓过这傻子的手:"让你得瑟,给我看看。"

蒋尧:"没事,小伤。"

划破的伤口确实不长,就一厘米左右,也不深,血丝渗出的速度很慢,但也不能置之不理,会影响切菜。

蒋尧:"我去问师傅要个创可贴,他那儿肯定有,你先放手。"

尹澈仍抓着他,另只手伸进自己的背包里翻了翻,变戏法似地取出了一个创可贴:"我早就知道你会切破手。"

蒋尧没半点难为情,笑嘻嘻地把手递给他:"那你好人做到底,帮我贴呗。"

尹澈本就打算帮他贴,听见这话,反倒停住了,抬眼问:"你怎么报答我?"

蒋尧想了想:"以后多做菜给你吃?"

尹澈:"这叫报复,不叫报答。"

蒋尧哭笑不得:"那你想要什么?"

尹澈其实就随口一问,也没想到要什么,迅速清理了伤口周围,然后贴上创可贴,说:"先欠着。"

蒋尧的手指修长干净,贴上小小的创可贴也无伤大雅,只是这样一来,进度又比别人慢了些。

眼看着师傅定的时限快要结束,这么多人的课程又不可能等他一个人,他只能加快速度,菜刀不停起落,冷光晃得人心惊胆战。

尹澈看不下去,起身抽出另一把菜刀,拿走了剩下的最后一个土豆,加入战斗。

蒋尧于心不忍:"没事儿,你不用帮我,切不完就算了……你怎么切得比我还薄?"

尹澈甩来眼刀:"有手的人都能切得比你薄。"

蒋尧不服了:"不可能,你是不是偷偷练过?就为了找机会嘲笑我？"

"谁那么无聊。"尹澈迅速切完了一个土豆，菜刀擦着砧板把土豆片推过去，"练是练过，你厨艺那么烂，我要是再不会点儿，以后万一咱们穷困潦倒外卖都点不起了，好歹有个人能做点好吃的吧。"

蒋尧的手不行，脑子倒是一如既往的行，马上抓住了重点："你的意思是你要做好吃的给我吃吗？"

"……"尹澈把菜刀重重插回去，"闭嘴吧，师傅开始教下一步了，你赶紧跟上。"

蒋尧笑了笑："我们不会穷困潦倒的，你别学了，万一炒菜的时候溅到油水，留下疤怎么办？"

尹澈："你就不会溅到吗？你比我溅到的概率高多了。"

蒋尧："我皮糙肉厚无所谓，尹少爷您可娇贵着呢。"

尹澈踢他一脚，重新坐回去喝汽水："少嘴贫。"

"哈哈，我认真的，你别学了。"蒋尧把土豆片拢到一块儿，跟着师傅进行下一步切丝，视线落在砧板上。

手里的汽水瓶捏出一声轻响，尹澈垂眸，被汽水折射的窗外阳光晃了下眼，低低地轻哼，没再回话。

一堂厨艺课的折磨终于过去，蒋尧不出所料地成了全班垫底，师傅来检查成果时，在他面前停留时间最长，眉头皱得最深。

这家伙还嬉皮笑脸地问："师傅，我的进步空间是不是很大？"

好歹是付了学费的学员，师傅也不好把话说得太难听，拍了拍他的肩，意味深长地说："任重而道远啊。"

尹澈忍不住笑了声，被蒋尧听见了，回去的一路上都在说这事儿。

"你怎么能嘲笑我呢，我那么认真努力，就算结果不尽如人意，起码比之前进步了点儿吧？"

尹澈抬手投射，将空汽水瓶精准地投入了垃圾桶，回头接着笑话他："切个土豆而已，能看出来什么进步？你把它做好吃了才叫进步，回去打算怎么处理这堆土豆丝？"

课上切完的土豆丝被装袋打包，师傅让学员们各自带回去，自行翻炒装盘，当作课后作业。

蒋尧手里就提拎着自己的辛苦成果，回："不知道啊，你想吃什么？酸辣土豆丝？还是青椒土豆丝？"

"随便。"

蒋尧笑道："行，那我就随便做了，反正无论我给你吃什么，你都会乖乖吃干净的，对吧？"

尹澈怒瞪："给你脸还嚣张起来了。"

蒋尧一手提着袋子，一手揽过他的肩膀："兔子就是好，不让我费心，所以呢，我也不想让你费心。说好了啊，以后都由我来做饭。"

"谁跟你说好了？"

"不管，你课上没拒绝，没拒绝不就是接受？接受不就是乐意？"

"你的动手能力要是有你的脑补能力一半强，也不至于来报班学艺。"

"我看你的嘴比我还贫，走走走，回去给你做饭，堵上你的嘴。"

……

尹澈最终还是吃光了蒋尧做的酸辣土豆丝。

虽然辣椒不够辣，酸倒是特别酸，但由于蒋大厨不小心漏了勺糖进去，所以吃起来还有点儿甜滋滋。

也不知道是心理作用还是什么，他竟然觉得味道尚可，于是顺嘴夸了一句："还行，有进步。"

结果就是连吃了一个星期的酸辣土豆丝。

直到第二节课教麻婆豆腐。

蒋尧在师傅的指导下完成了，自鸣得意地问："要不要吃豆腐？"

尹澈愤愤回："你把我当试菜工具人了吧。"

蒋尧义正词严："来，张嘴。"

"……"

尹澈无从反驳，热乎乎、油亮亮的豆腐也已经送到了嘴边，他只能张嘴试吃。

"味道怎么样？"

"……蒋尧。"

"嗯？"

"你是不是又错放糖了？"

"没有啊。"蒋尧笑得眼睛弯弯，"你不是说甜的土豆丝好吃吗？所以我也往豆腐里加了糖，这叫改良创新菜，喜欢吗？"

"……"

教室没炸，尹澈忍了一周的火气先炸了："你——"

"我就知道你喜欢吃甜的，以前给你买小蛋糕、热牛奶，你都挺爱吃的。"

"……"

尹澈无奈默叹，最终还是张开嘴，吃下了这勺发甜的麻婆豆腐，并且吃了第二勺、第三勺……

两个人慢慢地吃完了这盘"学习成果"，他也终于明白了，为什么蒋尧的脑子这么聪明，厨艺却进步得如此缓慢。

很简单。

他的宽容导致的。

——全文完——

图书在版编目（CIP）数据

理我一下 / 冰块儿著 . -- 武汉：长江出版社，
2025. 6. -- ISBN 978-7-5804-0130-4
Ⅰ . I247.5
中国国家版本馆 CIP 数据核字第 20258L9C67 号

理我一下
LIWOYIXIA

冰块儿 著

出　　版	长江出版社
	（武汉市解放大道 1863 号 邮政编码：430010）
市场发行	长江出版社发行部
网　　址	http://www.cjpress.cn
责任编辑	李诗琦
策划编辑	马思瑶　杨晓丹
封面设计	吴思龙
印　　刷	天津鑫旭阳印刷有限公司
版　　次	2025 年 6 月第 1 版
印　　次	2025 年 6 月第 1 次印刷
开　　本	880mm×1230mm 1/32
印　　张	18.75
字　　数	504 千字
书　　号	ISBN 978-7-5804-0130-4
定　　价	69.80 元（全两册）

版权所有，侵权必究。如有质量问题，请与本社联系退换。
电话：027-82926557（总编室）027-82926806（市场营销部）